折口信夫的思考

越境する民俗学者

上野誠

青土社

序詩——大ぼら吹き讃

この人を見よ
この人を見よ
　この人は　大きくなった大阪のボン
　この人は　卑屈だが生気地を通す人
　この人は　大ぼら吹き

大ぼら吹きなるがゆえに
　困った人
　人を困らせるがゆえに　困った人

あなたは　夢を語る　とほうもない夢
　学者なんだから夢を語られては困ると思うのだが——
　　私たちは　それがホラ

私たちは　それが夢
とわかっていても　あなたの語る夢に酔いしれていたいのだ

あぁ、おノブさんの声が聞こえてきた
上野さん　「あちき」のことを書くのは良いよ
でもね　この世に生きている間は
おまえさんにも　責任というものがあるだろう
おまえさんは　国文学を　万葉研究をいったいどうしたいんだい――
言っておみぃさぁ
　夢を見たあとにすることが大切なはずだよ……

おノブさんに　答えねばなるまい　私の考えを
今の学問は　おノブさんのころとは違います
細分化されて……
実証が大切なんです
しかし　ここまで語ったところで　私はなぜか空しくなった
そして　語ることをやめた
するとまたおノブさんの声が聞こえてきた

実証よりも夢の方が大切ぞなもし……

この本は　時に折口信夫に反発しつつも
その思考法を敷衍しようとした一国文学徒の叫びである
今を生きる国文学徒として　どうすれば　よいのか？
今　生きている間に　私が果たすべき役割とは？

非力だが　恥じることもあるまい　みんな同じだ
ここに『折口信夫的思考』を上梓して
おノブさんに献じたい

〔付記〕この詩を書き上げて数日後、折口信夫氏より、研究室に電話があった。『あちき』が小さい時に『のぶを』と呼ばれていたことをよく知っていたね」というので、「大阪府立天王寺中学の同級生・岩崎小弥太（一八八五—一九七八）の回想記で知っています」というと、一般には「しのぶ」で通っているので注をつけておけ、という。よって、この付記を付しておく。常世からの電話だ。

折口信夫的思考　目次

折口信夫的思考　越境する民俗学者

第Ⅰ部　古典研究の未来

筆者自身に、古典研究の未来を語る力があるかと真っ正面に聞かれれば、汗顔の極みである。が、しかし。万葉学徒として身を立て、教壇に三十年も立っているのだから、逃げるのも卑怯だろう。今の万葉研究をどう見ているか。古典研究における「補完」とは何か。今後の万葉研究の一つの可能性をどこに見出すか。そして、地方立地の小規模私学の教師は、高校生に向けての授業をして何を思ったか。思いは尽きない。

第1章　万葉研究の現状と研究戦略

はじめに

古代文学研究の未来を語る。

そんなことをいったら研究者仲間は嘲笑するだろうか？　果たして、お前は、そんな枢要な立場にいるのか——。しかし、だからといって、この喫緊のテーマを無視することもできない。それは卑怯だ。私にもできることがあるはずだ。では、私がもしこのテーマに対して臨むならば、どのようなことを書くことができるのか、考えてみよう。私が論じることができるとすれば、この大きなテーマを矮小化して解釈して、以下の四点になるだろう。

① 筆者は、現在の万葉研究を、どのように見ているか。

② ①で示した現状認識に立って、筆者自身はどのような研究戦略を構想しているか。

③ ②で示した研究戦略に立つ筆者が、現在抱えている問題点やジレンマは、どのような点にあるか。

④　③で示した研究状況を改善するために、筆者がどのような研究戦略の変更を行なっているか。

このように整理すると、きわめて私的な研究覚書となってしまうのだが、おざなりの総論に終始するよりも、あえて良いと判断した。それは、筆者には身近な問題として、求められている問いに、一人称で答えられるからである。さらには、戦後五〇年の万葉研究の総括ということについては、身崎《みさき》壽《ひさし》に包括的な論考があり、的確な現状批判も行なわれている（「特集〈昭和の国語学・国文学〉万葉集――古代史研究とのかかわりにおいて」『国語と国文学』第六七巻五号、東京大学国語国文学会、一九九〇年）。現在においてなお、そこに付け加えることは少ないと判断し、私的覚書という方法を採ることにした。

1　筆者は万葉研究をどのように理解しているか

柿本人麻呂の研究文献目録として、もっとも多くの文献を集積しているのが、ｗｅｂ版『柿本人麻呂研究文献目録』である。これは、村田右富実《むらたみぎふみ》が管理するホーム・ページ「万葉集の宅頁」に収載されているものである（http://www.otal.osaka-wu.ac.jp/index.htm）。ここに収載されている人麻呂関係の論文は、一九二九年から九七年までのものでも、約二二〇〇篇を数える。つまり、人麻呂研究を自認する研究者は、約二二〇〇篇の論文の内容を把握しておく必要がある、ということになる。これを多いと見るか、少ないと見るかは判断がわかれるところであろうが、筆者はあらためてその多さに驚いている。近時は、人文科学系のデータベースでも、数万単位の論文情報を収載しているものもあるから、驚くには値しないかもしれないが、ひとりの歌人の研究に、これだけの数があることには、驚かざるを得ない。ただ、われわれは、インターネットという技術を通じて、氏の文献目録を学界の共有財産として活用できることには、感謝しなければならないだろう。

同じく数字の話。国文学研究資料館編『国文学年鑑（一九九六年版）』（至文堂、一九九八年）に収載されている万葉関係の論文は、三〇〇篇を超えている。つまり、近年においては、三〇〇を超える万葉関係の論文が、毎年発表されているのである。不勉強かもしれないが、筆者が読んで内容を把握している論文をチェックすると、その数は六分の一にも満たなかった。今は、国文学資料館の論文検索を利用できるが、少なくなったとしても、年間二〇〇本の論文を読むとすれば大変だろう。

俗にいう一〇〇〇年の歴史のある万葉研究の蓄積、その間刊行された六〇を越える注釈書。さらには、毎年三〇〇篇を越えて発表される論文。(1) そこから、今日の万葉研究は出発することになるのである。万葉研究は、源氏研究と並んで、日本文学研究の中でも、もっとも研究蓄積の大きい分野といっても過言ではないだろう。とすれば当然、万葉研究は、一首・一句・一語あたりの研究の密度も極め

（1）多くの論文が書かれている背景については、もっと広い視野から見ておく必要がある。戦後さまざまな雑誌が刊行されるようになり、大学・研究所の紀要類の充実が、多くの研究に発表の場を提供していることはいうまでもない。しかし、多くの論文が発表されている背景には、教員の任用・昇任の業績評価システムを事由としていることも、見逃すことができないだろう。研究の評価は論文の質と本数で決まるのであるが、実際においてその質を評価することは難しい。ために、業績評価を受けるためには本数を整える必要がある。こういった点数主義の弊害も批判されるべきかもしれないが、筆者はある程度止むを得ないものと見ている。それは、絶対的尺度がないことを理由に行なわれる縁故・師系・学閥・学派・年功序列による人事よりも、まだ透明性が高いからである。しかし、将来的には教員の〈研究〉〈教育〉〈社会的貢献〉を含めた透明性の高い業績評価のシステムが、合理的に運用されるような環境を整えてゆくべきだろう。

て高い。おそらく、それは、聖書やコーラン、仏典研究にも比肩すべきものであろう。

したがって、抜刷を研究者に送るときには、重要な研究を見落としていないか、という不安に常に付きまとわれる。実際、後からその見落としに気づいたり、指摘をされたりしたことがあったし、また逆に送られてきた論文の見落としを指摘するということが、これまでにもあった。筆者の苦しい経験を語ると、拙著『古代日本の文芸空間——万葉挽歌と葬送儀礼』(雄山閣出版、一九九七年)では、収載したほとんどの論文に加筆訂正を加えて、五〇〇篇を越す参考文献を付したが、その後でいくつかの先行研究の見落としを発見した。また、書簡で指摘を受けたものもあった。これは、ひとえに筆者の不勉強のなせるわざなのだが、あえていえばその時点では最善を尽くしていた、という自負がなかったわけではない。

今日、投稿規定枚数を遥かに超える論文が雑誌に掲載されることがあるのは、こういった状況を反映している、といえるだろう(もちろん、レフリーがそれを許すべきかどうかは別問題だが)。それも、注の方が長いのではないか、と思われるような論文である。今日の万葉研究者は多かれ少なかれ、こういった神経症的不安の中で論文を書いているのである。

2　研究情報整理の時代

以上のような状況は、いかなる事由から発生しているのだろうか。おそらく、それは前述した研究蓄積の大きさと、研究密度の高さからくるものであろう。(2) これまで縷々述べたような研究者側の不安を背景に、次のような事業も展開されている。富山県高岡市の万葉歴史館では、論文の抜刷やコピーを著者別に整理して、開架を行なっている。これは欧米の大学が行なっている抜刷の蒐集に近いもので、その便益ははかり知れない。今日、高岡に行けば大抵の論文は揃う、という評価が定着しつつある。

これに対して、研究史を事典のかたちに整理しよう、という試みもある。研究史を中心とする事典の編纂では、小野寛・桜井満編『上代文学研究事典』(おうふう、一九九六年)などが、それである。いわば、研究者があたりをつけるための道具である。また、神野志隆光・坂本信幸企画編集『セミナー万葉の歌人と作品』全一二巻も刊行された。こちらは、作家ごと作品ごとの研究史を踏まえた現今の研究の水準を示す論考に、参考文献目録を収載した書物である。執筆者総数が、のべ二五〇人を超えるのは、研究の細分化をそのまま反映したものである、ということができる。加えて二〇〇〇年代のはじめには『万葉ことば事典』(大和書房、二〇〇一年)も刊行された。こうしてふりかえってみると、九〇年代から二〇〇〇年代はじめにかけての研究史整理は、事典的整理集約の時代であった、といえるだろう。[3]

(2) 筆者はかつて民俗芸能研究の学界動向を担当したことがあり、それと比較しての印象批評である(上野誠・西瀬英紀「民俗芸能研究の現在」『日本民俗学』第一九〇号、日本民俗学会、一九九二年)。民俗芸能研究の場合は、研究対象の切り取り方を含めて、対象の把握が揺れているという状況がある。したがって、事例の報告や、その記述の方法論が議論の中心にならざるを得ない、という研究状況がある。

(3) 記紀神話関係では、古事記学会編『古事記研究 文献目録 雑誌論文篇』(国書刊行会、一九八六年)、同編『古事記研究文献目録 単行書篇』(同、一九九二年)が、刊行されている。さらには、青木周平他編『日本神話事典』(大和書房、一九九七年)も刊行されている。

こういった動きは、きわめて細分化した万葉研究の総体を、個人が把握することの限界を示しているのではなかろうか。毎年、『文学・語学』（全国大学国語国文学会編）が行なっている「国語国文学界の展望」も、細分化したテーマごとに執筆者を定めて行なうようになったが、それも前述の事情によるものである。

しかし、以上のような出版事業の難点は、膨大な資金が必要なことと、その後の増補・訂正の難しさにある。かくなる問題点を視野に入れて、論文のデータベースを構築し、インターネットで、相互利用を図ろうとする動きもある。筆者が関わったものでいえば、『万葉集主要論文所収歌句データベース』が、それである。このデータベースは、論文情報を蓄積・整理して検索するもので、著者名・論文名だけでなく、キーワードや要約、引用万葉歌の国歌大観番号などでの検索をめざすものである。

一方で、『万葉集』の校本をデータベース化しようという動きもある。万葉の諸本研究の基礎となる『校本万葉集』を電子化して、瞬時に古写本の比較を行なうことができるようにしよう、という試みである。計画では、索引機能や諸注釈の集成も行なった総合的なデータベースとなることをめざしている（http://www.manyou.gr.jp/SMAN_1/）。これも、九九年度より文部省の研究成果公開促進費の交付を受けて、作業が始まっている（委員長・坂本信幸）。万葉研究の蓄積の総体的把握が、個人の情報管理能力を超えるという現状に、以上のような研究者横断的活動が始まっていることは、先程述べた不安を多少は和らげるものである。以上の二つは、筆者がその最初期にかかわったプロジェクトであるが、その後、後継となる種々のプロジェクトが進んでいる。しかし、恥しいことに、自分自身はその最先端ではなくなってしまった。それどころか、落伍者となってしまったのだ、現在。落伍者がいうのもおこがましいことだが、こういった研究のインフラとなるべきデータベースを育ててゆくためには、

学界における共通認識が不可欠であり、その合意形成のあり方などが、今後議論されなければならないだろう。(4)

しかし、これらの施設利用や出版、データベースの活用は、あくまでも研究のための道具にすぎない。問題は、こういった状況の中で、研究者がいかに主体的な研究活動と教育活動に取り組むか、ということであろう。以上のような研究状況に対する研究者側の対応方法には、二つの潮流があるような気がする。一つは、研究対象をとめどなく細分化させ、それに応じて特化した研究を行なう、という対応方法である。今後も、研究の密度はますます高くなってゆくわけだから、問題の設定を小さくして論の精度を高めてゆくわけである。些末実証主義という批判はあるが、それが読みの精度を高めているという事実を否定することはできないだろう。これは、多くの近代科学が抱えている問題で、研究の細分化は避けられないからである。

もう一つは、研究方法の模索である。共同体論や構造主義、記号論、ジェンダー論といった隣接する文化諸科学の方法を取り入れることによって、新しい切り口を探すわけである。つまり、切り口をかえて、これまでの研究蓄積に無い論点で研究を進めよう、という試みである。しかし、これには専門用語や方法を消費しているだけで、読みの深化には繋がっていないという批判がある。というのは、研究者は消費されるべき流行を作り出すこと、ないしは輸入することを目的として、研究を行なってしまうからである。もちろん、研究には分析概念が不可欠だが、分析概念を創出するための研究とい

(4)『万葉集』を中心とした古代文学のデータベースの将来像については、以下の研究集会要旨集に示した(坂本信幸・西端幸雄・上野誠・鈴木栄一「万葉集を中心とした上代文学関連データベースの構築とその利用」『シンポジウム　人文科学における数量的分析(4)』、一九九九年、同実行委員会/数理統計研究所)。

うことになれば、本末顛倒だろう。筆者はそのどちらもが、万葉研究の今日的状況を表していると思うが、問題はその両者が学派を形成して、対話がないことであろう。というより、この両者の間には、互いを批判するための共有する言語空間さえもない。それは、論文の引用関係によって明らかである。もちろん、こういった状況は多くの研究者が意識していることだから、改善を試みる動きもある。

以上が、筆者の現状認識である。それでは、これまで見てきたような膨大な研究情報の蓄積と、研究の細分化は、どのような問題を研究者の側に投げかけているのだろうか。筆者は、ここに二つの問題があると見ている。「研究と教育の分断」と「研究と評論の分断」という問題である。研究と教育の一体化を理想とすること自体が、大衆化された大学においては破綻している議論かもしれないのであるが、これは筆者の直面している大きな悩みである。つまり、教壇に立つ教員の知識が極めて狭隘なのである。論文に求められている知識は、細分化された特定領域の知識でしかない。たとえば、かつての研究者は古代から中世までを守備範囲とすることはあったが、今日そうい̇った研究者は皆無に等しい。現在、日本文学の総体を論じることができるのは、日本以外の大学で教育を受けた研究者か、評論家であろう。こういった状況が、巨視的観点からの研究が育たない土壌を作り出しているのである。以上のような状況が長く続けば、アメリカの一部の大学のように、研究を行なうスタッフと、教育を行なうスタッフを分けるということも、起こり得るであろう。それは、日本においても大学における授業の質が問われはじめたからである。

つまり、研究者は細分化された研究のみに邁進して、一〇〇年単位の文学史や総論は、評論家に任せるという分担が成り立っているのである。筆者の恥ずかしい経験を語ると、ある国際シンポジウムで「日本における封建制の成立は何時で、それは日本文学の伝統にどのような影響を与えたのか」という質問を受けた。しかし、筆者にはそれに答えるすべもなく、赤面汗顔で立ち尽くしたことがある。また、教育面では、文学史の授業を担当してみて、自らの知識の狭隘さに愕然としたことがあった。平安初期までの文学の史的展開さえも、満足に語ることができなかったのである。たしかに、それは筆者の不勉強のなせるわざなのであるが、一方では自らの知識を細分化した研究の中で特化させていった結果である、と思われる。

3　研究戦略

ここでいう「研究戦略」とは、「研究状況」を踏まえた「研究者個人」が、どのような「研究」を行なうかを意図的に選択してゆくことである。「戦略」という言い方は誤解を招きやすいかもしれないが、研究者は個人の知的欲求にのみ支えられて、研究を行なっているわけではない。たとえば、諸本の校合が進んでいない古典を研究対象としている場合には、その諸本研究が急務となろう。また、成立年代が確定してない作品の場合は、それを確定する研究が急務となる。そういった研究状況を踏まえて、研究者は研究の方向を見定めてゆくはずである。したがって、個々の研究戦略は、個々の研究状況の理解を前提としていることはいうまでもない。前節および前々節において、筆者が筆者なりの研究状況の理解を述べたのは、それがためである。さらには、個々の研究者が研究計画を立てる上で勘案するのは、研究者の能力や研究環境の問題である。つまり、研究状況を踏まえ、自らの能力と研究環境を勘案して、研究の計画を立てるということは、誰もがやっていることだろう（いわば、自己の戦力分析)。

筆者が、近時の万葉研究を膨大な蓄積と細分化という観点で捉えているということについては、前述した。以上のごとき状況において重要なのは、研究を特化させて専門性を高めてゆくことであろう。そうしなければ、研究の評価を受けることができない。筆者の場合、万葉挽歌と葬送儀礼の関わりや、古代宮都を対象として万葉歌生成の環境を考えることに特化させたわけだが、それなりの戦略がなかったわけではない。葬送儀礼については、「殯《もがり》」の研究が史学において進展していることを念頭に置いていたし、古代宮都においてもしかりである(前掲拙著)。つまり、隣接する史学の研究成果を万葉研究に応用することを心がけていたといえるだろう。加えて、九二年に奈良に赴任したことによって、考古資料を見聞したり、実地踏査をする機会が増えたため、その方向で研究を特化させた、という経緯がある。さらには、副専攻として、民俗学の研究も行なっていたので、儀礼や芸能の分析手法について は考える機会があったことも、この方向に研究を特化させる重要な契機になっている。教育面でいえば、本務の大学が奈良市に立地していることもあり、授業も踏査を重視する内容で展開することが可能であった、ということも作用している。したがって、自らの研究成果を盛り込んだ授業をしやすかったのである。しかし、それは筆者の個人的な事情を反映してのことでしかない。

4　筆者の研究戦略の問題点

以上のように総括すると、かなり意図的な選択のようにも見えるが、個人の能力面から特化せざるを得なかったという側面もある。国語学や漢籍に対する知識がもともと乏しい上に、これらの知識や学力を習得するために必要なトレーニングから逃げてしまったということもある。特に、万葉研究における漢籍との比較研究は近年重要度を増しており、その必要性については認識しているのだが、未だにその分野に関する学力は著しく低い。(5) また、諸本研究のための書誌学的知識および学力にも不安があり、消去法的に残った選択という方が、正確だろう。加えて、踏査を重視した授業展開といっても、それは偶然に奈良にポストを得た、ということに起因している。

以上の消極的理由からも、筆者は、史学や民俗学、考古学の研究成果の援用を念頭において研究戦略を構想せざるを得なかった。ために、常に周辺領域の研究成果に注意を払うことになったのであるが、そこには次のような落し穴があったのである。自らが入手した資料や研究の批判的検証が、極めて難しいのである。たとえば、資料として自らの論文に取り込もうとした木簡の釈読について、複数の釈読案のある場合、自らが史料批判して、それを決定しなければならない。しかし、その学力がない場合もある。また、援用しようとする特定の論文について、批判や訂正が行なわれても、その情報を漏れなく把握しているかどうか、確かめるすべさえなかったりする。いわば「学際」的なるものの甘さがそこにはあるわけで、万葉研究だけでも細分化が進んでいて、その研究情報の把握さえ難しいのに、他の領域の研究情報を入手して考察を加えるわけであるから、事実誤認も発生しやすい。「学際」とか「越境」という言葉につきまとう甘美な響きとは別に、大きな落し穴があるのである。筆者

(5) 芳賀紀雄「万葉集比較文学事典」(稲岡耕二編『万葉集事典』学燈社、一九九三年)は、この分野の研究の指針となるものである。

の場合、近時は電子メール等を利用して、疑問な点を確かめたり、協力を求めたりしているが、それも他の領域の研究者へ、個人的なツテを頼ってのことである。

以上のような状況から、周辺領域の研究成果を取り込むといっても、それは細分化した小さな問題の解決にしか繋がらなかったというのが、現在の率直な感想である。それどころか、研究成果や資料の遺漏、さらには事実誤認を犯す危険性が極めて高い、ということもわかった。とするならば、筆者の研究もますます細分化し、特化させてゆかなければならないだろう。しかも、そういった方向で研究を進めれば進めるほど万葉研究の補助的部分に関する研究に止まってしまう、という新たなる悩みも発生する。筆者は九〇年代の前半に、人麻呂の「殯宮之時」挽歌における殯宮の設営地の問題に研究を特化して史学や考古学、歴史地理学の成果の援用に努めたが、それが人麻呂挽歌全体の理解にどれほど繋がるかは、疑問である（前掲拙著）。一応の小結を得たという達成感はあるが、もっと普遍性のあるテーマ設定をなすべきではなかったのか、という反省もある。一方、近年は、史学の側から筆者の殯宮設営地論文が批判されている。これは、筆者にとっては、まことに苦しいことではあるが、喜ばしい研究状況の到来ともいえるだろう。

5　文化論としての展開

〈歌を歌う〉〈歌を作る〉〈歌を書く〉〈書かれた歌を書き写す〉〈歌を評価する〉〈歌を研究する〉などといった事象を、一つの文化現象と見做すことは、もはや常識といってよい。だから、学史の研究も文化研究である。したがって、文学研究も芸術研究も、文化研究に内包される一分野である、ということに異論を唱える研究者などいないだろう。ただし、言葉を中心としたアヤの研究（文学）と、歴史的事実を中心としたコトの研究（史学）と、遺物・遺蹟を中心としたモノの研究（考古学）では、おのずと分析の手法が異なる。しかも、それぞれにはそれぞれの研究の蓄積がある。その学問の壁を越えて、互いの蓄積を融合して、新しい研究の方向性を見いだそうとするのが、いわば〈学際的共同研究〉であろう。しかし、筆者の知るかぎり、それは大きな成果を上げているとはいえない。さらには、前述のような、大きな落し穴もある。行儀の悪い言い方をすれば、研究費獲得のキーワードでしかないような気がする。「国際的」も同じレベルではなかろうか。[6]

おそらく、これまでの失敗の原因は、研究の核がなかったからであろう。むしろ、任意に核を設定して、その上で周辺領域を取り込むほうがよいのではなかろうか。筆者の場合は、万葉研究を核として、その枠を多少広げることによって、周辺領域の研究を取り込むことを考えた。つまり、「万葉文化論」のごときものを構想するのである。といっても、これまでの万葉研究の蓄積を最大限に利用するものである。逆に、蓄積の大きい万葉研究であるからこそ、さまざまな研究方法の可能性が試されていて、核になりやすいのではないか、という期待もあってのことである。

その一例として、おこがましいことではあるが、筆者の行なっている万葉歌語「モリ」と「ミモロ」の研究を紹介したい（「万葉のモリとミモロと――古代の祭場、あるいは古代的祭場」、『祭祀研究』第一号、祭祀史

（6）こういった潮流の背景には、人文科学の各分野の研究に携わる研究者に、一つの閉塞感のようなものがあったのは間違いない。それも、同じく研究対象の細分化という状況から派生した問題であろう。

料研究会、二〇〇一年)。「ミモロ」は、神の来臨する樹叢を指す言葉であり、『万葉集』にも登場する。「カムナビ」とともに『万葉集』によく登場する言葉である。当然、万葉研究の側には語源や表現についてある程度の研究蓄積がある。一つの解釈は、「モリ」に神聖なものに付く形態素である「ミ」がついたかたち、とするものである(ミ+モリ説)。したがって、「ミモロ」は、「モリ」の中でも神聖な「モリ」を表す言葉である、ということができる。だから、「ミモロ」は普通名詞のはずである。しかし、『万葉集』において「ミモロ」と称されるのは、一部の例外を除き〈三輪山〉と〈飛鳥のカムナビ〉である。ここに、「ミモロ」の万葉歌語としての性格を見出すことができるのである。この二つの地は、古代宮都の祭祀と深く関わる聖地であり、そういった理由から固有名詞化した言い回しが万葉歌では定着したようである。端的にいえば、万葉歌においては、「ミモロ」といえば、二つの地を指すという了解事項が存在していたことになる。対して、「モリ」には、そういった固有名詞化した用法はなく、もっぱら地名を冠して用いられる。これは、「モリ」のなかでも、古代宮都を守護する神の祭場として、〈三輪山〉と〈飛鳥のカムナビ〉が、万葉の時代においては強く意識されていた結果である、といえるだろう。つまり、樹木崇拝をもとにした古代の祭場「モリ」のなかでも、特定の祭場が「ミモロ」と歌のなかでは呼ばれていたことになる。ちなみに、「三輪のモリ」とか「飛鳥のモリ」といった表現は、『万葉集』には存在しない。

以上のように万葉歌の「モリ」や「ミモロ」の表現を見定めた上で、宗教考古学の古代祭場の研究や、民俗学のモリ神信仰の神観念の研究を援用することによって、「ミモロ」の歌表現と古代の祭場の実態を重ね合わせて、立体的に見ることができるのではないか、と研究を構想してみた。つまり、歌表現の特性から構築する古代文化論のようなものを目指すわけである。この場合は、「万葉の時代」

「大和を中心とした」といった限定つきの「モリ」の日本文化論、祭祀の日本文化論を考えてゆくことになる。

つまり、筆者の構想する「万葉文化論」は、万葉歌の表現の特性を、蓄積された万葉研究から明らかにして、その表現の特性のもっている意味を問うことにある、といえるだろう。以上の研究を行なう際に、周辺領域の研究と照らし合わせることによって、特性の生じた意味付けを行なったり、資料の相対化をはかるということができる、と考えている。こういった作業を経て、万葉歌の表現の特性を、文化現象として捉え直し、ある程度の普遍性をもった文化論として展開することができるだろう[7]。そういった手続きを経て、地域や時代を異にする文化との比較がはじめて可能になるものと思われる。かくなる研究の構想が、とめどない細分化の中で、ある程度抽象度の高い文化論を展開するために考えた筆者なりの戦略である。もちろん、それは筆者の万葉研究とその能力を勘案した上で、何が可能かということの一案を示したに過ぎない。たしかに、読みの深化のみに力点を置いた文学研究（作家作品論）の重要性は変わらないのだが、今求められているのは、そこからやや踏み込んだ文化論ではないか、と筆者は思っている。そのためには、日本文学研究の議論の抽象度をやや高める努力も、一方では必要なのではなかろうか。

今日、多くの大学において、国文学・日本文学の学科や講座が、日本文化学科や総合文化学科などに改組や吸収されているが、日本文学研究における蓄積の面から見ても、古典研究の蓄積は大きいは

（7）もちろん、それは地域や時代という限定つきの議論である。そうしなければ、『万葉集』にもっぱら日本文化の基層を発見しようとした、かつての民俗学派が犯した過ちと、同じ轍を踏むことになる。

ずである。しかも、それはあらゆる分析手法の試行錯誤の上に成り立っている。だからこそ、その精度は高いはずである。そういった蓄積の大きな研究分野が核となった文化論が、現在求められているのではなかろうか。日本文学研究者から、近時の大学改革による研究・教育の危機を訴える言説をよく耳にするが、われわれの側にも蓄積された研究の大きさと、その重要さやおもしろさを伝えてゆく努力が必要な気がするのだが、どうであろうか。それも、わかりやすい言葉で。

おわりに

大学が研究に立脚した専門性の高い教育を行なう機関であるという前提を崩さずに[8]、筆者自身にどのような選択肢が残されているか、ということを以上のように考えてみた。研究の細分化に対応して、研究スタッフと教育スタッフを分離するということも一案かもしれないが、それでは前述の前提を崩してしまうことになるだろう。とすれば、今日、細分化した研究に対応する特化した研究から逃げることはできない、ということになる。だから、「○○の、××における、△△を一事例とした□□的」研究というような各論のみ積み上げてゆくのが——研究者の仕事である——という考え方もあるであろう。また、論文と評論とは交差しないものであって、研究者は特定の領域の研究成果のみによって評価されるべきである、という考え方もあるであろう。うすっぺらな総論など必要ない、という意見もあるかもしれない。たしかに、日本文学研究を支えてきたのは、以上のような禁欲主義だからである。

しかし、筆者はそのような幸福な時代は終わったと認識している。もちろん、一部の研究機関や研究者養成機関では、研究優位の至福の時は続くかもしれないが、それは稀な例外となろう。問題は、教員の授業の質が問われ、社会的貢献[9]が問われているのにもかかわらず、専門性の高い論文を書く能力だけが教員の業績として評価されていることだろう。してみると、これからの教員に求められているのは、高い専門性と同時に、ある程度抽象度をあげた議論を行なう力なのではなかろうか。そういった努力によって、隣接する学問領域の研究者と対話することが、可能になるからである[10]。

筆者は、自己の万葉研究の抽象度を、能力の範囲でやや高めて、文化論として研究をしてゆくよう

(8) 佐伯真一は、大学教育における文学教育の意味について、さまざまな可能性に言及しつつ、次のように総括している(「大学での古典文学教育」『日本文学』一九九七年一月号、日本文学協会)。

……特に日本文学科での文学教育は、研究と不即不離でしかあり得ないと思っている。〈中略〉卒業後に国語教師になる者も少ない時代では、学生に文学史の知識など詰め込んだところで大した意味がないとすれば、文学教育の価値は、文学を通じた思考力の養成といった方向に比重を置くことになるだろう。それならば、「教育」と「研究」の関連はますます重要となるとさえ言えるのではないか。

筆者もこの考え方に共感を覚える。

(9) 禁欲的研究至上主義から脱して、日本文学研究者の社会的貢献については、議論すべき時に来ているだろう。従来のようなマスメディアへの専門的知識の提供だけでなく、主体性をもった提言をする力が必要なのではなかろうか。歴史的、文学的風土を活かした街づくりへの提言や、博物館行政への提言などが求められているように筆者は感じている。ただ、その関わり方については、さまざまな方法や研究者ごとの立場があるはずである。

(10) しかし、隣接する諸学からの研究方法の摂取が、すぐに大きな成果をもたらすとも思えない。デュメジルやフーコーの方法を援用した古事記神話研究に触れる機会があったが、不首尾に終わっていた。『古事記』の文献学的、文学的研究にも大きな蓄積があり、その上に立って資料操作も洗練されているわけで、それを無視することはできない。前述の研究の場合も、資料操作そのものが破綻していた。

なことを漠然と考えている。もちろん、その核は万葉を中心とした文学論なのであるが、他の研究領域と接点が広がるように「万葉文化論」のごときものを構想するわけである。つまり、各論は専門に立脚しながらも、ある程度の総論を語る力を持つべきであろう。たとえば、「万葉歌の表現から考える古代文化には、どういった特質があるか」「考古学で明らかになる東アジアの庭園文化は、万葉歌とどのように関わるか」「初期荘園の経営は万葉貴族の生活圏とどう関わるか」とかいうような議論である。また、そういった大きな議論のできる仕掛けや、場を作る技術を持つことも大切であろう。日本文学研究は、議論の仕掛けや場を作ることに、まだ慣れていないように見受けられる。たとえば、文化人類学などは個別の事象の議論から、抽象度の高い理論を議論するような場の設定をしている。それは、個別のフィールドから、普遍的な文化論を構築してきた歴史の中で培われたものであろう。今後、万葉研究においても、議論の場を作る力のようなものを身につける必要がある、と思われるのである。

補説

本章の元となっている稿は、『日本文学』の新世紀特集号に執筆した稿である。今を去る二〇年も前の稿だ。大言壮語が、なつかしくもあり、恥しくもある。第2章から第3章は、大言壮語した私の「あとしまつ」と読んでもらってかまわない。「あとしまつ」といえば、この冬に、『万葉文化論』というタイトルの拙著が上梓される運びとなった（ミネルヴァ書房刊）。それがほんとうに「あとしまつ」になっているのか、多少の自負はあるけれども自信はない。

第2章　万葉民俗学の可能性を探る

1　民俗学と歴史学

「民俗学」とは、「聞き書き」という方法によって、生活の歴史を身近に実感することを目的として構想された学問である。「聞き書き」とは、調査者が語り手に相対して話を聞き、それを記述してゆくという方法だ。この「聞き書き」という方法によって、集められた民俗学の資料が「民間伝承」である。

たとえば、一九六〇年代のある地方の農業の様子について調べたいと思うときには、地方の年鑑や農業統計などの文献資料で、その実態をつかむことができる。この地方の平均的な農家の作付け面積はいくらで、この地方の一世帯あたりの平均の農業所得はいくらで、それは日本の平均よりも高いか低いか。さらには、当時の新聞などを丹念に読んでゆけば、この地方におけるトラクターや自動田植え機の導入はいつだったか……などという史実を正確につかむことができるかも知れない。そういった資料を丹念に読み込み、目的に応じて再構成することによって、特定の地方の特定の時代の農業のありようを、明らかにすることが可能だ。そして、それはそのまま、特定の地方の農業従事者の生活の歴史でもあるはずである。これが地域を限定した歴史学、すなわち地方史の基本的な方法である。したがって、地方史と民俗学とは、方法は異なるが、目的においては重なるところが大きい。

地方史研究者が、歴史資料となる文書の調査をして、歴史を復元するのに対して、民俗学者は「聞き書き」という方法を用いる。私が大学院生時代によく聞き書きを行なった静岡県引佐郡《いなさぐん》の引佐町《いなさちょう》では、一九六〇年代の後半に試験的に自動田植え機が導入された。あるお年寄りは、たいへんな借金をして機械を入れたこと、村で一番に機械を入れたので村中の人びとが見にきたことを、誇らしげに語ってくれた。そして、どれだけ田植えが楽になったか、話してくれた。それを機械化以前からみると夢のようなことだったと話すお年寄りの声は、ますます熱気を帯びていった。この話と先程の文献調査を重ね合わせれば、農業の機械化が進んでゆくときに、どのような意識で機械を導入していったか、わかるはずである。反面、聞き書きのもとになるのは記憶であるために、事実の誤認なども起こりやすい。そして、何よりも記憶というものは、あくまでも個人の心に蓄積されるものだから、客観化することができない。たとえば、同時期に機械を導入した人でもそのことで借金に苦しみ離農した人なら、別の感情をもって機械導入のことを語るかもしれない。

さて、二日間にわたる長い聞き書きが終わろうとするときに、このお年寄りがふと洩らした言葉がある。それは、「自動田植え機は、どのみち入れにゃーならんもんだったが、入れたら田植えがおもしろうのうなった」という言葉である。それはなぜですか、と聞くとこのような答えが返ってきた。「そりゃ、田植えが家ごとで行なわれるようになったから……」と。すなわち、機械が入る前は、たいへんな労力を必要としたので、田植えどきともなれば、親類縁者の応援を求めたり、村の人の応援を求めたりして、田植えをした。まさに、猫の手も借りたい田植えどきである。つまり、機械化以前の田植えというものは、親類縁者総出、村総出の大仕事であったわけだ。したがって、互いに労働力を融通しあう「ユイ」という労働慣行が日本では発達した。しかも、働いてもらうわけだから、田植えを手伝ってもらうわけだから、昼食は主人がふるまうことになる。当然、家族以外の人に田植えを手伝ってもらうわけだから、主人は忙しいなかご馳走をふるまう。田植えをする人、炊き出しをやる人、子守りをする人などなど……それぞれがそれぞれに分担された役割を果たしながら、機械導入以前の田植えというものは進んでいった。そして、最後の日の夜は、打ち上げの大宴会。最後は主人が、「礼金」を協力者に渡して、宴会も田植えもお開きになったのである。子供も、子守りを手伝えば、お駄賃がもらえた。私は、この話を聞きながら、田植えが労働であるとともに、一つの祝祭であったことを実感した。もちろん、そんなことは民俗学の「いろは」の「い」にあたることなので再認識したにすぎないが、それをお年寄りの語りによって、私は追体験することができたのである。楽しみにしていたお祭りがなくなってしまったかのようなこのお年寄りの語る様子が、今も私の目に焼き付いて離れない。つまり、民俗学という学問は、体験として語られる生活の歴史を対象とする学問なのだ。

私はこの体験から、生活の歴史を実感する方法としての聞き書きの有効性、さらにはその聞き書きという方法の可能性をとことん追究する民俗学という学問を、信頼するようになった。つまり、民俗学という学問は、調査者も調査地で得た実感を語り、記述してゆく学問なのだ。

2　聞き書きの射程範囲

柳田國男と折口信夫によって、日本に根をおろした民俗学は、そういう調査者と語り手のいわば「共同作業」を重要視した。これは日本民俗学の一つの特質といっていいかもしれない。この「聞き書き」という方法は、調査者と語り手による「共同作業」だから、常に調査者は語り手と同化しようと努力する。簡単にいえば、調査者は語り手の言葉を肯定的にとらえ、語り手に同調して、その語りを記述してゆく。そういった聞き書きを再構成して、記述したものが「民俗誌」である。したがって、日本の民俗誌には、この慣行は非民主的だから、急ぎ改善しなくてはならない、というような記述は見当らない。また、予定調和的に対象を描き、家や村などの対象を動態として観察したがらないという欠点もある。つまり、民俗学は、「伝統」や「伝承」に大きな価値を認めるという大前提のある学問なのだ。しかし、冒頭の田植えの話で述べたように、聞き書きによってしか記述することのできない歴史というものも存在する。

この民俗誌を基礎として、編纂された歴史資料などには登場しない一般の人びとの生活の歴史を語ることに、日本民俗学はこの九〇年間熱中してきた。それは、固有名詞の登場しない歴史を、語り手とともに紡ぎだしてゆく営みだった、といえるだろう。たとえば、一九七〇年代のことを二〇一八年に聞き書き調査するとしよう。七〇代の人と、八〇代の人、九〇代の人とでは印象が違うはずである。また、男と女でも違うはずだ。こうして細分化してゆけば、聞き書きというものは、一人一人違うということになる。したがって、聞き書きによって再構成される歴史というものは、調査者と語り手が語りの場によって創造した物語であると極論することも可能だ（History / Story）。もちろん、聞き書きのもととなる記憶というものは、異なる個人においても共有されるので、一人の語り手の語りから、多くの人びとが体験した生活の歴史というものを復元することも可能である。したがって、ここで問われるのは、調査者が語り手から引き出してくる情報の質と量。そして、それを再構成して記述してゆく調査者および研究者の力だろう。日本の民俗学は、そういう調査者、研究者の名人芸によって支えられてきた。つまり、以上見てきたように聞き書きという方法にも、限界があることは認めなくてはならない。

3　歌の背後の生活の歴史

私たちは、万葉時代の人に直接会って聞き取り調査を行なうことはできない。したがって、『万葉集』を民俗学的な手法によって分析する学問など成り立たないという結論を出すことも可能だ。しかし、歌というものも、見方を変えれば生活の歴史である。なぜ、この時に、この歌の作者はこういった表現をしたのであろうか。こういった表現形式が成り立つのは、なぜなのだろうか。というように考えてゆくと、どうしても歌の背後にある生活の歴史を考えざるを得ない。逆にいえば、そういった生活の歴史が、歌の表現形式を形成したともいえる。

ここで、一つの例を示してみよう。現代では、両親を表現する場合、「チチハハ」と表現する。これを「ハハチチ」のように表現することは、ほとんどない。間違いではないが、こういった表現は、一般的表現、慣習的表現ではないので、「ハハチチ」と表現すると、その理由を聞き手から必ず問い返されるだろう。したがって、現代の日本では両親を呼ぶときには、父親を先にいう方が一般的かつ慣習的な表現形式だ、と結論付けることができる。もちろん、『万葉集』にも、現代と同じように「チチハハ」（巻五の八〇〇）という表現形式も存在している。しかし、『万葉集』には現代と反対に母親を先にいう表現もある。「ハハ」の古語と考えられる「アモ」「オモ」、「チチ」の方言と考えられる「シシ」を組み合わせた「オモチチ」「アモシシ」という表現形式が『万葉集』には存在している。東国から出征して筑紫の警備にあたった防人《さきもり》の歌に、次のような歌がある。

ちはやふる　神のみ坂に　幣奉り《ぬさまつり》　斎《いは》ふ命は　母父《おもちち》がため　（巻二十の四四〇二）
右の一首、主帳埴科郡《しゆちやうはにしなのこほり》の神人部子忍男《みわひとべのこおしを》

神の居る恐ろしい峠を越えるときに、作者・神人部子忍男は峠の神に供え物をしてその無事を祈った。しかし、無事を祈るのは、自らのためではなく、両親のためだと歌っているのである。現在の長野県埴科郡《はにしなぐん》および千曲市《ちくまし》にあたる地域からやって来た信濃国の防人は、歌の中で「オモチチ」と母親の方を先に呼んでいる。このように母親を先に呼ぶ表現は、『万葉集』の中に全部で八例ある。

オモチチ＝巻三の四四三、巻十三の三三三六、巻十三の三三三七、巻十三の三三三九、巻十三の三三四〇、巻二十の四四〇二
アモシシ＝巻二十の四三七六、巻二十の四三七八

示した例のごとくに、母親を先に呼ぶのは、通説では日本の古代が母系社会であったからだといわれている。母系社会とは、父から息子へという財産や地位の継承よりも、母から娘へという継承を主軸として考える社会のことをいう。

この用例に着目した桜井満は「両親をオモチチ・アモシシという表現は、説かれるように、母系制時代の呼称の名残りとみられる古い表現形式であり、チチハハというのは、家父長権確立とかかわる新しい表現と認めてよいだろう」(『万葉集の風土』講談社、一九七七年)と述べている。さらに桜井は、この「オモチチ」「アモシシ」という表現が、東山道の防人歌のみに登場することに着目し、東山道よりも東海道の方に、いち早く家父長権という考え方が浸透していったのではないか、と推定した。父親を尊重し、父系を重んずる考え方は、儒教の受容とともに浸透してきたと考えることができ、畿内を中心に浸透していったであろう儒教が、両親の呼称法に影響を与え、この影響をいち早く受けた東海道地域では父を先に呼ぶことが一般的になっていたのではないか、と桜井は用例の偏りから読み取っている。それに対して、東山道地域では、まだそうはなっていない。このことから、当時後進的地域であったと考えられる東山道に、「オモチチ」「アモシシ」という「母系制時代の呼称」の名残が残っていたのだ、と桜井は推定したのだ。

もちろん、桜井の仮説が成り立つためには、東山道が東海道に比べてほんとうに後進地域であったかなど、いくつかの仮説の検証が必要である。しかし、『万葉集』の「オモチチ」「アモシシ」の用例の偏りを説明する一つの解釈として認めてよい説だ、と私は思う。桜井がこの研究において援用したのは、民俗学・民族学・文化人類学において一九六〇年代に流行した親族の呼称分析の手法であった。これは、親族の呼称を聞き取り調査することによって、親族間の人間関係を、その社会がどのように規定・把握しているかを探ろうとする研究の手法である。すなわち、親族の呼称法から研究の対象とする社会がもっている人間関係のあり方を探ろうとする研究である。それを、桜井は古代社会における儒教文化の浸透度と結びつけて理解しようとしたのだった。つまり、この研究は歌表現から当時の生活の歴史を復元しようとする試みだった、といえるだろう。

4　万葉民俗学と、万葉歌の民俗学的研究と

冒頭に私は、民俗学を「聞き書き」という方法によって、生活の歴史を実感する学問であると規定した。ところが、『万葉集』を対象とする民俗学では、「聞き書き」という方法は使えない。可能なのは、歌の表現からその背後にある生活の歴史を探ることである(①)。私はこれを「万葉民俗学」と呼んでいる。復元した生活の歴史を、歌の解釈に生かしてゆくこともできるはずで、それを歌の研究に生かしてゆけば、私たちは歌の表現世界をより身近に実感することができる。これが、いわゆる万葉歌の民俗学的研究である(②)。したがって、〈万葉民俗学〉と〈万葉歌の民俗学的研究〉とは裏表の関係にあるといえる。この二つの研究が表裏一体の関係にあるとすれば、この研究を行なう研究者は、常に〈歌の表現〉と〈歌の背後に想定される生活世界〉とを往復して、研究を進めてゆくことになる。

①表現から、当時の生活の歴史を研究する＝万葉民俗学

②生活の歴史から、歌の表現を研究する＝万葉歌の民俗学的研究

この①②の往復作業によって、歌と生活の歴史とを有機的かつ立体的にとらえることが、できるようになる。「聞き書き」という方法によって、編纂された歴史資料にはあらわれない生活の実感というものが明らかになるように、私たちは歌にとどめられた生活の歴史を、実感として受け止めてゆくことが可能になるのだ。

5　万葉民俗学を構想する

「聞き書き」という方法によって、心に蓄積された生活の歴史を明らかにする民俗学。万葉歌の表現を分析することによって、歌表現に垣間見られる生活の歴史を明らかにする万葉民俗学。その万葉民俗学を文学研究に生かす万葉歌の民俗学的研究。もちろん、これらは、原理的かつ概論的な区分なのであって、実際の研究においては重なるところが大きい、と理解しておく必要がある。こういった研究の枠組みを早い段階で構想したのが、折口信夫である。折口はこの点について、以下のように述べている。

文学が、社会生活の論理を発掘する事を目ざすものであり、民間伝承は、民族性格の個的因由を解明する唯一のものとすれば、一国文学の研究は、其民俗学の目的とする所から出発しなければ

ならない筈である。

(「地方に居て試みた民俗研究の方法」、折口博士記念古代研究所編『全集』第一五巻、中央公論社、一九九〇年、初版一九七六年、初出一九三五年講演筆記)

ここで折口は、まず文学研究の役割を、社会生活の論理の発掘と位置付けている。つまり、日常的には埋没して見ることのできない社会生活の論理を、作品のなかから純化したかたちで明らかにしてゆくのが文学研究だといっているわけである。論理というものは、多くの場合、個別の事例のなかに埋没していて、見ることはできない。たとえば、平成の時代の人びとの恋愛観について研究するとしよう。恋愛というものは、一つ一つ個別のものだから、それぞれの事情というものがある。したがって、個別の事例から平成の時代の恋愛生活の論理というものを発掘することには、多くの困難がともなう。これに対して、この時代に大ヒットし、多くの人が共感した恋愛小説から、一つの時代の恋愛観を発掘することは比較的容易だ。これは、文学を通じて見た恋愛の世相史、あるいは精神史や思想史ともいえるだろう。

次に、折口が使っている「民間伝承」とは、民間のなかで伝えられてきた伝承文化を指す言葉である。折口は、この民間伝承から、民族の保《も》っている文化の特質を読み取ることができる、と考えた。つまり、民間伝承の研究によって、それぞれの民族が保っている文化の個別的性格を読み取ることができる、と考えていたのだ。それぞれの民族文化の保っている固有の性格が何に由来するのか、「民間伝承」の研究によって、折口はそれを明らかにしようとしたのである。

さて、ここで注意しなくてはならないことがある。それは、折口が、他の民族との比較を行なう民族学や、後の文化人類学の方法を意識しながらも、その方法に自ら封印をしている点である。つまり、折口は、一つの民族の文学と、一つの民族の民間伝承を研究する民俗学に限定して、ここでは議論を進めようとしている。おそらく、この背景には次のような事情があった、と推察される。それは、折口信夫についても柳田國男についてもいえることだが、彼らはともに、今は日本における民間伝承の採集に全力を尽くすべきだと考えていた。つまり、日本における民俗学が十分に発展しない現段階において、他の民族との比較研究を行なうことを、時期尚早として、強く戒めたのである。実際にこの時代、一方で安易な比較研究があったのも事実で、そういう安易な比較研究が、日本民俗学の発展に害をなすのではないか、と考えていたようだ。

そして、折口は、一つの国の国文学の研究は、その国の民俗学の目的とするところから出発しなくてはならない、と最後に述べている。これは、その民族が生み出した文学の研究は、その国の民俗学の目的とするところから出発しなくてはならない、という意味だろう。繰り返しになるが、民俗学は一つの民族の生活の歴史を明らかにする学問だ。つまり、生活の歴史を明らかにするところから、文学研究も出発しなくてはならないのではないか、と折口は述べているのだ。すなわち、文学の研究は、その文学を生み出した人びとの生活の歴史と、生み出された文学とがいかにかかわるのかという問いを抜きにしては、出発できないと述べている。日本文学の研究は、その文学がいかに日本人の生活の歴史とかかわるのかというところからしか、出発できないのではないか、と折口はいっているのである。

もちろん、この折口の議論の進め方には、飛躍もある。まず、文学研究の目的を「社会生活の論理の発掘」という点に集約してよいものか、どうか。文学を芸術作品として理解し、その美学として構想される国文学も当時すでに存在していたわけだから、それは当時においても文学研究に対する一つの見方というくらいに理解しておく必要があるだろう。次に、現在から見ると「国」という概念と、「民族」という概念が整理されないまま使われている。この峻別については、現代においてもあいまいなままに日本では議論されている場合が多く、厳密な議論を私たちもしてゆかなくてはならない。

しかしながら、この折口の問いかけには、真摯に耳を傾けなくてはならない部分もある、と私は思っている。それは、文学研究を他の学問のなかに開いてゆく道筋を、具体的に当時の学問状況に即して、折口自身が示している点だ。かえりみて私は、現在、日本文学研究の幅を広げてゆく必要がある、と考えている。日本文学研究を広く文化研究のなかに位置付けてゆく必要がある、と。折口は、日本文学を広く日本の精神史や文化史のなかに位置付けることを構想した学者だが、この構想をもう一度現在の学問状況のなかに位置付ける必要があるのではないか。なぜなら、それが文学研究と文化研究との関係を見つめ直す機会となる——と思うからである。

第３章　日本文学研究における自覚的「補完」

「肖像写真」は、もろもろの力の対決の場である。そこでは、四つの想像物が、互いに入り乱れ、衝突し、変形し合う。カメラを向けられると、私は同時に四人の人間になる。すなわち、私が自分はそうであると思っている人間、私が人からそうであると思われたい人間、写真家が私はそうであると思っている人間、写真家がその技量を示すために利用する人間、である。言いかえれば、これは奇妙な行動であるが、私は自分自身を模倣してやまないのである。だからこそ、写真を撮らせる（または撮られる）たびに、必ずそれが本当の自分ではないという感じ、ときには騙されたという感じが心をかすめるのだ（それはちょうど、ある種の悪夢が与えるのと同じである）。

（ロラン・バルト『明るい部屋――写真についての覚書』花輪光訳、みすず書房、一九八五年）

はじめに

「あなたは国文学者の上野誠さんですか」「あなたは日本文学研究者の上野誠さんですか」といわれると、なんとなく居心地が悪い。ムズムズする。それは、研究がとめどなく細分化されているからである。では、お前はいったい何者か？　そこで、今の私を取りまく学問について考えてみる。「日本文学研究」を「補完」するものは何かというところから考えてみようと思う。

「補完」とは、何かを補うことによって完全なものにすることをいう。ただし、AとBとが「補完関係」にあるといった場合には、AとBとの間には、上位・下位関係や主・客の関係は、ふつう想定されない。この点が授与者主体の「影響」や、享受者主体の「受容」と異なる点であろう。私はここで「日本文学研究における補完」について、「自覚的」という言葉を補って論じてみたい。なぜならば、研究情報や研究方法などは、研究の主体が、自覚的に選択して「補完」するものであり、受動的なものではなく、一つの営為であると考えるからだ。したがって、「日本文学研究における自覚的『補完』」とは、「研究目的を達成するために、研究主体が自ら足らざる点を自覚して、戦略的に自らにないものを導入しようとする営為」と定義することとしたい。ただ、こう定義したとしても、見方を変えれば「影響」「受容」と考えてもよい場合もあることをあらかじめ断っておきたい。かくなる定義を踏まえて、筆者は三つの観点から、日本文学研究における補完という問題を考えてみたい、と思う。それは、「研究情報の自覚的補完」「研究目的とその方法の自覚的補完」「研究者個人の観点の自覚的補完」の三つである。

1　研究情報の自覚的補完

今日、たとえ一つの作品を論じようとしても、他分野の研究情報を自覚的に「補完」してゆかなくては、論そのものが成り立たない、と筆者は考えている。一方、今日の「国文学」は、研究の細分化がとめどなく進んでいるため、個々の研究者の取り扱う作品は、きわめて限定されたものとなっている。『万葉集』と『源氏物語』の両方について論文を執筆したことがある研究者は、今日数名しかいないのではないか。けれども、個別の作品を論ずる場合においても、他分野の研究領域の成果を補完しなくては、論文が書けない状況にあることも、また事実であろう。ありていにいえば、現在、古典文学研究が文献史学の研究成果と無縁に成立するということなど、あり得るはずもないことだ。

近時、古代文学研究では、「歌木簡」をめぐる議論が喧しい。というのは、歌が書かれた木簡のなかから、万葉歌と同一の部分が記された木簡が発見されたからだ。ために、「歌木簡」が歌集成立以前の歌の表記、伝来、歌唱法を探る重要な手掛かりになると考えられるようになったのである。ことに注目を集めているのは、難波津《なにわづ》歌の裏面に安積山《あさかやま》歌が記されたいわゆる安積山木簡であろう。

・奈迩波ツ尓……□〔久カ〕夜己能波□□由己□〔母カ〕
・阿佐可夜　……□　　　□流夜真

(79 + 140)・22・1　081

（栄原永遠男「あさかやま木簡の発見とその意義」『紫香楽宮跡「万葉歌木簡」出土記念講演会資料』二〇〇八年五月）

当該の木簡によって、すくなくとも八世紀中葉には、難波津歌と安積山歌（『万葉集』巻十六の三八〇七）がセットになっていたことがわかったのである。が、しかし。そう推定できたのは、文献史学と考古学の永年にわたる共同研究によって、この木簡が溝に捨てられ埋没した年代がある程度まで確定できたからなのである。

紫香楽宮《しがらきのみや》の半世紀近い発掘調査の成果によって、宮内の建物群の配置が明らかになり、さらには木簡の捨てられた西大溝の利用状況が明らかになっていなければ、この木簡の埋没年代を特定することはできなかったのである。西大溝については、紫香楽宮の第一九次発掘調査以来、第二〇次、さらには二二〜二五次にのぼる調査が行なわれ、木簡二〇〇点、削屑五八九点が確認され、それらの木簡の調査があったからこそ、年代が確定できたのであった。

栄原永遠男は、西大溝の年紀のある木簡の年紀が、天平一五年〜一六年（七四三〜七四四）であることを確認した上で、天平一六年の年紀をもつ調鰒荷札木簡の納品が天平一六年一二月三〇日までに行なわれた可能性が高いと推定したのであった（栄原 二〇〇八年）。一二月三〇日までと推定した理由は、養老令賦役令3に、調庸の納入期限が一二月三〇日までと明記されているからである。もちろん遅延の可能性もあるだろうが、栄原は、天平の後半期までは納入の期限の遅延は表面化していなかったという状況認識に立って、一二月三〇日までには納入されていた、と考えたのである。そして、聖武天皇が平城京に移る天平一七（七四四）年五月までは、西大溝が機能していたと推考した上で、慎重に西大溝が使用されなくなった時期を「およそ天平一六年末から一七年初と推定」し、「本木簡が埋没した下限も、同様に考えることができる」という判断を下したのであった。この推考によって、はじめて安積山木簡の年代が確定したのである。栄原が調鰒荷札木簡に注目し、納品期限が、この時点では守られていたと判断した背景には、長年にわたり氏が領導してきた奈良朝物流史の研究成果があるのであって、その成果に基づいて、安積山木簡が埋没した時期の下限が推定できたのである。埋没時期の下限が推定できれば、木簡の利用はそれ以前ということになり、木簡に歌が書かれた時代の下限をおおよそ推定することができる。つまり、紫香楽宮の西大溝の発掘と木簡の整理、栄原の物流史の研究蓄積なくしては、木簡埋没時期の推定は不可能であったといえるだろう。一つの木簡を分析するにあたっても、その出土状況の把握、捨てられた場所の建物群の配置、溝の利用時期の特定、溝に木簡を捨てた官司の特定（遺棄主体の推定）などを個別に推考する必要があり、伴出した木簡や土器の性格や遺棄理由、さらには遺棄時期も推定しなくてはならないのである。この木簡の裏面の釈読に成功した栄原は、自らの物流史研究に、紫香楽宮の発掘知見を「補完」することによって、木簡の埋没時期を特定することに成功したといってよいかもしれない。

対して、われわれ万葉研究者の側は、栄原論文を通じて、新資料の性質、性格というものを知り、自らの研究関心に沿って、その研究情報を自覚的に「補完」して、はじめて歌木簡の研究を進めることができるのである。このように、今日、国文学研究全体が、他領域の研究を自覚的に「補完」しない限り成り立たないという状況に来ているのではないか。以上の場合は、「影響」や「受容」といっては、不適切であろう。万葉研究者の側は、考古学的研究や歴史的研究を新たに構想するわけではなく、自らの研究領域においては考察の及ばない情報を、自覚的に考古学と文献史学から「補完」して研究を進めるに過ぎないからである。もちろん、自らが考古学者となり、さらには文献史学者となって研究を進めるという選択肢もないわけではなかろうが、現実的には不可能であろう。したがって、どの研究情報を、自らの研究観に即してどう「補完」するかは、個々の研究者の研究構想力のごときものにゆだねられることになる。筆者が、文献史学や考古学の研究成果を勘案する場合、なるべくその結論に至る論証過程について自分なりに検証もし、咀嚼もして判断しているつもりであるが、けっして充分な自信があるわけではない。ために、多くの場合は、「補完」する研究情報については、他領域の専門家の判断に従うほかはないのが実情である。以上が、筆者の研究分野から語った研究情報の自覚的「補完」である。

おそらく、研究情報の自覚的「補完」については、今後とも個々の研究者の独自の判断によって進んでゆくものと思われる。なぜならば、今後に大きな飛躍が予想される研究分野には、多くの研究者が研究情報の自覚的「補完」を行なう傾向が、見受けられるからである。それは、おそらく明治以来の学問の枠組みの中で深まった学術研究を、自ら「補完」して、さらに深めてゆく営為であるといえるだろう。では、次にその「近代国文学」を巡る研究の枠組みについて考えてみたい。

2 研究目的とその方法の自覚的補完

今日われわれがいうところの「国文学」が、芳賀矢一《はがやいち》（一八六七―一九二七）のドイツ文献学（Philologie）の導入によってはじまるとする考え方は、いわば通説となっている（阿部 一九五九年、内野吾郎 一九八三年）。個別の古典注釈については、江戸期の「皇学者」「和学者」「国学者」たちの業績に拠りながらも、「国文」の「学」としての樹立を急いだのが、芳賀であった。その芳賀が、大学院以来一貫して希求し続けたものが、〈文学史〉の構築であったことは、いったい何を意味するのであろうか。おそらく、芳賀は、「近代国文学」の研究領域の境界線を確定した後に、史的記述を行ない、学問的体系の樹立を企図したのであった。

芳賀が「国文学」を構想した時点では、次のように隣接の学問領域の境界線が想定されていたと考えてよいだろう。一つは「英文学」「独文学」「仏文学」などの各国文学研究と、その文学史と考えてよい。つまり、芳賀は西欧諸国の「一国国文学」と「一国国文学史」に比肩する「国文学」「日本文学」とその「文学史」を樹立しようとしたのである。では、もう一つの隣接する学問領域とは何か。「国法学」「国史学」である。芳賀は、旧「国学」が包摂していた学問領域を、「国法」「国文」「国史」に三分割して独立させ、政体史や法制史は、「国文学」では研究対象としないことを明確化したのであった。端的な例は、『太平記』は歴史学に益なしとして「国史」の研究対象からはずされることになるのだが、「国文」の研究対象になることになる（花森　二〇〇二年）。法・文・史の区分法は、今日においても引き継がれている大学の学科構成ともなり、「法学科」「文学科」「史学科」という学科区分と、各国語別の文学科の講座制の枠組みは、厳然として残っている。

芳賀の生きた時代は、こういった学問区分の模索期にあたるといえよう。歴史を単線で考えてはならないとは思うが、芳賀は現在から見れば「英」「独」「仏」の各国文学に並ぶ「国文学」の、いわば「学祖」といってもよいだろう。芳賀は、こういった学問区分の中で、「一国国文学」「一国国文学史」を構想したのであった。ために芳賀の活動は、従来の「国学」を大学内の学問体系の中に位置付けしなおして連続させた側面と、断絶して新しい学問を誕生させたという二面性を持ち合わせていた。ある時は、「国学」との違いをことさらに強調し、ある時は「日本文献学は国学なり」と明言するのは、その二面性のなせるわざといえよう。とすれば、芳賀のドイツ留学の意義の中で、その後の学問史への影響を考える上でもっとも重要な点は何かといえば、西洋の大学制度のなかで行なわれている各国文学研究に芳賀が実際に触れたこととなるのではないか。(1) それが、帰国後の芳賀の「一国国文学」と

（1）芳賀が留学中に学んだ文献史学については、福田秀一（一九九二年）に詳細な分析がある。

「一国国文学史」の構想に、大きな影響を与えることになるのであった。[2]

縷々述べてきた芳賀の活動は、大局的にいえば西欧の学問の「影響」とその「受容」ということになるのであろうが、自らの足らざる点を補うという観点よりみると、自覚的「補完」といえなくもない。かくなる営為は、存在しなかった学問体系や研究方法を補ったものとも、考え得るからである。旧幕府方の学問所の統合、西洋学問の急進的な移入のなかで起こった国漢派と洋学派の対立、さらには国学派と漢学派の対立、東京大学における和漢文学科の設置とその不人気、朝令暮改とも受け取られかねない古典講習科の設置と廃止など、いわゆる「近代国文学」は、明治三〇年代まで混沌期にあったといってよいだろう。こういったなかで、芳賀は新しい学問体系樹立にもがいていたのである。それは、盟友ともいうべき、国語学の上田萬年《うえだかずとし》、歴史学の三上参次《みかみさんじ》も同様であった。では、なぜ芳賀は、従来の「国学」からの脱皮を図ろうとしたのか。それは、学問を取り巻く環境が一変してしまった明治期、従来の「国学」の世界観では、大学の学問としては生き残れないと感じたからであろう。この点については、品田悦一《しなだよしかず》の発言が核心を突いていると思う。

同様に、〈国民の文学の学〉の本質も、江戸時代の学問からの類推ではとうていつかめるものではない。

なにしろ国学の概念系には、〈国民〉も〈文学〉も存在しなかったのだ。国学者たちが「皇国《すめらみくに》」と呼んで尊んだものは、東アジア文明圏内の一小国を世界の中心に見立てたもので、世界システムの一環としての国民国家日本ではなかったし、その「皇国」の言語で書かれたもろもろの文献には、「まことの道」という人類普遍の原理が示されているはずだった。その道は「皇国」にだけ辛うじて残存していると見なされたものの、日本人に固有の原理であるとは誰も考えなかった。

（品田　二〇〇一年）

ちなみに、芳賀の同年代の三上参次の懐古録を読むと、高等教育を受けたいと思う者は、中学に入ると、パーレーの『万国史』などを原書で読む英語教育を受けていたことがわかる（三上　一九九一年。一九三七年聞き書）。また、大学においては、日本人教師も英語で講義をしていた。具体的にいえば、こういった環境で学んでいる学生の知的好奇心を満足させる学問が求められていたのである。学問といえば、西洋のことを学ぶことであった時代、英語やドイツ語で西洋の学問の洗礼を受けている学生にとっては、従来の「国学」的世界観では、とうてい満足などできないのである。時代錯誤と映ってしまうはずだ。ために、新生「国文学」に求められたのは、西欧世界の中で「自国の文学」を語り、「自国の国民性」を語ることだったのである。

では、芳賀が新生「国文学」に求めたものは何かといえば、科学的文献学の方法によって、「国民性」を語るという点にあった。今日、われわれは「文献学」といえば実証的考証とそれを支える実務技術を想起し、「文学史」といえば作品・作家等の客観的な時系列記述を想起するのだが、芳賀は文献学や文学史を通じて「国民性」のごときものを語ることを目指していた。ために、芳賀の著作を読むとそのほとんどが、「国民性論」となっていることに気づかされるのである。したがって、芳賀の『国

（2）「一国国文学」として芳賀が国文学を構想したのに対して、柳田國男が構想した民俗学も「一国民俗学」であった（室井二〇〇九年、田中嘉明　二〇〇九年）。もちろん、その批判は可能であろうが、芳賀や柳田の選択は、当時としては学に社会が求めていたニーズを的確につかんだ学問の構想であったと思う。

民性十論』（富山書房、一九〇八年）は、文献学と文学史から得た知見を集約・純化した著作ということができるのである。(3)

しかし、そういった「一国国文学」「一国国文学史」こそが、当時のヨーロッパの学問の趨勢であったことも忘れてはならない。たとえば、明治期において、よく読まれた文学史がイポリット・テーヌの著作であったことはよく知られており、三上参次・高津《たかつ》鍬《くわ》三郎《さぶろう》の『日本文学史』（金港堂、一八九〇年）もテーヌ文学史の日本版のごときものであったことは、三上の懐古録にもあるところである（三上　一九九一年、一九三七年聞き書）(4)。では、テーヌの文学史とはどのようなものだったのか。後にテーヌ（＝テエヌ）の翻訳を手がけた瀬沼《せぬま》茂樹《しげき》に、次のような発言がある。

> 読者は二（引用者注、テーヌの『英文学史』序）においてテエヌが作家や作品の根本である「本源的精神状態」をつくりだす原動力として三つの力、「人種」「環境」「時代」を説明するところを読むであろう。「本源的精神状態」とは、作家や作品の基礎になつている「考えかた、感じかた」の基本的形式で、これは三つの条件によつて規定されていると考えている。ここにテエヌの歴史学の方法、あるいは社会学の方法がある。「人種」「環境」「時代」という三つの条件を立てるところにヘエゲルの考えかたの痕跡を認めることができよう。それぞれの概念のテエヌ的規定は本文をみれば明かだが、これを「内部の言動力」「外部の圧力」「既得の推進力」として、この三者の「条件」からとらえようとする行きかたは、今日では常識になつているまで、原理的に教えるところのあつたものである。もちろん、この三つの条件がテエヌによつて精密に説きあかされ、或いはその関係が論理的に設定されているわけではないが、われわれが作家や作品を解釈する場

合に、このような歴史的、社会的考慮を払わないわけにはいかないであろう。こういう行きかたは、まちがいなく、テエヌによつてひらかれた、テエヌの方法の特色である。（瀬沼　一九五九年）

とあるように、テーヌの文学史は「人種」「環境」「時代」を基軸として記述された文学史なのである。なお、ここでいう人種の概念は、現在の「民族」ないし「国民」に近いが、今日の「人種」「民族」「国民」という概念区分は、いまだ確立されていない。鈴木登美《すずきとみ》によれば、テーヌがもっとも重要視したのは、「人種」であるという（鈴木登美　一九九九年）。やはり、テーヌの文学史も、「一国国文学史」における「国民」を語るものであったと考えてよい。

芳賀がドイツで学んだ文献学が、「一国国文学」「一国国文学史」による国民性の考究ということに集約することができるとすれば、それは民俗学の研究目的とも重なりあうものである。(5) じつは、芳賀がドイツで学んだ文献学には、口承分野も入っていて、ために芳賀はドイツ留学中から民俗学について強い関心を持っており、ヨーロッパまでの道中、客船プロイセン号に同乗していた夏目漱石に対して、民俗学関係の図書の購入を依頼している（斉藤　一九九二年）。のみならず、彼は日本における最初

（3）戦後の「国文学」は、戦前までの国粋主義的体質への反省から、客観性、科学性を装い、国民性論などの文化的側面について言及しない風土が醸成されているのではないか、と思う。
（4）なお、三上らの読んだテーヌの原書が、*Histoire de la litérature anglaise* か、英訳本である *Edinburgh:Edmonston & Douglas*,1871 かは、神野藤昭夫（二〇〇〇年）が述べるように不明である。
（5）今日の日本民俗学の源流となる〈郷土研究〉〈民間伝承論〉が胎動し始めるのは、明治四〇年代からであり、この時代においてはすでに官立大学の学科構成は確立してしまっていたために、民俗学は大学内に講座を作ることができなかった。したがって、柳田國男は在野において組織化を図ってゆくことになる。

の民俗学研究団体〈日本民俗学会〉の有力な構成員のひとりであり、その機関誌『民俗』の創刊号にあたり、「民俗に就いて」という巻頭論文を書いている。芳賀は、かの論文のなかで「民俗の研究は非常に大きくて、非常に小さい。といふのは凡そ一國の國體も、政治も、法律も、宗教も、社會のあらゆる組織は一面から見れば、皆民俗の反映であつて、民俗の分らぬ限り、その國は理解せられぬ程大きいのである」と語り、「歴史、文學、美術等を研究するものは、もとより其の根據を民俗研究の上に置かねばならぬ。これ等のものが民俗を教へて呉れる事も多いが、民俗からこれ等のものが分ることも亦多いのである」と説いている（『民俗』第一巻一号、日本民俗学会、一九一三年）。そして、民俗学の研究には、多く民間の協力者が必要なことを説き、次のようにいう。近ごろ世間においては、多くの愛国団体ができ、それぞれに国民道徳の研究と愛国教育を行なっているが、そういった愛国精神涵養の基礎は、郷土研究におかれなくてはならない。愛国精神の涵養は郷土研究から出発すべきで、分析的な文法教育や修辞を教える国語教育では、その涵養は困難である。その上で「民俗研究から延いて、郷土の趣味を發揮し、更に愛國の精神を養ふといふ風に進ませるのが今日の最大急務であるのである。其の根本を培はないで、徒らに國體擁護を唱へなどするのは、そもそも末であると信ずるのである」と論を結んでいる。

では、こういった考え方の源流はどこにあるのかといえば、やはりドイツの文献学であろう。前述したように、ドイツの文献学には、口承分野も入っており、芳賀自身ドイツ留学帰国後四年目の、一九〇六年度の講義においては「日本国民伝説史」なる講義を行なっている。ここで芳賀が、文献学の範囲が口承の伝説に及ぶことをはっきり述べているのである。しかしその後、芳賀自身は、口承分野は柳田らの〈郷土研究〉すなわち後の民俗学に任せることとし、「国文学」ではテキスト化された作品のみによって「国文学」の領域を構成しようとする。じつは、ドイツの文献学と違い、日本文献学がテキストのみを考察対象としていることについて、同時代において批判している人物がいた。それは、高木敏雄《たかぎとしお》（一八七六—一九二二）である。高木は、柳田國男と『郷土研究』を創刊したドイツ語学者で、後に日本の神話学の基礎を作った人物である（鈴木寛之　二〇〇四年）。彼は、『郷土研究』の創刊号の巻頭論文において「文献科学的研究は、常にその民族の民族生活の根本的研究を基礎とせねばならぬ」と説き、郷土研究の実践なき文献学は、砂上の楼閣であると厳しく日本の文献学の現状を批判している（高木敏雄「郷土研究の本領」『郷土研究』第一巻一号、郷土研究社、一九一三年）。

一九一三年二月の『郷土研究』の創刊は、『民俗』の創刊に二ヶ月先行していて、高木の巻頭論文の主張を芳賀も知った上で、『民俗』の巻頭論文を書いているのである。芳賀は、高木の主張が正しいことを認め、郷土研究の発展が、愛国教育の基礎となるべきことを説いたのであった。そして、芳賀は、論文の末尾において、柳田と高木の『郷土研究』創刊を歓迎する旨の発言をして、結語としている。

もうひとり、ドイツの文献学が口承分野をも守備範囲とするのに対して、ドイツの文献学をもとに構築された「国文学」が口承分野を、恣意的に研究対象としないことに気づいていた学者がいた。言語学者の新村出《しんむらいずる》（一八七六—一九六七）である。新村はその著『言語学概論』（岩波書店、一九三三年）において、「飜って顧みると、ギリシャ語で言語学をフィロロギアと云つたが、そのフィロロギアの原義は、言語愛といふ意味であつた」と説き、それが古典学の名称に転じたことを示した上で、次のように述べている。

フィロロギイを文献学と訳出したのは、上田敏氏であつて、それを日本の国学などと対比して講述によつて之を本邦の国文国語の研究界にひろげたのは芳賀矢一氏であつた。これらは私の先年一言した所であるが、抑も文献といふ熟字は『論語』に起り和漢共に古来之を用ゐ来たつたのであるが、元来その熟語の二字のうち、文は文書、書き取られたもの、献は賢であつて即ち賢者たる物識りが記憶してゐる所のもの、を指したのである。書きつたへと言ひつたへとの二種である。書伝と口伝、記載と口承、その二つである。広く記録と口碑とを云つたものである。されば本義に於ては、文献といへば、古典古文書、いはば今日通用の意義での新古の文献のほかに、口々に伝はつた所の民謡や伝説のたぐひより方言や言草にいたるまで、一切口承口伝そのものを主とし、或はそれらを新に採集筆録したものをも込めて、口文両方に渉つて称したものであるが、然るに其の口承を新しく筆録したものはもはや文となるわけだから、既載未載のけぢめを逸して新旧一切の載録物筆記物を、むろん印刷物をも含めて、文献といふやうになつてしまつたのは自然の勢である。支那でも次第にさう傾いて来たのであるが、近年の日本にあつては、尚更その熟語が大正以来濫用されて今日に至つている。それは用字の話であるが、その文献学といふ名は、ドイツのフィロロギイの内容をもつて、日本に在つて少くとも言語の学界には行はれてゐた。

（新村　一九七二年）

新村のこの発言を近時重要視した神野《かんの》藤昭夫《とうあきお》は、「芳賀の西洋の文献学理解じたいが、国学との接合を図るあまり、書伝・記載に偏っており、口伝・口承の側面を軽視した可能性」を指摘している（神野藤　二〇〇〇年）。きわめて重要な指摘であろう。今、筆者なりに神野藤が提起した問題について重ねて考えてみると、一つには神野藤もいうように、国学の古典研究の蓄積を考えると、テキスト中心の「国文学」を、芳賀はまず構想したことは間違いないと思われる。もう一つの理由は、前述のように柳田國男らの活動がすでに始まっており、口承分野は民俗学に委ねた可能性があろう。さらにいえば、芳賀は、「国法」「国文」「国史」のそれぞれの学問で郷土研究を取り入れるべきであるとも考えた可能性が高いのではないか(6)。

対して、ドイツ文献学の特性も考えておく必要があろう。文献研究と民俗学が、国民性考究の学の一つとして、ドイツにおいて一体化していたのには、それなりの理由があったことを忘れてはならない。ドイツの歴史というものは、ローマ文明とゲルマン文化の関係性によって語られるのであり、ギリシャ、ローマに起源を持つ文献の研究は、西欧文明全体の基礎となっているとの考え方がある（もちろん、これも一つのフィクションだが）。対して、ゲルマン文化は、西欧文明に対する自らの固有文化と位置づけされているのである。とすると、ドイツのように比較的国家の歴史の浅い西欧文明の周縁国では、文献のみでは国民性を明らかにできないことになる。したがって、ドイツの国民国家形成期の学問は、普遍性をもつローマ法に対する習慣法的ゲルマン法の収集、ドイツ語辞書の編集、ドイツ民話の収集整理などに情熱が傾けられるのである。グリム兄弟が民間の口承の説話の収集やドイツ語研究にかけた情熱は、ローマ文明に対するゲルマン文化の固有性を主張することに繋がっていることを、忘れてはならない。つまり、ドイツの民俗学は普遍的な文明に対するゲルマン文化の固有性を主張す

（6）ただ芳賀の文献学導入が日本における「国文学」と「民俗学」の住み分けを成し、それが今日まで続いているとすれば、その決断の意義は大きかったといわねばならない。

る学問となっているのである。これは、古典テキスト研究だけでは、ゲルマン文化の固有性を遡源して主張しにくいという事情があるのであり、日本とドイツとでは事情がまったく違うと思われるのである。[7] おそらく、芳賀は、日本においては、古典テキストのみによって充分に国民性を語ることができると判断したのではなかろうか。以上が、筆者なりに考えた神野藤が提起した問題に対する答えである。やはり、「一国国文学」とは、その文化の固有性を主張する学問なのである。芳賀は、自らに「国民性」を語る新しい文献学の創出を求められると、その研究目的と方法をドイツに求め、新しい学問とその方法の指針を示したといえるだろう。芳賀はそうやって時代の要請に応えたのである。では、今われわれは……。

今日、国民統合の基礎、国民国家の紐帯とされていた民族や民族文化が、必ずしも歴史的に連続するものではなく、近代において作られた「伝統」であるとの見方が提案されている（ベネディクト・アンダーソン　一九八七年、初出一九八三年、白石　二〇〇〇年、エドワード・W・サイード　二〇〇八年）。さらには、EUのごとき国家を越えた地域統合が模索され、多文化社会における民族伝統文化の尊重と許容限度はいかにあるべきかといった問題が浮上している今、おそらく「国文学」にも何らかの変革が求められ、かつその学の目的や方法の「補完」が求められていることは、筆者のごときレベルの低い国文学研究者にも何となくはわかる。が、しかし。何をどうすればよいかは、まったくわからない。今は、ただ、時代の要請に応えようと奔走した芳賀のことを思い浮かべるのみである。

3　研究者個人の観点の自覚的補完

研究情報や研究目的、研究方法の「補完」が、学界や組織の問題であるのに対して、研究者個人の観点の問題は、個々の研究者が個別に深化すべき自己の問題であるといえる。しかし、筆者はあえてこの問題を取り上げてみたいと思う。というのは、「国文学」といっても、それを構成するのは、個々の研究者の「知」であり、その集合体が「国文学」という学問になっている、と思うからである。

私が時代やジャンルを問わない全国大学国語国文学会の大会に参加するようになったのは、ここ一〇年ほどのことである（二〇一八年現在）。なぜならば、大学院生時代は、専攻する分野の時代別学会において、研究発表をし、それを論文化することに腐心していたからである。特定の小さな分野で早く論文を書き溜めて、評価を得て、一日も早く研究職のポストを得たかったからである。したがって、広い時代と分野をカバーする全国大学国語国文学会や日本文学協会を等閑視していたのである（正直にいえば、二つの学会は、その存在意味すらないと考えていた）。だから、恥ずかしい話だが、「就職活動」として学会活動をしていた側面があることは否めない。ために、私はタコ壺型の学問形成をすることを自らに課していた、と思う。それは、今となっては一種の自縛だったかもしれない。「国文学」それも「上代」「古代前期」で、しかも万葉集研究の特定領域の研究で、ともかく早く論文を書いて職を得たかったのである。が、しかし。そういう姑息な学問形成をした「私」の授業が、学生たちにとっ

（7）では、なぜ一九世紀初頭のドイツにおいて、ゲルマン文献学・民俗学は突如として隆盛をきわめたのであろうか。その直接的契機は、フランス啓蒙思想に対するアンチテーゼとして、ドイツ・ロマン主義が勃興したからであろう。ナポレオンのプロイセン侵攻によって、一種のゲルマン回帰のごとき現象が起きたのである。

て果たして魅力的なものかどうか。そんなはずがあるまいと、最近、自問自答することが多くなった。

また、「人間」「文化」「文学」という大きな枠組みで、他領域の研究者たちと語り合う言葉さえ、自分は持ち合わせていないのではないか、とも思うようになった。なにせ私は、大海を見ようともしなかったのだから。「視野狭窄」と「視点硬直」は、今となっては病的とすらいえよう。評論家の個別の知識の浅さを嘲笑うことは簡単だが、自らの視野狭窄と視点硬直も相当なものだ。私自身が今もっとも自分にとって必要だと考えているのは、自覚的に他分野の人びととの対話を進めることである。したがって、私は全国大学国語国文学会においては、できるだけ自分の研究領域と遠い分野の研究者と話すことを心がけている。

ここで、自らの視野狭窄と視点硬直について考えている最中に出逢った森村泰昌（一九五一―）の動画作品を一つ紹介したい、と思う。それは、東京都写真美術館で、二〇一〇年三月一一日～五月九日まで行なわれていた「なにものかへのレクイエム」という森村の作品展に出展されていた「創造の劇場／動くウォーホル」という動画作品である（森村泰昌『なにものかへのレクイエム――戦場の頂上の芸術』東京都写真美術館ほか、二〇一〇年）。森村といえば、全作品に自らが登場するポートレートをモティーフとした異色写真家、異色映像作家といわれているが、私の見るところ、いかなる定義をも拒む現在進行形の美術家といえるだろう。当該の「動くウォーホル」にも、森村自身が登場する。長方形の姿見を思わせる二つのスクリーンには、向かって右に森村扮するウォーホル、左にはこれまた森村扮するウォーホル好みの女性モデルが写し出されている。おそらく、ウォーホルを知っている鑑賞者なら、「さもありなん」というコスチュームで、ウォーホルはレザーの黒のコート、モデルは白ワイシャツにネクタイ、ジーンズ姿で、ふたりとも一九六〇年代当時の最新モードを思わせる出で立ちである。

当該作品は、動画になっているところがミソで、右のウォーホルが、懐からカメラを取り出すと、左のモデルがすかさず「しな」を作ってポーズを取る。そして、撮影が終わるとその瞬間、モデルは緊張感が解けた姿を見せる。そこには、写真を撮る側の自意識と、撮られる側の自意識が左右対称かつ同時に描かれているのである。その両方を森村が演じきっているところがおもしろく、私は繰り返される緊張と緩和に見入ってしまった。と同時に、次のことを考えた。一般的には撮影者と被写体は向き合っている。ために、その両方の表情や、撮影前／撮影後の心身の変化を同時に見ることはできない。ところが、撮影者／被写体の両方が、見学者の前に同時に示されてしまうと、写真を撮られる側だけでなく、写真を撮る側にも自意識があることが……明々白々の事実として示されるのである。以上を整理すると、次のようになる。

ウォーホル＝撮影者／写真を撮る側の自意識／森村泰昌本人
モデル＝被写体／写真を撮られる側の自意識／森村泰昌本人

つまり、同時には見ることのできない視点から、撮る側と撮られる側の自意識を見せてくれる作品なのである。私は「自らの視点というものを相対化するということは、こういうことなのだな！」と妙にひとり合点してしまった。そして、その作品の前で、大きく頷いた。するとその瞬間、大きく頷いた自分を見ていた他の見学者たちの視線を意識した。そして、ふと冒頭に掲げたロラン・バルトの言葉を思い出した。『明るい部屋――写真についての覚書』は、バルトの遺作で、写真論というより写真を通した母へのオマージュ、オマージュというよりゆがんだ自伝のような作品なのだが、バルトが意識した視線を巡る思惟の一端に、森村作品を通して触れたような感じがして嬉しかったのである。したがって、私は森村の作品から、バルトの言説を再学習したともいえよう。論旨の展開上あまりにも雑駁な印象批評、それも三流の美術評論を書いてしまったことについてはご寛恕を乞いたいが、以上が、私が体験した「個人の観点の自覚的補完」であった。見る側／見られる側にも自意識があり、聞く側／語る側にも自意識があるのである。本章冒頭の自己規定が難しかったのは、その自意識のためだったのだ。

では、「あなたは国文学者の上野誠さんですか?」と問われたらどう私は答えるのであろうか。この章を踏えて。

「そうですね。国文学者でよいのですが、今の国文学は、さまざまな学問と補完、連携しあってますから、自分が何者か、語りにくいのですよ。あえていうなら、国文学という学問の系譜を意識して研究している者です」となろうか。それほど、「研究の今」「自己規定」を語るのは難しいのだ。

第4章　模擬授業の中の万葉集――〈授業芸〉の誕生

（雄略）天皇がお作りになった歌
籠も　良い籠を持ち
へらも　良いへらを持って
この岡で　若菜をお摘みになっているお嬢さんがた！
家をおっしゃい　名前をおっしゃいな……
（そらみつ）大和の国は
ことごとく　私が君臨している国だ
すみずみに至るまで　私が治めている国だ
私の方から　告げましょう
（大王の）家のことも　（わが）名前のことも
※ここでもし大王が名告ったら、「我こそば、大泊瀬朝倉宮で天下を治めたまふ大王なり」となろうか。

（『万葉集』巻一の一、模擬授業用の釈義拙案から）

はじめに

私が勤務する奈良大学は、地方立地の小規模私立大学である（二学部六学科）。文学部に設置されている国文学科は、定員九〇名。ここ二年は、五パーセント程度の定員は未充足である。一〇年前に比べれば、受験生は半分となっているから、決して見通しは明るいわけではない。偏差値も低下傾向にある（けれど、後述するように、学生の学力が低下したとは思われない）。したがって、高校訪問をして、大学のPRをしたり、高校での模擬授業をする必要が、どうしても出てくる。私の場合だと、年間一〇〇回くらい、高校生向けの模擬授業をしている。もちろん、研究時間確保という点では、減らしたいと思っているのはいうまでもない。だが、驚くほどに過重な負担というわけでもない。なぜなら、授業内容は、五パターン程度なので、現在は、そのための準備を特にはしていないからだ。毎回、受講生は異なるわけだから、同じ授業を繰り返してもよく、それなりに練度も上がって来たという自負もある。当初は、不遇感に襲われて、自暴自棄になっていたこともあった(1)。ただ、長く続けてゆけば、交流から学校文化の今を知ることもできる。

　大学で、私のゼミナールに属して、卒業論文を提出する学生は、一〇名足らずなので、各年度生の約一割。古典分野で論文を書く学生は、多くて四割だから、ご他聞にもれず、近・現代文学のゼミナールに人気が集まっている。なのに、なぜ『万葉集』を研究している私に模擬授業の依頼が集中するのかといえば、それは、単に「奈良＝万葉」という連想があるからにほかならない。イメージしやすいのだ。ようするに、私は、歩く広告塔なのだ(2)。

　だから、この一〇年、私自身、自らの商品価値を上げる工夫をしてきた。学術的なものであれば、商業雑誌の執筆もするし、マスメディアに露出することも厭わない。もちろん、掲載難易度の高い雑誌に執筆しようと悪戦苦闘している。これは、研究者という象徴資本の原資にあたるから外すわけにはゆかないのだ。加えて、学会の役職も、望まれればすべて引き受けている。細かい工夫でいえば、講演会用のシャツを作り、腕には「あをによし」のネームを入れている。「あをによし奈良大学から来ました。上野です」と言って腕のネームを見せると、教室は沸く。時には、天平衣装を着用して授業も行なう。(3) 心の中で、自分を「あわれなピエロ」だと思うこともあるが、もう後には引けない。「売文屋」とか「目立ちたがり屋」という批判はあるにせよ、全力投球するしかない。(4) 顧客たる高校生が、授業をおもしろいと思うか、どうか。国文学に眼を向けてくれるかどうか？　真剣勝負だ。

1　忘れ得ぬ体験から〈授業芸〉へ

もう、一〇年以上も昔のことになるが、忘れ得ぬ体験をした。高校での模擬授業には、コーディネートする受験情報企業が入ることがある。大学教員の授業を受けさせて、学習意欲を上げたいとする高校側と、模擬授業をして少しでも受験生を増やそうとする大学を繋ぐというビジネスが存在しているのである。高校に着くと、深刻な顔をした教頭が、私のところにやって来た。そして、こう言った。あなたのゆくクラスでは、後方席の三人がトランプをしている。彼らは、古典学習になど何の関心も

(1)「自暴自棄」と書いたが、それも思い上がりだろう。私よりもはるかに優秀な研究者たちが、国文学科の廃学科を理由に、離職を余儀なくされているという事実がある。また、大学院修了後、専任職をめざして、永年にわたって業績を積み重ねながら就職活動を続けている人も多い。
(2) 資本主義社会においては、ヒト・モノ・コトのすべてが商品としての側面をもつことはいうまでもない。
(3) もちろんホームページも開設している。「上野誠の万葉エッセイ」というホームページである。
(4) 普及、啓発活動ということでいえば、万葉研究には、犬養孝（一九〇七―一九九八）という大先達がいたので、あるいは私のようなやり方が受け入れられたのかもしれない。犬養の活動は、いわば万葉の歌ごえ運動であった、と思う。

ない。この生徒たちに注意をしないでほしい。三人が暴れると、大変なので、まったく無視して、授業をしてほしい。私は悲しい思いで、教壇に立ったが、途中で泣き崩れてしまった。結局、二〇分はもたなかった、と思う。なぜ、悲しくなったのか？　その心は、プライドでもあり、反面思い上がりでもあるだろう。

一回完結の授業、それも五パターン程度の授業を一〇年繰り返すとどうなるか。もちろん、マンネリ化は避けられないけれども、教室内の雰囲気を見ながら、徐々に生徒の注意力を上げてゆくことができるようになってゆく。この一〇年というもの、並行して、私が心がけたのは、授業というよりも、話芸と語り芸として、話術のセンスを磨くということであった。仮に落語を〈話芸〉、講談を〈語り芸〉、浪曲を〈歌語り芸〉として考えてみよう。その三つをトレーニングに取り入れて、〈話す〉〈語る〉〈歌う〉技術で、とにかく居眠りゼロをめざすのである。(5)有り体にいえば、何だこの先生は、と驚いてもらうことに腐心している。私は、このかたちを密かに〈授業芸〉と呼んでいる。

私としては、ともかくも「おもしろい！」「奈良大学で国文学を学んでみたい」と思われたいのである。実用には程遠く、就職にも不利な国文学科。そのような学科に進学したいと思ってもらうことが、どれほど難しいことか。多くの場合、保護者の反対もある。それでも、国文学科に進学したいと思ってもらうことが、私にとっての喫緊の課題なのである。

2 『万葉集』巻頭歌を読む

私が行なう模擬授業の一つに、『万葉集』の巻頭歌、雄略天皇御製歌をあつかう授業がある。使用するのは、プリントのみ。プリントの上段には書き下し文、下段には釈義拙案を示し、適宜、話の要点を記している。本章の冒頭に示したのは、釈義の拙案である。

① まず訳文を読み、書き下し文と対照しながら語釈を行なう。ここで、歌の概要を伝える。

② 次に、雄略天皇について、必要な情報を伝える。伝えたいのは、五世紀の国土統一を果たした英雄としての武王の伝えである。中国史書や発掘成果を示しつつ、話す。

③ 多くの女性を愛し、多くの女性から愛されるのは、古代の帝王の徳目の一つである。その意味で、古典に描かれる雄略天皇は偉大なる帝王としての資格を持っていることを語る。天皇と性愛の結びつきに若干触れるので、授業前半の山場となる。状況によっては、『古事記』の引《ひけ》田部《たべ》の赤猪子《あかいこ》物語や、『源氏物語』桐壺の話をすることもある。もちろん、興味本位になり過ぎてもよくないのだが、以上の点がわからないかぎり、古代文学全体の理解も容易ではないはずだ。ただし、語り方が難しいところだ。

④ 「籠」→「み籠」、「ふくし」→「みふくし」の接頭語の機能について解説し、天皇が若菜を

（5）パワーポイントは、使用しない。操作の間が惜しいからである。アイコンタクトの時間を一秒でも長くし、ハプニングが連続して起きるライブ感を大切にしたいと考えている。

摘む女性たちの持ち物を誉めていることを伝える。
⑤ その上で、「籠」と「ふくし」を誉めてから、家と名前を聞くところに繋がることを確認する。
⑥ 家と名前を聞くことが、古代社会においては、求婚を表すことを伝え、ここで当該歌が、求婚の歌であることがわかるようにする。余裕があれば、古代の女性名が伝わらない理由を説明する。
⑦ これまでの展開を受け、なぜ天皇は、若菜摘みの場で求婚するのかを考えさせる（予祝の概念を伝えることもある）。ここでは、生徒とのやりとりを楽しみたいが、うまくゆかないことも多い。
⑧ 途中でいきなり、雄略天皇が自らの名告りを行なった理由を示す。つまり、大和の覇者の名告りと統治との関係について解説を行なう。
⑨ だいたいの内容が伝わったことを確認しつつ、助詞「は」と「も」の役割について話す。取り立てと添加の機能を示しつつ、笑い話に転じて、リラックスしてもらう。
⑩ この歌が、三大部立の雑歌の冒頭であることを示しつつ、大和朝廷に伝来した伝承歌の可能性を示す。
⑪ 雄略御製歌が、『万葉集』の冒頭に据えられていることの意味を、生徒に問いかけ、授業を終える。

雄略御製歌は、古代の天皇（大王）と民とのコミュニケーションのあり方を示しているということに、うすうすでも気づいてもらえれば、成功ということになろう。

②を展開させるにあたっては、いわゆる稲荷山鉄剣銘《いなりやまてっけんめい》などに触れる。それは、私の万葉研究が、歴史学や考古学を援用することが多いからである。

③は、いわゆる「王権」についても触れることになる。もちろん、高校生へは無謀なことであろう。しかし、模擬授業では、大学の授業を垣間見てもらうことが重要であり、あえて高校古典では言及されない用語を用いることもある。よくやるのは、うっかりと専門用語を口走ってしまったように見せかけて、説明する方法である。

しまった！　今、うっかりと「王権」などという専門用語を使ってしまいました。ここでは、いちおう、次のように考えておいて下さい。歌の力で、多くの人びとに、帝王に対するあこがれの気持ちを持たせ、そのあこがれの気持ちによって、多くの人びとの心を一つにすること……というくらいに考えておいてくれれば、結構です。

④と⑤では、天皇が若菜摘みをしている娘たちに尊敬語を使用していることにも言及しつつ、まるで、見てきたかのように語る。

⑨には、小話風に語る部分もある。

（これまでの説明を受けて）皆さん、取り立ての「は」と、添加の「も」の違いは、よくわかりましたかね。じつは、こんなことがあったんですよ。先日ね、東京でタクシーに乗って、運転手さんと話していたら、運転手さんが、ＮＨＫの私の万葉ラジオ講座のファンであることがわかったんですよ。もう、うれしくてね。すると、運転手さんが、私の顔をつくづく眺めてこう言ったんですよ。「上野先生、先生、声はいいですねぇ」と。これには、がっくりしました。言うなら「声もいいですねぇ」ですよね。でもね、それでわかったことがあるんですよ。私は、ラジオに出ると人気が鰻昇りになるのに、なぜ、テレビに出ると人気が急降下するかっていうことがね。

最後は、うまく笑いを取りたいところである。「籠もよ　み籠持ち　ふくしもよ　みぶくし持ち」の表現の妙を、できることなら伝えたい。箇条書きにすると、さもうまくゆくように見えるが、もちろん、うまくゆかぬことの方が多い。

3　高校古典と国文学科の古典の連続性と非連続性

私の模擬授業の場合、大学の授業は、高校の授業とは異なるという点を、常に強調してゆく。それは、たとえ高校の古典学習の偏差値が低くても、新しく出発するのだから、まったく問題ない。興味さえあれば、それで充分であるとのメッセージを伝えたいからである。古典は、いくつかの統計にあらわれているように、一番嫌われている科目なのである。だとすれば、高校古典との連続性を強調しない方が、有利なはずだ。ただ、この方向性については、疑義も多かろう。辛島《からしま》美絵《みえ》は、かつては、大学の日本語研究と、高校の国語科教育の非連続性を強調してきたが、社会に出て役に立つ力を求めることを大学教育においても希求すれば、むしろ高校までの国語科の学習と重なるところが多くなり、高校から大学へと段階的に学ぶシステムを作るべきだと説いている（辛島　二〇一二年）。おそらく、伝えあう力を高めるという学習を念頭に置けば、私のような方向性は間違っているかもしれない。ただ、奈良大学の文学部は、国文学科、史学科、地理学科、文化財学科から構成されている。奈良にあるということも手伝ってか、国文学と歴史学や考古学との親和性がきわめて高い。だから、高校古典にない、諸学連携を説くことにしているのである。

では、高校までの学習と大学の古典学習は連続しているのだろうか。この問題を考えるために、私は古典学習を三つに分けて考察を行ないたい、と思う。〈教室古典〉〈受験古典〉〈大学古典〉の三つのカテゴリーである。ここでいう〈教室古典〉とは、小・中・高で学ばれる古典学習である。古典語彙の理解と文法に力点が置かれるものの、調べ学習やグループ討論も行ない、熟読によって、その味わいを実感する学習とここでは定義しておく。いわば、教室内における日々の学習である。対する〈受験古典〉とは、初見の古典を語彙と文法の力によって、内容を捉え、設問に答えるための古典学習と仮に定義しておく。重要なことは、初見の文を速く正しく読むことである。

国語教育の研修会に出講することも多いが、高校で行なわれている古典学習にも、複数の注釈書の比較や、史書記述を勘案するなど、大学の演習レベルの学習が行なわれているケースすらある。つまり、教科書を閉じたテキストとは見ずに、多くの所見を総合する古典学習が行なわれているのである。こう考えてゆくと、〈教室古典〉と〈大学古典〉には、きわめて高い連続性を認めることができよう。しかし、〈受験古典〉の場合は、限られた時間と閉じられたテキストの中で正答率を競わねばならない。現代語と異なる語法をイディオムとして覚え、現代語と意味用法の異なる語彙を集中的に暗記して、時間内に読解し、解答する能力を養うのが〈受験古典〉なのである。(6)

奈良大学の国文学科の場合、偏差値の下落とともに、長期欠席者が目立つようにはなったが、演習や講読が成り立たないというようなことはない。学力の低下という印象も、まったく感じない。私語を注意することなども、数年に一度だ。調べ学習やディベートが浸透してきたためか、学力はむしろ向上しているようにさえ見える。やはり、〈受験古典〉と〈大学古典〉は連続していないのではないか——。

さて、近時、国文学研究者の側から、現行の教科書記述が、あまりにも、現在の研究水準と乖離しており、その見直しを求める声がある（梶川　二〇一四年）。当然である。が、しかし。それで、学習の実質が変わるかというと、そうともいえまい。教材の選定は、自由裁量のはずであるが、この五〇年ほとんど変わっていないし、各教科書会社の差もほとんどない。いわば「定番」化しているのである。おそらく、新しい教材を受け入れる余裕が高校現場にないのである（吉井　二〇一四年）。だとすると、教科書記述が変わっても、大きな変化は期待できないと思う。ただ、改善は早急になされるべきである。

一方、暗記中心の〈受験古典〉によって、教員たちの創意工夫による〈教室古典〉が駆逐されているからこそ、古典の授業はおもしろくないのだという言説は、ここかしこで聞かれる。つまり、味わうレベルにまでゆきつかないのは、進学校ほど、教室内で〈受験古典〉の指導がなされるからだというのである。かつては、私も、〈受験古典〉害悪説を支持していた。けれど、今は違う。むしろ、〈受験古典〉によって、まがりなりにも、生徒の古典学習へのモチベーションがかろうじて保たれているという現状があるからである。〈受験古典〉こそ、〈教室古典〉と〈大学古典〉を支えているのだ。現実的なことをいえば、受験から古典が消えれば、中等教育から、実質的に古典が消える可能性が高い。

「実質的に」といったのは、教科、教材として残っても、現場で実際の学習は行なわれないという意味においてである。(7)

たしかに、初見に強くなることだけを念頭においた古典教育では、味わうところまでゆきつかない。では、古語に接近せずに、現代語訳だけで授業が成り立つかというと、それも不可能であろう（須藤二〇一四年）。問題とすべきは、読むことの楽しさと出逢うことなしに、古典の学習を終了してしまうことであろう（小助川　二〇一五年）。私は、高校生たちに、こう語りかける。

君たちの古典の先生はね。やはり、受験のこともあるから、厳しく活用や古語の意味を教えています。でもね、その先生たちも、ほんとうは、その奥にある味わいを教えたいと思っている。だから、高校の授業のなかでも、あっ、おもしろいなぁ、と思うことがあるでしょう。それは、先生が、教え方を工夫してくれているからです。大学の古典の勉強は、まずは、その意味するところを掴んだら、なぜ、こう表現するのか。なぜ、そういう考え方になるのか、考えるんですよ。

大学で古典を学べば、高校ではゆきつけなかったところにゆきつけるかもしれない。そう思ってもらうことが、模擬授業ではいちばん大切なのである。

ならば、今や私の生活の一部となった模擬授業は、私自身の研究にどのような変化をもたらしたの

(6) 恥ずかしい話だが、センター入試の問題を時間内に解く力を、私はもっていない。現代文の大学入試問題に、拙文が出題されることもあるのだが、解いてみると、誤答することもある。
(7) 進学校の場合、理系クラスにおいては、実質的には高校二年時以降、古典学習は行なわれていないケースが多い。

だろうか。一つの変化は、論文に釈義を掲げるようになったことであろうか。論考で得た新知見を、冒頭に示したように釈義として示すことが多くなった。つまり、新知見を釈義に集約して見せるのである。もちろん、批判も多いが、釈義を入口に、高校生も、論文の読者になる可能性があるのである。だから、頒布用に、千部単位で抜刷を発注することすらある。

おわりに――語りの復権へ

あなたの大学のような低偏差値の大学に、進学を希望する生徒など、うちの高校にはいませんから、模擬授業などいりません、断りますと、高校訪問で門前払いを食らうことも多い。そこを、何度も通って、一度でよいから模擬授業をさせて下さいと頼み込み、ようやくの思いで模擬授業にこぎつけることだってある。だから、ひとりたりとも居眠りをさせたくないのだ。

『風土記』研究で、大きな業績を上げた植垣節也《うえがきせつや》は、戦中、戦後を回顧し、古典教師の語りについて、こんなことを言っている。

むかし、「古文」といってゐたころの国語の授業は、先生の自己陶酔の場面がよく見られた。『万葉集』の歌を朗々と読み、感に堪へたやうな面持ちで先生が「いい歌だねえ、いい歌だ。」と呟くと、生徒はしんとして聞き入り、いい歌だと思はねばならぬ気になって、そのうちに洗脳されてしまふといった経過を辿ったものである。無茶な話であるが、その代はり国語の時間はたのしかった。

（植垣　一九八四年）

たしかに、私にもそんな思い出の先生はいる。このタイプで有名だったのは、古くは木村正辞《きむらまさこと》（一八二七―一九一三）だろう。私が思い浮かべるのは、高木市之助《たかぎいちのすけ》の『国文学五十年』に登場する熊本弁『源氏物語』の本田弘《ほんだひろし》である（岩波書店、一九六七年）。

筆者と同世代なら、楽しみながら料理を作るかのように、話を組み立てる鉄野昌弘《てつのまさひろ》万葉（一九五九―）。常に批判的考察を忘れず、読みの今をわかりやすく示す品田悦一万葉（一九五九―）。ユーモラスな関西弁で語りつつも、するどく本質を突く影山尚之《かげやまひさゆき》万葉（一九六〇―）。厳密なのに愉快、愉快なのに深い小川靖彦《おがわやすひこ》万葉（一九六一―）パワーポイントを縦横無尽に使いつつ、プラネタリウムで星を語るように語る、村田右富実万葉（一九六二―）。豪放磊落にみえて繊細な大浦誠士《おおうらせいじ》万葉（一九六三―）。老成した語りの中に熱を秘める高松寿夫《たかまつひさお》万葉（一九六六―）。個々人の研究を背負った、個性的な語り手たちがいる。

そして、私には、私の置かれた環境での語りというものがある。私の模擬授業を受けて、奈良大学の国文学科に進学する生徒は、多くて五人。ゼロの年が続くことも多い。しかし、そこが、私の教育と研究の最前線なのだ。最後に、私がよく使う結びの言葉を以って、拙文の綴じ目とする。

よくグローバル化なんていいますけれどもね。それはローカルな文化の集合体という側面だってあるはずですよね。英語を話す人には、英語の古典があり、中国語を話す人には中国語の古典がありますよね。フランス語ならフランス語の。

たしかに、今、国文学科は人気がありません。だからこそ、ここにいる五〇人、一〇〇人のうち、ひとりでも、国文学科に来てくれないかと、私はこの高校にやって来ました。

そんな奇特な人がいたらと、上野先生は思います。今日は、一期一会の授業をさせてもらいました。ありがとう。

第Ⅱ部　折口信夫的思考

私は、常に考える。この問題について、折口信夫だったら、どういう答えを出すだろうか、と。歌というものが持っている暴力性とは何か。白川静の漢文研究は折口の思考とどう繫がるか。特定空間の標示をする「シメ」について、どう考えたらよいか、などなど。

そして、反省する。歴史を無化して、自己の実感と古代を繫げる方法の当否について。それが、この第Ⅱ部の課題だ。

第1章　歌による暴力

やーやーや、ややや
せーんせいにゆうたろ
ゆーたろ　ゆーたろ
せーんせいにゆうたろ
歌垣の場においては、男女が歌を掛け合うばかりでなく、一人の女性を巡って、男どうしが恋の鞘当を行なう場合もあったようだ。清寧『記』と武烈『紀』に登場する歌垣では、「シビ」という名前と、「宮殿の垣根」のほころびとをめぐって男どうしの恋の鞘当が展開してゆく。人名「シビ」は、今日でいえばマグロにあたるので、お前は人ならぬ魚だと名前を侮辱して相手を挑発しているのである。対して、「宮殿の垣根」は、その宮の主の経済力や政治力の象徴でもあるから、それを褒めることは主を讃えることとなり、貶すと主を侮辱することになるのである。以下、武烈『紀』の海柘榴市《つばきち》の歌争いの例で説明することにする。まず、小泊瀬稚鷦鷯尊《おはつせのわかさざきのみこと》は、平群鮪臣《へぐりのしびのおみ》を、こう挑発する。

潮瀬の　波折《なをり》を見れば　泳《あそ》びくる　鮪《しび》が鰭手《はたで》に　妻立てり見ゆ

挑発的な気分を込めた釈義を作ると「潮の瀬にね　折り重なっている波を見るとね　泳いでやってくるんだな鮪がね　その傍らにね　俺様の妻となっている女が見えるよ（鮪なんかの妻になんてなるもんかね、俺の妻なんだから）」となろうか。対して、鮪はこう応戦する。

臣の子の　八重や韓垣　ゆるせとや御子

「わたくしめ臣の子の八重の垣　それも丈夫な丈夫な韓国《からくに》風の垣根　その垣根を解いてね　女をお前さんに差し出せとでもいうのかい（俺んちの垣根はね丈夫なんだよ、囲った女をくれてなんかやるものか！俺の女だぜ）」というところか。当然、尊は必ず末には俺の妻になるとさらに応戦する。これらは、歌による攻撃、歌による暴力といえるであろう。そういう眼で、『万葉集』を紐解いてみると、巻十六には、瘦身（三八四〇）、赤鼻（三八四一）、多毛（三八四二）、色黒（三八四四）、色白（三八四五）などを蔑み笑う歌々がある。

和歌の伝統の中心は、花鳥風月と恋を歌う洗練された抒情詩にあるといっても大過はない。が、しかし。一方で古代文学には、名前や身体の特徴をあげつらって、相手を笑い者にする歌もあるのである。それらは、日常的に許されていたわけではなく、歌垣や無礼講の宴の場においてのみ許されていたことについては、すでに諸家が説き尽くしたところである。

では、そういった時と場は常に固定されていたかというと、必ずしもそうではない。臨時にそういう場を作ろうとすることもあった、と考えられるからである。つまり、相手が応戦してくるように挑発するのである。そうすれば、そこから歌のやり取りがはじまるのである。たとえば、雪が降れば、「我が里に　大雪降れり　大原の　古りにし里に　降らまくは後」と挑発し、「我が岡の　龗《おかみ》に言ひて降らしめし　雪の摧《くだ》けし　そこに散りけむ」と反撃するように、やられたらやり返すのである。こうして、歌の応酬がはじまってゆくのであろう（巻二の一〇三、一〇四）。

たとえば、次の東歌などは、麻を紡ぐ労働をしている女たちを挑発する歌であった、と私は考えている。

麻苧《あさを》らを　麻笥《をけ》にふすさに　績《う》まずとも　明日着せさめや　いざせ小床《をどこ》に

（東歌、相聞、未勘国歌、巻十四の三四八四）

この歌に対して、私は「麻の緒をね、麻笥いっぱい紡いだとして……明日お召しになれるわけでもありますまいな、だから小床に一緒に入ろうよ——」と試みに釈義を作ったことがあるが、床に入ろうよと、下卑た言葉で女たちを挑発しているのであろう。男たちが望んだのは、女たちと歌を掛け合って遊ぶことだったのではないか、と私は推定する。つまり、歌掛けの誘い歌なのである（上野誠『万葉びととの対話』ＮＨＫ出版、二〇〇七年）。

文学の民俗学的研究や歴史社会学的研究は、ともに歌の場と表現の関係を重視して研究を進めてきた。そういう方法で、歌をより立体的に解釈してきたのである。しかし、歌の場というものは、一方で臨時に作られるものでもあった。特定の条件さえ整えば、突如として歌の掛け合いがはじまるのではないか。つまり、歌の場というものは、最初から存在しているのではなく、微妙な関係性においてできたり消えたりするものなのではないか。そういう条件が整いやすい場と、そうでない場があったのであろう。すなわち、市が歌垣の場なのではなく、歌掛けが生まれやすい場の一つとして市がある、と考えるべきなのであろう。とすれば、どのような関係性が成り立つ時に、歌の場が立ち現れてくるのか、観察してゆくことが必要になってくるのである。ただし、それは、容易なことではない。折口信夫は、そういう歌の場の微妙な関係性を掬い取ろうとしたようなのである。「創作」という方法で。

これから述べる事柄には、差別語と差別表現が含まれる。それを容認してはならないのだが、歌の持っている挑発的性格や攻撃性を論ずるにあたり、必要な資料は掲げたい、と思う。折口には、何度も写生文や小説にしようと思いながら、それを果たすことができない幼少期の「思ひで」の女がいた。元「太棹芸者」の寅吉である。「太棹」とは、義太夫節に使用する太棹三味線のことである。つまり、義太夫を持ち芸とする芸者ということである。戦前の大阪なら、茶屋遊びで「フト」ないし「フトザオ」を呼んでくれ、といえば義太夫のできる芸者がお座敷にやって来たのである。当時、ことに「フト」たちが芸を競い合っていたのは堀江遊郭であった。

寅吉は、かつての父のなじみの芸者であったらしいが、委細不明の謎の女。ただし、なぜか折口の家には自由に出入りが許されていた。それは、寅吉の人のよさを家族みんなが知っていたからである。元は九郎衛門町の一等の置屋の売れっ子だったこともあったが、街での生活が立ち行かなくなって、今はわずかな貯えでつつましく暮している女である。彼女は折口と同郷の大阪の木津に生まれついたが、置屋に売られ、その後「フト」を廃業して、木津に出戻って牛小屋程度の小屋を借りて暮しているのである。折口がもの心ついたときには五〇歳を過ぎていたというから、かなりの年齢だったわけである。額は禿げ上がっていたが髪染めもし、いつも変わったかんざしをして、着物の着こなしも垢抜けて……元芸者とはいえ、やはり素人ではなかった。折口家では、時に洗いざらしのお古を与えることもあったが、ありがたがる風でもなし。が、しかし。頭につけるものをやると、まるで顔がふやけるようになって喜ぶのであった。

　ところが、その容姿はといえば、「一目と見られぬ深あばたであつた。左の下瞼は少しひつくり返つて赤貝の舌の様になつてゐた。脚も左の方は跛の様な歩き方をするのである」というものであった（「寅吉」折口信夫全集刊行会編『全集』第二七巻、中央公論社、一九九七年。草稿、一九三五年ころ執筆か）。当時は、容姿は醜くても、芸で売る芸者がいたのである。折口は、その寅吉の一挙手一投足に宿る意気地のようなものを描こうとして、何度も書きかけては断念したようなのである。家に来ては腰掛けて、話上手の聞き上手でいろいろなことを物語っても、人の悪口だけは決していわなかった寅吉。どんなに、あばたあばたと子供たちがはやし立てても、不自由な脚を子供たちがどんなにはやし立てても「さふ言う中を、悠々と日傘をさして、雪駄ばきの爪さきに掛る程長目に裾をひいて、歩いた」寅吉。たとえ、大人が、その子供たちに混じって、はやし立てても、寅吉は平然としていた。

「これやよつて、素人はどむならんねん。あほらしい。四十面さげて子どもと一処に、大声で、人の顔の讒訴や。」

自分とすつかり関係のないことを話す様な口ぶりである。……

（「寅吉」、傍線引用者）

という態度だった。まさに玄人の意気地である。蔑みの心の裏腹にある優越した気持ちで接する人にも、それから進んで寅吉をからかう「お人」にも、「此お子」といなす寅吉を、折口はこう描いている。

> 極度の侮蔑を、軽く跳ね返す。其様《ソン》なことに貪《トン》着して居ないさばゞした洗練せられた心で居る。何の報復でもない、この人一人の成句を繰り返すと、瞬間にあべこべに優越した気分が漲つて来るらしい。自分と同年配の人に対しても、「此お子」である。何かしら軽い揶揄の心の浮んで来た時は、極つて、「此お子」を二人称に使ふのである。（「寅吉」）

蔑みの言葉は、軽く跳ね返せば跳ね返すほど、寅吉の優越感は高まってゆくのである。折口は、芸人や水商売あがりの人びとに向けられる蔑みの視線と、それを跳ね返す玄人の意気地のようなものを、ここでは描き出そうとしているのである。

折口は「身毒丸」という短編小説で、田楽師たちの置かれていた境遇や、業病を背負って生きる芸能者の意気地を描き出している（折口信夫全集刊行会編『全集』第二七巻、中央公論社、一九九七年、初出一九一七年）。もちろん、中世の田楽師の生活を明らかにしたければ、論文を書けばよいのだろうが、その意気地を描く方法の一つとして、小説という方法が選ばれたのであろう。かえりみて、折口が、「寅吉」で描こうとしたのも、それと同じで芸人の意気地というものを描こうとしたのではないか。寅吉は、

> しろうとを極端に見降して居たから、そんな風をして居るのを、人が騒いでも、「何の、蠅が」と謂つた顔をして居た。

（「茶栗柿譜」折口信夫全集刊行会編『全集』第三三巻、中央公論社、一九九八年、初出一九三八年）

という態度なのである。その寅吉を子供たちがなぶった歌が、「寅吉」のなかに収載されている。

「ちんば。ちんば。どちんば。」
「みっちゃ。みっちゃ。どみっちゃ。ひきずりみっちゃ。ひっぱった。」

というものである。引用するのもつらいが、そういうはやし歌があったようなのである。顔にあばたがあり、足が不自由なことを、こう歌でなぶったのである。子供たちは、寅吉が応戦することを期待していたのである。子供たちが、こういう挑発をしたのは、縷々述べたような寅吉の境遇への蔑視と、それを許してしまう雰囲気があったからであろう。対して、「寅吉」がその意気地を示したのが「これやよつて、素人はどむならんねん」以下の言葉なのである。

実は、折口は、民俗報告文の処女作である「三郷巷談」のころから、そういう人をなぶるはやし歌にきわめて強い関心を持っていた。折口は、巷間に存在する蔑視のまなざしに関心があったのである（折口信夫全集刊行会編『全集』第三巻、中央公論社、一九九五年、初出一九一八年）。「一四　人なぶり」には、次のような禿頭に対するはやし歌も収録している。それは、「はげ八聯隊、横はげ（又、単に横）四聯隊。はげ山鉄道（てっと）道、汽車すべる」という歌である。しかも、その観察が細かく「散文的な文句だが、音勢を揺ぶる様に強く謡うて、くやしがらせる」と注記している。

この「一四　人なぶり」に、前述の「寅吉」に登場するはやし歌も紹介されている。折口は、

又みっちゃ面（あばた）には、

へんば（みっちゃの一名。南区船場の口合ひ）火事発《イ》て、みっちゃくちゃ（むちゃくちゃを綟る）に焼けた。

みっちゃを更に、みっちゃくちゃとも言ふのである。

みっちゃ〳〵、どみっちゃ。ひきずりみっちゃ引っぱった。ひっぱったら切れた。切れたら、つないだ。

と報告し、「へんばは少し下卑た言ひ方である。ひきずりみっちゃは、痘痕《アナ》の続いてゐる旁若無人なあばた面を言ふ」と注記している。また、名前を読み込むなぶり歌についても、折口は、

名前をよみ込む文句では古いのは、

信《ノブ》こ。のったらのん十郎《ジュウラウ》。のらのっちんぺぇら（ぽいらとも）。

勝こ。かったらかん十郎。からかっちんぺぇら。

幾分新しいのでは、

寅こ。とっと言へ。とりき、とゝりき、とやまのとんのくそ。

清《キヨ》こ。きっと言へ。きりき、きゝりき、きやまのきんのくそ。

など名がしらの音を、頭韻（ありたれぃしよん）に挿んで、誰にでも当てはめる。

と報告している。続いて「清造」「松太郎」「辰三」「蓑吉」のからかい方も報告している。これは、言葉の暴力として機能した場合もあるだろうし、親愛の情を示す機能を果たすこともあったかもしれない。しかも、多くは、やられたら、やり返すというようなものだったはずだ。また、時にはその両方が同時に存在する場合もあっただろう。が、しかし。寅吉は、挑発に乗らなかった。つまり、子供たちのちょっかいを拒絶したのである。このように、挑発に乗らないという選択肢もあるのである。乗るか、乗らないか。そこには、微妙な関係性があるようだ。上下、優劣、長幼、そしてさらには言語化しにくい人と場の相互作用で作り上げられる気分など。まさに、一期一会なのである。

読者のなかには、こんな思い出のある人は、いないだろうか。小学校の時代の話。それも、掃除の時間。友だちと悪ふざけ。うっかり、窓ガラスを割ってしまった。すると、悪ふざけをしていた一方の友だちが、「やーやーや、ややや」と歌いだす。こっちは、ガラスを割ったのは自分だが、悪ふざけをしていたのは二人だ。だから、俺も悪いが、お前も悪い。だから、歌い返す「お前の方こそ、先生にいうたろ」。それを見ていた友だちも次々に参戦。気がついてみると、クラス皆で「やーやーや、ややや」。

では、そのような場合、歌の場は、どうやって終息するのか。それは、先生がやって来て、「事情聴取」がはじまるか、どちらか一人が形勢不利となって、泣き出すかである。つまり、誰かが泣き出さないかぎり、「やーやーや、ややや」と続くのである。また、不利な形成を挽回しようとする側は、相手が過去に犯した悪事を歌で暴露してゆくから、子供ながらすさまじい泥仕合になることもあった。禁止されている帰宅途中の買い食い、カンニングなどなど。「カンニングしたのもいうたろう」と。それなどは、まだいい方だ。しかし、一方が泣き出すと、何らかの和解斡旋案が示されるものなのである。それは、学級委員か、ガキ大将か、色んな場合があった。そして、歌の場は一応そこで終息する。もちろん、互いにおさまりがつかない場合は、いわゆる「帰りの会」の後、通学路でも延長戦となる。おそらく、歌の場が終息する時とは、その場にいる人びとのストレスのエネルギーのようなものが放出され尽くした時なのであろう。つまり、心にたまったストレスのようなものを、仲間を攻撃するという行為によって放出していたのではなかろうか。だから、教室にストレスが充満しているときは、誰かがどんな些細なミスを犯しても「やーやーや、ややや」なのである。つまり、誰かが生贄になって泣かないかぎり、歌の場は終息しないのである。

もちろん、クラス中が「やーやーや、ややや」でも、平然と掃除を続けた秀才A君はどこでもいたろう。歌の場に入らない、という選択肢もあるのである。そういった、いわば一期一会の場と、そこに集う人びとの心を描こうすれば、それは詩歌や小説を書くしかないのではないか。そうなると「民俗誌」と「詩」「小説」との境はほとんどなくなるのではないか。

極論すれば、民俗学は詩人の学問ということになる。

やーやや ややや

【原型】

【実用例】

楽譜解説

「やーやーや　ややや」の歌には、当然地域差もあり、いろいろなバージョンがある。筆者は、福岡市育ちであるが、関西では「いやーやーや　いややや」だったと聞く。また、広島県福山市では「ゆうたろ」は「ゆうちゃろ　ゆうちゃろ」である（大場友加氏談）。楽譜は、筆者が小学校時代を回顧し、歌ったものを吉川友子・高橋晴子の両氏に採譜してもらった。ちなみに、筆者は1960年生である。京都祇園「あきしの」2階にて、2008年4月23日採譜。

第2章　白川静と万葉集

はじめに

白川静といえば、漢字研究に革新的業績を残した泰斗である。ここでは、白川静と『万葉集』、折口信夫との関係について論じてみたい。生前、白川は、インタビューで自らが学の道を志した契機を尋ねられると、決まって『万葉集』を明らめんとすることを初志としたと、ことあるごとに答えている。つまり、万葉研究は、白川が最初に、これを果たさんとした願い、すなわち「素願」だったのである。本章では、まず手始めにこれを回顧録において、確認しておきたい。

> 早くから『詩経』と『万葉』とを第一段階の読書目標としていたので、『万葉』については、まずわが国の短歌史的概観を得ておく必要がある。それで昭和六年、改造社から出た『短歌講座』十二巻を求め、一通り読んだ。万葉関係のものは、いくらか念を入れて読んだ。『万葉』のよみかたに、アララギと折口信夫《おりくちしのぶ》氏で、かなり距離がある。特に印象に残ったのは、アララギが唾棄してやまない大伴家持《おおとものやかもち》の歌について、その新鮮な抒情を指摘された小泉苳三《とうぞう》氏の家持論であっ

た。

（『回思九十年』平凡社、二〇〇〇年、二二頁）

ということは、白川は青年期から『詩経』と『万葉集』について、これを読破し、自分なりの見解を持つことを「素願」としていたことになる。ここにいう『短歌講座』（改造社、一九三一年）は、当時を代表する短歌研究者はもとより、広く歌人にも呼びかけられて編集された学界・歌壇総動員の超大型企画であった。ために、本講座はその時代の研究の水準を示す書物だったから、研究者も創作者もこれを求めて、時代の最先端を学ぼうとしたのである。そんな青年の一人に、若き日の白川もいたのである。

もう一つ、「素願」の回顧で注目したいことがある。それは、白川が、アララギ派と折口信夫について言及しているところである。正岡子規《まさおかしき》の流れをくむアララギ派すなわち根岸派は、島木赤彦《しまぎあかひこ》の時代、大きな発展をみせ、昭和六年（一九三一）当時、歌壇の雄であった。その万葉観は、いわば近代的観念を万葉歌に再発見するものであり、解釈においては実証的志向を持ちながらも、そこに真率な人生の道を求める風があって、多くの若者の心を捉えていた。誤解を恐れずにいえば、万葉歌に愛と死の真実を求め、万葉歌を読み、万葉風の歌を詠むことで、自らの精神修養を行なうという側面があった。今日、人々に膾炙《かいしゃ》されている実直、おおらかという万葉観は、アララギ派の万葉観を踏襲するものである。一方、アララギ派の歌人として出発した折口信夫すなわち釈迢空《しゃくちょうくう》は、独自に切り開いた民俗学と古代学によって、『万葉集』を通じて古代人の生活と生活実感を明らかにしていった学匠詩人である。折口は、『万葉集』を究めることによって、古代を実感しようとし、昭和六年当時、一部では熱狂的支持を集めていた。この回顧は、当時の学界・歌壇の雰囲気を、きわめて正確に伝えているといってよい。

「素願」の封印と開封

しかし、白川は自らの漢字学の学問的基礎を固めることに専念するため、その「素願」を封印したのであった。白川は、その基礎固めが終わるまで一意専心したのである。蚕が糸を吐く前に一時期繭ごもりするように、孤独に耐えて愚直に積み上げたといってよい。しかし、その封印が解かれる日が、ついにやって来た。

『万葉』についての考説を試みることは、私の素願の一つである。はじめに中国の古代文学を志したのも、そのことを準備する心づもりからであったが、久しく流連して帰らぬうちに歳月も過ぎて、すでに遅暮の感が深い。しかしその素願を忘れていたわけではなく、数年前に中公新書の一冊として書いた『詩経』は、いわば中国文学の立場からみた『万葉』についての、私の素描を試みたものであった。

（『初期万葉論』中央公論新社、二〇〇二年、二九〇頁。初出一九七九年、傍線引用者）

白川は、なんと六〇歳まで漢字学研究に一意専心し、そこに籠り、そして六〇歳から、「素願」を果たそうとしたのである。傍線の言い方は、考えてみれば不思議なもの言いであろう。自らの書『詩経』が、なぜ中国文学から見た『万葉』なのか。本章の後半では、その謎解きにいどみたいと思っている。

1　小泉苳三との出会い

さて、白川の万葉観を探る前に、小泉苳三《こいずみとうぞう》（一八九四―一九五六）との出会いについて語っておかなくてはならないだろう。若き白川が数ある歌人、研究者の中で心惹かれていたのは、小泉苳三の家持論であった。家持の歌は、いわゆる世間でいう直截・朴訥の万葉調ではなく、繊細に心の襞を歌うものであったために、当時は万葉調らしくない万葉歌として、高い評価を得ていなかった。歌人・小泉が目指していたのは、近代の心にマッチする平明な抒情歌で、小泉は家持の歌に自らが求めているものと近い質を認めていたようである。

小泉苳三への私淑

小泉苳三は、神奈川県生まれ。一九一七年に、東洋大学専門部第二科を卒業し、ソウル、東京、新潟、ふたたび東京、長野の各地で教鞭を取ったのち、立命館大学の国語科教育免許状の交付資格取得のために、同大学が特別に招聘した人物であった。小泉は、歌誌『ポトナム』を主宰する歌人であり、かつ後には明治・大正期の短歌研究の第一人者となった（『明治大正短歌資料大成』全三巻、鳳出版社、一九七五年）。その歌風は、「先生は、明治のなごりのような浪漫派、牧水のいう「そうですか歌」のような生活歌を脱して、新しい抒情を志向すべきだとされ、現実的新抒情主義を標榜された」と白川も回想している（『回思九十年』二三頁）。おそらく、かくなる歌風は、小泉が教育者として、多くの学校を巡りながら、各地で若者に対して作歌指導をしつつ自ら演練してゆくことで到達した歌風であろう。

というのは、中学校の生徒などには、与謝野晶子《よさのあきこ》や若山牧水《わかやまぼくすい》の歌では、時に重すぎ、時に遠すぎて、生活実感から離れてしまっていたからであろう。白川青年の心を捉えたのは、同時代の生活の中から、同時代人がふと感じるような抒情であって、そういう歌を作らなければ、また若い読者人の心を掴めなかったのではなかろうか。代表作に、

白楊（ポトナム）の直ぐ経つ枝はひそかなりひととき明き夕べの丘に

（第一歌集『夕潮』水甕社、一九二二年）

があるが、拙い評を加えてみよう。白楊（ポトナム）は、小泉が朝鮮で見たものであり、赴任したその地で、今見たものを、自分の言葉で描くという点に特色がある歌である。伝統短歌の表現にも、明治期の浪漫的短歌の表現にも依存しない新しい短歌世界を構築しようとしたところに、小泉の志向した歌境があると思われる。ちなみに、本歌は、京城（ソウル）で創立されたポトナム短歌会の会誌『ポトナム』の創刊号の表紙を飾った歌であり、それがそのまま結社と歌誌の名前となっている。名実ともに、小泉の代表歌といえよう（一九二二年四月）。

『回思九十年』を読むと、白川の小泉に対する思慕の念が、切々と訴えられている。そして、戦後教員適格審査により不適格とされた小泉のために、再審要求書を提出した人物の中に、白川静その人の名もあった。このあたりは、淡々とした筆致で書かれている回顧録の中においても、白川が怒りを滲ませているところである。

ただ、筆者は、小泉の歌人・研究者としてよりも、教育者としての側面が、白川に大きな影響を与

えたと考えている。小泉のもとには、その徳を慕い、多くの若者が集う一方、研究では散逸の危機にある諸資料の収集をコツコツと進める地道な仕事をするタイプであり、何よりも熱血教師であった。これは、少なからず白川の人生観に影響していると思われる。その人と文業については、上田博《うえだひろし》「小泉苳三――『新現実主義』への道」(『ポトナムの歌人』所収、晃洋書房、二〇〇八年)に詳細は譲るが、小泉の歌を通じた全人教育が白川に受け継がれていることは間違いない。なお、白川の『後期万葉論』ことに家持の評価については、小泉の影響が大きい、と思う。

それは、家持の細い心理描写を、白川が高く評価していることでもわかる。したがって、今後研究の課題としては、白川の詩歌観の背後にある小泉の影響を個別に考察することが、白川学の大きな課題となるのではないか、と思う。

2　白川静の万葉観

白川の万葉研究は、

『初期万葉論』(中央公論社、一九七九年)

『後期万葉論』(中央公論社、一九九五年)

の二つに集約される。今回、改めて二著を見て、驚いたことがある。それは、白川は昭和前期からの万葉研究をずっと捕捉しており、実に客観的に評価しているということであった。したがって、時には万葉学徒に苦言も呈している。

いわゆる「構造論」は、今では万葉学における一つの分野であるかのように扱われているが、「七夕歌」における「座」の問題といい、「梅花歌」における左右・対面形式の応酬といい、あまりにも穿鑿にわたる論が多い。連歌の「付け」ではないのであるから、もっと自由に歌わせ、もっと自由に鑑賞した方がよい。パズル的な方式でなく、もっと短歌としての一首の独立性を尊重した方がよいと思う。

（『後期万葉論』中央公論新社、二〇〇二年、二四四頁、初出一九九五年）

これは具体的には、渡瀬昌忠《わたせまさただ》や伊藤博《いとうはく》の場や座の論を指すのであり、今日においても多く行なわれる解釈法の一つである。たしかに、歌の場や座を明らかにすることで新解釈を施すことができる場合もあるのだが、それはあくまでも一つの仮説に過ぎず、逆に歌の持つ表現をパズルのごとくに機械的に理解してしまう弊があることも否めない。白川は、その時代の万葉研究の弊を見事に見抜いているといえるだろう。しかし、筆者は、白川のような碩学が、万葉研究を客観的に見て、このように批判してくれることは、ありがたいことだとも思う。研究というものは、狭い共同体のなかで行なわれているもので、なかなか自己を客観視できず、こういった弊に陥ることがままあるからである。

万葉観、その特徴二つ

次に、白川の万葉観を概観してみよう。筆者の見るところ、白川の万葉観の特質は、次の二つに集約することができる。一つは、後述するように、『万葉集』を、日本の『詩経』と見る見方。(1) もう一つは、人麻呂以後で前期・後期を分けて、前期にはその信仰的側面を残す集団的かつ呪的な文学の姿を見、後期においては個の心情を歌う抒情詩が確立していったとする見方である。ただし、後者の見方そのものは、多くの研究者に当時も共有されている見解とみてよく、白川自身のオリジナルな見方ではない。オリジナルな点は、白川が、やはり前期と後期の関係を、『詩経』内部の文学史の展開と、パラレルな位相関係にあったとする見方であろう。白川は、

……前期は巫祝《ふしゅく》的呪誦《じゅしょう》の文学をその本質としており、後期のそれは士大夫の詠懐的文学であるということができよう。

（『初期万葉論』二四頁）

と万葉の前期と後期を概観している。前期は天智天皇挽歌群（巻三の一四七～一五五）の世界をイメージし、後期は巻五などにみられる大伴旅人《たびと》と山上憶良《やまのうえのおくら》の交友歌、あるいは大伴家持と大伴池主《いけぬし》の交友歌などをイメージしているのである。その前期と後期を結ぶ人物として白川は、柿本人麻呂《かきのもとのひとまろ》を考えているようである。たとえば、安騎野遊猟歌《あきのゆうりょうか》（巻一の四五～四九）の場合、その狩りの目的を、

おそらくこの冬猟の目的は、天皇霊の継承受霊の儀礼としての意味をもつものであろうとするのが、私の試みようとする仮説である。

（『初期万葉論』九九頁）

と説いている。その裏打ちを、『楚辞《そじ》』でしているところは、白川ならではの展開である。

招魂の儀礼を未明にかけて行なうことも、中国に先蹤がある。『楚辞』の『招魂』は楚の王室の招魂の辞を伝えるもので、四字句を連ねた長篇の招辞の乱《フィナーレ》の辞に、

王と夢《ぼう》（雲夢の沢、猟場）に趨《はし》りて後先を課《あらそ》ふ。君王親しく発して青兕を憚《おそ》れしむ。朱明、夜を承く、時以て淹《ひさ》しかる可からず。

という句がある。朱明は払暁、招魂受霊のときをいう。その前に、王者生前の雲夢の遊猟のさまを思い出させているのも、招魂儀礼の履修の実際と関係があることであろう。

（『初期万葉論』一二〇頁）

つまり、白川は人麻呂歌の呪禱的性格や儀礼詩としての性格を認めているのである。一方で、白川は、柿本人麻呂を『詩経』における尹吉甫《いんきつほ》と同じ位相にある人物、と説いている。

詩篇の終末に近づいた時代に、すぐれた宮廷詩人があらわれた。尹吉甫《いんきつほ》がその人である。その荘重にして大らかな作風は人麻呂の歌を思わせる。

（『詩経――中国の古代歌謡』中央公論新社、二〇〇二年、二四五頁。初出一九七〇年）

（1）明治期の万葉研究の動向に詳しい品田悦一氏に尋ねたところ、『万葉集』を日本の『詩経』に喩えた例としては芳賀矢一『国文学歴代選』（文会堂、一九〇八年）が古いのではないかという。なお、手をわずらわせた品田氏には、記してお礼を申し上げたい。

誤解を恐れずにいえば、筆者は白川の万葉研究の特徴は、主に『詩経』、時には『楚辞』を投影して、その位相関係を明らかにし、万葉歌の理解を深めようとするところにある、と考えている。

3 比較文学研究の前提

だから、白川の『詩経』論を読むと、『詩経』を万葉歌と比較しながら論が進められてゆくのである。さらにいえば、集団的な呪の歌から、個人の心情を歌う抒情歌が生まれたとする点では、『詩経』において読み取ることができる文学史的展開も、『万葉集』において読み取ることができる文学史的展開も、ともに同じコースを辿っているのだというのが、白川のオリジナルな考え方といってよいだろう。白川は『詩経』を論ずるなかで、次のようなことも述べている。

そういう意味では、詩篇の比較資料としてわが国の古代歌謡、わけても『万葉』との比較研究が最も有益ではないかと考える。中国でいう招魂続魄、わが国でいう魂振り・魂鎮めの民族が、ことばによって歌として表現されるとき、古代歌謡の世界が成立した。神霊や自然に対して、また人びとの霊的な交渉のすべてにわたって、表現を通じて他者との融和を実現するもの、それが古代歌謡である。ことだまとしてのことばのもつ古代的性格が、歌うことによってその機能を獲得するのである。その意味で詩篇と『万葉』とはたがいに通ずるところがある。

（『詩経——中国の古代歌謡』三一〇頁）

右の一文は、文学研究や人文科学研究にとって、きわめて大きな問いをなげかけているのではなかろうか。つまり、一つのものごとを理解するということは、比較によってその基準や尺度を得ることによってはじめて可能になるということを説いているのである。このあたりは、「万葉だけ読んでいて万葉がわかるというものではないよ」と、白川の声が聞こえてきそうなところである。では、こういった世界文学の比較という白川の観点は、どこに淵源を持つものなのであろうか。これも、青年期の読書に由来しているようだ。

比較研究としては、たとえば土居光知《どいこういち》氏が試みたような、世界文学的な規模のものが最も望ましい。それぞれの民族のもつ歴史的な諸段階に応じて、文学がどのような表現をなし遂げたかを、その時代的な様相のなかでとらえるという方法であり、『文学序説』(昭和二四年、再訂版)、『神話伝説の研究』(昭和四八年)などに、ゆたかな視点が提供されている。私が比較文学的な研究の方法として最初によんだのは、今では古典中の古典であるリチャード・グリーン・モウルトンの『文学の近代的研究』(本多顕彰《ほんだあきら》訳、岩波書店、昭和七年)であった。その頃、土居氏の『文学序説』の増訂版が出ており、そこに提示されている方法や、具体的な研究について、強い関心をもった。

(『後期万葉論』三六〇頁)

モウルトンの研究は、文学を世界に共通する人類の営みと認め、その普遍性と個別性を追究するという壮大な文学研究の構想であった。だが、それを日本で展開できたのは、白川もいうように土居光知くらいのものであろう。白川は、よく「東洋の学」ということをいうが、白川はまずは、万葉学徒も『詩経』と比較するくらいの観点がなくては、本願する万葉歌の理解すらおぼつかないのではないか、といっているのである。まさに今の研究状況に、いみじくも警鐘を鳴らしているのである。

4　折口信夫の民俗学的研究の影響

白川がその青年期から、折口信夫（一八八七―一九五三）の著作を読んでいたことについては、前述した。白川の『詩経』に関する著作や、『万葉集』に関する著作を読むと、白川の文学観に、折口の『古代研究』（『折口信夫全集』第一～三巻所収、中央公論社、一九九五年。初出一九二九～一九三〇年）の影響が濃厚に認められる点については、多言を要することはないであろう。一つは宗教文学発生説の立場に立って、そこから文学史的展開を考えるという文学史観そのものが、折口のマレビト論から文学の発生を説く、文学史観によるものである。つまり、神祭りに関わって神授《しんじゅ》の呪言を伝える言葉のカタのごときものが生まれ、それが日常言語から離陸するかたちで、文学が生まれるというのが、折口の発生論の考え方なのである。ために、折口の文学史は、常に言葉の呪能から説き起こされ、神との言葉の交流から説き起こされる。その神と交流するための言葉の形式こそ、歌謡であるとするのが折口の主著『古代研究』で示された考え方であった。

歌謡は神にはたらきかけ、神に祈ることばに起源している。そのころ、人びとはなお自由に神と交通することができた。そして神との間を媒介するものとして、ことばのもつ呪能が信じられていたのである。ことだまの信仰はそういう時代に生まれた。（『詩経――中国の古代歌謡』三〇頁）

このような折口の影響は、白川の詩経研究、万葉研究全般に認められるのであって、白川は柿本人麻呂の「巡遊神人《じゅんゆうじんにん》」説についても、一定の条件の下で認めている。これは、今日の万葉研究では、顧みられない学説であり、白川の折口学説への信頼度の高さを裏付けるものであろう。

人麻呂の属する柿本氏人が、春日の和珥《わに》の分支であり、かれらが折口信夫氏のいう巡遊神人として各地に巡歴布教するものであったことは、すでによく知られていることである。（『初期万葉論』三三頁）

ただし、白川は折口の民俗学的文学研究を無批判に受け入れているわけではない。白川は、『詩経』と『万葉集』の比較研究には、民俗学的観点は不可欠であるとしながらも、そこに「歴史的条件」がなければ、成り立たないとはっきり述べている。

わが国の古代歌謡の研究において、民俗学が寄与しえた大きな成果は、そのまま詩篇の研究においても期待しうるものとみてよい。ただ両者の比較研究には、両者がその歴史的な条件において通ずるものがあることが前提となる。（『詩経――中国の古代歌謡』三一〇頁）

これは、歴史性を無視して、常に一致点だけを論《あげつら》う研究への痛烈な批判となっている。つまり、『詩経』の詩には、それが展開してきた歴史があり、『万葉集』にも同じく歴史的展開というものがあって、その発展状況というものを常に考慮して比較研究を行なわなくては砂上の楼閣になると警鐘を鳴らしているのである。まさに、学ぶべき観点であろう。

おわりに

今日ほど、国際や学際ということが、やかましく叫ばれている時代はない。だから、多くの共同研究がなされている。しかし、それは細分化した研究を分担して、繋ぎ合わせた分担研究に過ぎない。対して、白川は「素願」から、五〇年をかけて、それを一人で成し遂げたといえよう。

今日の万葉研究は、驚くほど細分化され、分業化されているために、その全体を見通すことすらも難しい状況にある。それは一方では、個別の問題に対する研究の深化をもたらしたのであるが、一方では閉塞した研究状況を生み出してしまったようである。つまり、白川は今の万葉研究の奥行きのなさを、はっきりと批判しているのである。このあたりは、今後の万葉研究の一つの課題であり、重く受け止められるべきであろう。

第3章　万葉集研究と民俗学的思考

はじめに

止めどなく細分化する日本文学研究。そのなかにあっても、さらに細分化の著しい万葉集研究（第Ⅰ部第1章）。ために、今日の万葉集研究は、「実証できること／できないこと」、「推考可能なこと／不可能なこと」を厳密に仕分けする。つまり、精緻かつ厳密な研究が志向されているといえよう。こういう研究状況下においては、個々人の研究者は、なるべく不確定な要素を研究に混入してしまわないように細心の注意を払う。つまり、テキストのなかで完結する研究のみを志向するのである。『古事記』『日本書紀』は、別個の文献であるから、その二つの資料を研究者の側が勝手に混合・合成することなど許されない。また、万葉歌の理解も、巻ごとの文脈のなかで理解されるべきなので、表現の特性から歌人論を構築することも、容認されない。神話の氏族伝承論や、歌の場の論は、今や淘汰されてしまったといってよい。すべては、多元的なものであるとして個別に解釈してゆくのである。不幸なことに、筆者はこういった研究の潮流にまったくもって乗り遅れ、取り残されてしまったようだ。筆者は潮流に逆行して、歴史資料や民俗資料、考古資料を多用して、実体復原論研究をしてきたので、むしろテキストの外にあるものを万葉集研究の内側に取り込もうとしてきた。いわば、夾雑物ともいうべき不確定要素を積極的に取り込んできてしまったのである。ただ、そんな負け犬になり果てた筆者にも、言い分はある。恐ろしく厳格な研究だが、著しく魅力に欠ける研究、それが今の万葉集研究ではないのか。単に、テキストを純化して解釈してゆくだけでは、豊さや楽しさを失って、痩せ細るばかりではないのか。それは、負け犬の遠吠えではあるのだが……。

1　標結ひの恥

巻三には、大伴坂上郎女と大伴駿河麻呂との間でやりとりされた歌がある。いわば、「標問答」ともいうべきものである。標とは、占有を示すいわばしるしのことである。ちなみに、比較的、近年まで占有標が利用されていたのは、マツタケ山である（後述）。

　　大伴坂上郎女、親族《うがら》を宴する日に吟《うた》ふ歌一首
山守が　ありける知らに　その山に　標結ひ立てて　結ひの恥しつ
　大伴宿禰駿河麻呂の即ち和《こた》ふる歌一首
山守は　けだしありとも　我妹子《わぎもこ》が　結ひけむ標を　人解かめやも
（巻三の四〇一、四〇二）

駿河麻呂の歌（四〇二）は、前の三九八と三九九に触発されたものであろうが、ここでは触れない

ことにする。歌意は明確で、二首の標が、異性をわがものにする、すなわち占有を意味する喩であることは、言を俟たない。ここに、仮に筆者なりの釈義を示すと、一族の宴の席で、暴露的に郎女が、駿河麻呂にこう歌いかけた。山守がいるとはつゆ知らず、その山に標を張って、標結いの恥をかきました（すでに、女〔山守〕がいたとは知らずに、おまえさん〔山〕をわがものにしようとして……恥をかきました）。今日の俗語的な言い方だと、唾をつけるという言い方となろう。対して、駿河麻呂は、こう答えた。いやいや、たとえ山守（女）がいようとも、われらが一族を束ねる郎女さまが結われた標を、誰が解くことなどできましょうや。郎女さまの仰せとあらば、争うこともできますまい。あなたさまの思いのままに。ようするに、坂上郎女は、駿河麻呂に誰かを娶わせようとしたのだが、駿河麻呂には、すでに配偶者がいたということである。しかし、郎女の言の力点はそこにはなく、「駿河麻呂さんよ、最近おまえさん、女ができたんだってー」と冷やかすところにあると思われる。だから、駿河麻呂はたじたじと、かく答えざるを得なかったのである。こういった解釈を比較的に容易に導きだすことができるのは、

思ひ余り　いたもすべなみ　玉だすき　畝傍の山に　我標結ひつ　（巻七の一三三五）

のような標をめぐる喩の例があり、思いびとを横取りされぬように標をすると歌った例があるからである。ところが、坂上郎女は、駿河麻呂にすでに女がいることを知らずに、某女を娶わせようとしたがために、恥をかいたというのである。その理由を郎女は、「山守がありける知らに」という喩で示していることになる。こういう喩が成り立つのは、聞き手や読み手にも、「山守」や「野守」と「標」

についての一定の知識があったからである。一方、歌い手は歌い手で、聞き手や読み手にも、この知識が共有されていることを前提として、表現を構想したはずである。

では、少なくとも郎女と駿河麻呂との間において共有され、宴に同席した人びとにも共有されていたであろう知識とは、いったいどういう類の知識なのであろうか。

「守《も》る」とは、今日でいえば見張るということであり、「山守」といえば山の番人、「野守」といえば野の番人ということになる。いわば、山野の管理者である。標は占有標であるから、先に占有標を示した人に所有権が与えられることになる。しかし、それはあくまで原則だ。どんな場合においても、占有標を先に掲げれば、所有権が認められるというわけではないようなのである。「山守」「野守」がいる場合には、その指示の方が優先されるのである。したがって、「山守」「野守」の許可を得て、山野に入り、その指示に従って占有標を掲げた者が、所有権を主張できたのであろう。その標の方法も、地域によって多様で、場所によっては、永年の禁足地もあり、時期や場所を限って占有標の使用が認められる場合も多いから、「山守」「野守」の指示を守って占有標を掲げなくてはならないのである。有名な蒲生野遊猟《がもうのゆうりょう》歌も、本章のいう標問答の一つといえよう。

天皇、蒲生野に遊猟《みかり》する時に、額田王の作る歌

あかねさす　紫草野行き　標野行き　野守は見ずや　君が袖振る

皇太子の答ふる御歌〔明日香宮に天の下治めたまひし天皇、諡《おくりな》を天武天皇といふ〕

紫草の　にほへる妹を　憎くあらば　人妻故に　我恋ひめやも

〔左注省略〕

（巻一の二〇、二一）

つまり、野守が、適正に占有標が利用されているか見張っているのである。標野であっても、その管理者は「野守」であるという前提があればこそ、二〇番歌のように表現されるのである。ために、皇太子の答歌では、たとえ標があり、野守がいたとしても、私はそなたを愛するのだという決意、あるいは蛮勇が示されるのである（二二）。こう考えると、明らかに郎女は、不注意によってルール違反を犯してしまったことになり、それは「恥」として認識される行為となってしまったのである。おそらく、四〇一番歌の背景には「なぜ、私に女ができたと報告しなかったのよぉ。すぐに言ってくれなきゃあ」という言外の言があるのかもしれない。

2　標の形状

縷々《るる》、標の喩について述べてきたのであるが、実際の標についての考察なしに、比喩の意味するところを探ってゆくことも、空しいことだ、と筆者は思う。ここで、あらためて標について、確認しておこう。「シメ（標）」は、下二段動詞「しむ」の連用形で、連用形を名詞として使っているのである。「しむ」は、今日でいう「占める」「占有」するという意味で、「標」といえば、「これは自分のものですよ」とか「ここからは入らないで下さい」ということを示す標識と考えればよい。標の例は、『万葉集』には、二三例あり、複合した語としては「刈標《かりしめ》」「標縄《しめなは》」「標野《しめの》」の例が各一例ずつある。このように、標は、一時的にその土地と、その土地の産品を占有することを示す標識なので、だから異性をわがものにする比喩にもよく使われるのである。

では、標には、いったいどのような形態のものがあったのだろうか。用例を分析すると、もっとも多いのが「標結《ゆ》ふ」というかたちで、前述の一三三五番歌の標も、その一つである。「結ふ」ということは、布や木綿などを結びつけたと推定することができる。また、一定の空間を縄で囲い込んで結ぶことも考えられよう。さらには草木を縛ったかたちもあったはずである。今日でいえば、標縄も、結ぶ標の一タイプということができる。一方で、刺すタイプや立てるタイプもあったようである。これは、串状のものを地面に刺すか、杭状のものを地面に立てるかであり、一つの串や杭であったと考えることができる。

我がやどに　植ゑ生《お》ほしたる　秋萩を　誰《たれ》か標刺《しめさ》す　我に知らえず　（巻十の二一一四）

大伴の　遠《とほ》つ神祖《かむおや》の　奥《おく》つ城《き》は　著《しる》く標立て　人の知るべく　（巻十八の四〇九六）

という例である。結ぶタイプを標縄型とすれば、刺すタイプと立てるタイプは串・杭型ということができよう。ちなみに、門松は、串・杭型の標と考えることができる。なお、結ぶタイプの標は、発掘しても検出することは不可能だが、串・杭型のものは出土することがある。祭祀にあたって、祭祀の対象地を示し、みだりに人が出入りして聖地を穢さないために立てられる「斎串《いぐし》」は、実は串型の標なのである。巻十三には、「斎串《いぐし》立て　神酒《みわ》据《す》ゑ奉る　神主の　うずの玉陰《たまかげ》　見ればともしも」という歌がある（巻十三の三二二九）。これなどは、神のいる場所を示す標のことを歌っているのである。したがって、斎串も一つの標と考えてよい。

ちなみに、このタイプの標は、今日の民間祭祀においても用いられている。筆者の見たものでいえば、静岡県引佐《いなさ》町川名の「ひよんどり」という村落で毎年行なっている修正会（正月の法会）において、ガラン神という神を祀る時に、ガラン神のいる場所を示すために斎串を立てていた（上野　二〇〇一年）。

古代の斎串に話を戻すと、黒崎直の先駆的な斎串の研究によれば、長さは一〇センチから一メートルを超すものもあり、時代が下るとともに長大なものが多くなるという（黒崎　一九七六年）。六世紀後半の古墳時代の出土例もあるが、七世紀後半から八・九世紀にかけてのものが大量に出土し、かつ出土地域は全国化することから、斎串の普及は律令に定められた祭祀の浸透を示すものとみる考え方が

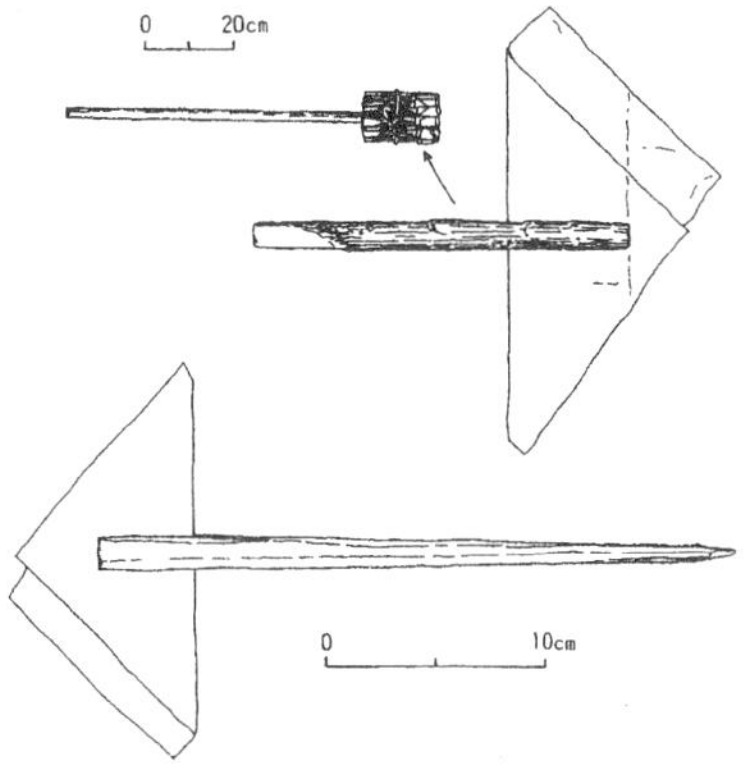

図１　オクワサマ（上段）とシラヤバシ（下段）
上野誠（1995年）より

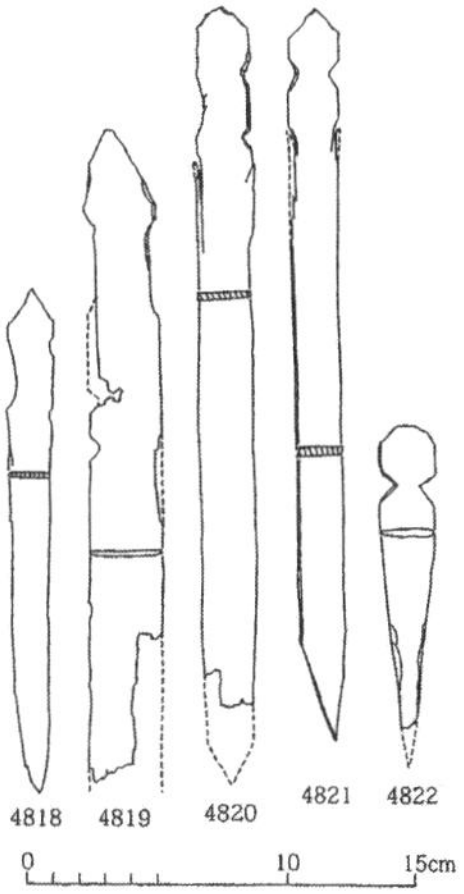

4818　滋賀県湖西線関係遺跡 VD 区大溝出土。7 世紀後半。
4819　兵庫県吉田南遺跡 SD Ⅱ出土。8 世紀後半～ 9 世紀。
4820　ヒノキ。藤原宮6AJF 区 SD １９０１A 出土。7 世紀後半（694 年以前）。
4821　ヒノキ。平城宮6ACU 区 SD １２５０出土。8 世紀前半。
4822　長岡京市左京三条二坊 SD ０２５４出土。784 ～ 794 年。

図２　斎串の出土例
奈良国立文化財研究所（1985年）より

ある（律令祭祀の普及とその全国化）。したがって、呼称は別として、モノの機能としては、斎串も標も変わるところはないのである。

3　標はどのような時に必要だったのか

これまで、標の形状を二タイプに分けて考えてみたわけであるが、では標とはどんな時に必要なのであろうか。標を用いて占有を表示するのは、入会権などによって共有されている野・原・森・村・山・川などの幸で、第一発見者が、その占有を主張する場合であることは言を俟たない。したがって、山野を共有している人びとの間では、第一発見者の存在と、その発見者の優先権の主張がなされていることがわかればよいので、共同体ごとのルールで、共同体ごとに表示法が定められていたのである。

現代においては、共同体でルールを作って山野の幸を管理してゆくことは皆無に等しいが、値の張る松茸などについてはその例外として、占有習俗が近年まで残っていた。このような民俗慣行における占有表示については、土井美生子《どいみおこ》に大阪府豊能群能勢町の現地調査を基にしたきわめて精緻な研究があり、草木を結ぶタイプの標のかたちのいろいろを知ることができる。土井は、その論文中で次のように述べている。

今日でも共有山林を有する農山村のなかには、そこに産するキノコ、山菜、果実、草、落葉、柴木、あるいは地蜂の巣などを見つけた時、発見者が後で持ち帰る事を前もって予約できる古くからの占有慣習が継承されている地方がわずかながらも在る。たとえば、採取するにはまだ十分に生育していないキノコを見つけたとしよう。占有慣習が存続している地方では、その地域で知られているシルシをつけておく。こうすることでシルシをつけたキノコはすでに発見され所有されていることを後から来る者に標示できるのである。

しかし、多くの地方で共有山林が分割され、さらに国有林化が進められたことに加えて従来の柴木や落葉などを用いた燃料がガスや電気に、さらに下草を利用した肥料が化学肥料にとってかわったためこれらの自然物の採取活動が減少し、共有山林に特有な占有慣行も激減してしまった。

（土井　二〇〇五年）


さらに土井は、その占有表示にも、大きな変化があったことを述べている。それは、各地の道路整備にともなう行楽客の激増によって、草木を結ぶだけの標では理解できないハイカーたちが増え、それらのいわば「よそ者」のために、ビニールテープを張ったり、立て札に文章を書いて警告を発するやり方が、現在では主流になっているのだという。

筆者の乏しい調査体験と、いくつかの民俗学の文献だけで考えてしまうのは危ういが、家とその外の小庭である屋外《やど》、さらには田畑などの住人や耕作者が管理する土地においては、その産物について、第一発見者に権利があるわけではないので、標を使って占有を標示することは実際上あり得ない。一方、入会権などのある土地では、標が利用されたと考えてよいだろう。表にして示すと、次のようになる（図3）。

以上のように整理しておくと、万葉恋歌の標の比喩も、わかりやすいものになるはずである。

ここで、もう一つ述べておかなくてはならないことがある。それは、標をするにも、一定のルールが共同体ごとに定められていた、ということだ。一つは、第一発見者が標をした場合、その標を尊重するということ（自分の権利も同様に守られるように）。もう一つは、山や野の番人の存在である。山守や野守が置かれている場合、山守や野守の指示に従うという決めごとである。

4 「恥」の内実

『岩波古語辞典』は、名詞「はぢ」の用法の一つに、「世間並みでないとされるような、人に顔向けもできないような過失・失敗」という項目を立て、四〇一番歌をその例として挙げている（机上版第一刷、一九八二年を参照）。

「恥じる」という感情が、人と人との関係性のなかで相対的に生み出されるものであるということについては、ルース・ベネディクトの『菊と刀（The Chrysanthemum and the Sword）』（Houghton Mifflin, 一九四六年。長谷川松治訳『菊と刀——日本文化の型（上・下）』社会思想研究会出版部、一九四八年）が、つとに注意を払ったところである。つまり、『岩波古語辞書』の説明にあるように、それは世間並みでないという負い目から生まれる感情であり、その「恥」が日本人の行動を規制する規範となっていると、ルース・ベネディクトは説いたのであった（恥となる行為をさける。恥をかかないように繕《つくろ》うなど）。

つまり、「恥」とは、上下の落差から生まれる感情なのである。たとえば、『古事記』の黄泉行神話では、自らの屍を見られたイザナミノミコトは、「吾に恥見せつ」と言い、その怨嗟《えんさ》から、いとおしい夫・イザナキノミコトを殺そうと黄泉醜女を遣わすことになる。その際、恥を見せたというイザナキノミコトの行動は、いったいいかなるものであったかといえば、「見畏みて逃げ還」るという行動であった。つまり、自らの醜体を見られ、恐れて逃げられたことによって、イザナミノミコトに「恥」の感情が生まれたのである。また、『古事記』のトヨタマビメの話も同じである。大きなワニとなって身をくねらせて出産している姿を見られたトヨタマビメは、「心恥し」と思い、海坂に去ってゆくことになるのである。この時も、ホヲリノミコトが、恐れて逃げたことが原因となっている。つまり、醜いということだけでは、「恥」という感情は生まれないのである。醜体を見た相手が自分から逃避する行動をとっさに取ったことによって生まれるのであり、それを予想して、あらかじめ「見るなの禁」が提示されているのである。

	区別	管理者	生産物	第一発見者の権利	標の利用
土地利用の原則	家	住人・耕作者管理地	住人・耕作者所有	権利なし	標は利用しない
	屋外				
	田				
	畑				
	野	入会管理（野守・山守の存在）	入会権を持つ人びとで共同所有	一定ルールのもと優先権あり	標を利用することもある
	原				
	森				
	林				
	山				
	川				

図３　土地区別と管理、権利関係
上野（2012年）より

　つまり、「恥」とは、人と人との関係性の落差から生まれるものであり、ために、それは相対的なものである。したがって、いかなる行為が「恥」となるかも、相対的なもので、あらかじめ定められた約束事があるわけではない。対して、罪はあらかじめ設定されている遵守しなくてはならない約束事に対する違反行為であるから、侵犯に対しては、償いがともなうのである。

味酒《うまさけ》を　三輪の祝《はふり》が　斎《いは》ふ杉　手触れし罪か　君に逢ひ難き　（巻四の七一二）

などはその好例で、崇拝対象となっている樹木に触れてはならぬという掟があるにもかかわらず触れたことによって、罪を得てしまったのである。ために、君に逢うことができないのである。

こう考えてみると、「恥」は関係性の上下落差によって生じるものであるので、自らの行為が見劣りする場合、付随的に生じてしまう場合もあるようだ。『日本書紀』神代上（第四段）の正文には、淡路島の地名起源説明伝承として機能する話が収載されている。いわゆるイザナキノミコトとイザナミノミコトの聖婚の失敗を語るところである。

産《こう》む時に及至《いた》り、先《ま》づ淡路洲《あはぢのしま》を以ちて胞《え》と為す。意《みこころ》に快《よろこ》びざる所なり。故《かれ》、名《なづ》けて淡路洲と曰ふ。

（『日本書紀』神代上（第四段）正文、小島憲之ほか校注・訳『日本書紀①（新編日本古典文学全集）』小学館、一九九四年）

「あはぢしま」（淡路島）のいわれを、「吾（あ）・恥（はぢ）」と説くものである。つまり、生みそこないの子が生まれたことによって、「恥」の感情が発生したのである。以上のように推考を重ねてゆくと、坂上郎女が、「結ひの恥」と喩えた行為は、山守の存在を確認して、標を結うべきであったのに、その確認をしなかったがために、山守のいる山に無断で入り、占有標を掲げてしまったことをいうのであろう。さらに、推考を重ねると、大伴氏を束ねるべき地位にあった坂上郎女が、一族内の男女関係を掌握しきれていなかったことも、「恥」なのであろう。ために、今度は駿河麻呂に逆に「恥」をかかせようとしたのではないか。それが、大伴坂上大嬢を駿河麻呂に娶わせようとしていたのなら、なおさらのことである。

おわりに

今日、学界において民俗学的方法を掲げて研究活動に従事している研究者などいないだろう。それは、ある意味で、とっくに淘汰されてしまった方法論といえるかもしれない。ただ、筆者は、古典作品の表現を、自らの体験レベルに引きつけて得心する方法としては、一定の存在価値を認めて良いように思う。けれども、それは研究の方法というよりも、個人が表現を得心し、実感するための理法、あるいは方便のようなものだと思う。その理法、方便を筆者は、「万葉集研究における民俗学的思考」と秘かに呼びたい、と思う。そこで、以下の話をもって、この章の綴じ目としたい。

全席自由席の映画館では、早く会場に着けば、自由に座席を選ぶことができる。そして、一時離席する場合には、ハンカチなどの私物を置いておけばよい。ハンカチを見た人は、その席にはこの上映回においては、座席がすでに占有され、その使用権はその人物にあることを確認し、他の席を選ぶことになる。それは、自分もそのルールを守ることによって、自分が離席した折の座席の使用権も尊重されることを知っているからである。

ところが、映画館によっては、特定の良い席を、プレミアム・シートとして割増料金を取って販売するところがある。つまり、映画館ごとにルールが違うのだ。だから、映画を見る時には、注意を払って、館ごとの仕組みをよく知っておかなくてはならないのだ。ところが、そんなことを知らずに、プレミアム・シートに座っていると、案内係がやって来て、ここに座るためには、別途の上乗せした料金を払う必要がありますよ、と注意されてしまうのである。告げられた本人は、自分がそういう仕組みを知らなかったことを恥じ、周りの人びとが笑っていないか気にするはずだ。と同時に、ちゃんと、会場に着いた時点で案内係に聞いてから座ればよかったのにと反省するであろう。しかし、一時的にプレミアム・シートに座っていたからといって、罰金を求められることなどありはしない。それは、罰金規定があらかじめ設定されていないからである。

方法論としては、破綻し、淘汰された方法論ではあるのだが、民俗学的思考によって、個々人が表現を実感するということはあってもよいのではないか。いや、あってほしい、と筆者は願う。

第4章　いむ・いみ

1　「いむ」「いみ」「いはふ」「いつく」

四段動詞「いむ（忌・斎）」は定められた禁忌に触れないようにすることであり、禁忌に触れないように忌み、慎み、おそれることをいう。この「いむ」の連用名詞形が「いみ（忌・斎）」である（巻十三の三二八四）。たとえば、祭祀にあたっては、祭祀の目的が無事に成就できるように、穢れを避ける行動をとり、禊などによって自他を浄化することをいう。対して、四段動詞「いはふ（斎）」は、忌み慎むことによって、幸を得ようとする行動をいう（巻十一の二六五七）。また、そこから派生した用法としては、忌み慎んで大切にすることをいう（巻九の一八〇七）。たとえば、旅にあって安全を祈るために、禊をしたり（巻十一の二四〇三）、神に捧げ物をしたりする行動をいうのである（巻二十の四四〇二）。このように禁忌に触れないように忌み慎んで、神に奉仕することを、四段動詞「いつく（斎）」というようう（巻十九の四二四三）。そこから転じて、神に奉仕するように大切にすることも「いつく」というようになったと推定できる（巻十八の四一一〇）。

以上のように「いむ」「いはふ」「いつく」を概観すると、同根の語であることは、容易に予想できるのであるが、それを実証する学力は残念ながら筆者にはない。この点に早くに言及しているのは、折口信夫『万葉集辞典』の「いは－ふ【斎ふ】」の項で、「いむ・ゆむの再活用。声音移動の為に、は行音に変つたので、神に対して穢れと思はれるを謹み、浄め、敬虔な態度を持して神を祀る事」としている（折口博士記念古代研究所編『全集』第六巻、中央公論社、一九八八年、初版一九七六年、初出一九一九年）。また、近時においては、土橋寛《つちはしゆたか》が「いむ」「いはふ」「いつく」の「い」を自然物や人工物の生命力・霊力の強いことを讃めた称辞とした上で、『『イ・ハフ』は『チ・ハフ』『ニ・ホフ』と語構成を等しくする語で、霊力を与えることであり、その結果、自然の植物や日常的な器具は神聖化され、結果的に神聖な物であることを表すことになる」との理解を示している（土橋寛『日本語に探る古代信仰』中央公論社、一九九〇年）。一つの解であろう。本章では、「いむ」「いみ」「いはふ」という言葉が持っている意味内容と、その祭祀が実際上に果たす役割（内実）を区別しながら、これらの語に関する折口信夫の解釈について、若干の検討を加えてみたい、と思う。

2　忌部氏と「大殿祭」の祝詞

その「いむ」「いみ」という言葉を名に負う氏族がいる。「イムベ」氏が、それである（忌部ないし斎部と漢字表記）。彼らは、「イムベ」という部民として宮廷内で、主に祭祀に関わる仕事に中臣氏とともに携わっていた。持統天皇即位にあたっては「神祇伯中臣大島朝臣、天神寿詞《あまつかみのよごと》を読む。畢《をは》りて忌部宿禰色夫知《しこぶち》、神璽《かみのしるし》の剣・鏡を皇后に奉上《たてまつ》る」とあり、諸家の説くとおり飛鳥浄御原令の即位規定にも、類似の条項が存在していたのであろう（『日本書紀』持統天皇四〔六九〇〕年正月条）。なぜならば、後の養老神祇令にも「凡そ践祚《せんそ》の日には、中臣、天神の寿詞《よごと》奏せよ。忌部、神璽の鏡剣《かがみたち》上《たてまつ》れ」との条項を見出すことができるからである。すなわち、天皇即位にあたり神璽の鏡・剣を新天皇に奉献するのはイムベの仕事だったのである。そのイムベが読む祝詞の一つに大殿祭の祝詞がある。冒頭においてイムベの人びとは、天皇即位における神璽の鏡・剣の奉献は自らの一族が担ってきたことをまず高らかに述べ、次に皇孫が作る御殿を祝福する部分がある。

……天つ日嗣《ひろぎ》知ろし食《め》す皇御孫《すめみま》の命の御殿を、今奥山の大峡《おほかひ》・小峡《をかひ》に立てる木を、斎部《いむべ》の斎斧《いむをの》を以ちて伐り採りて、本末をば山の神に祭りて、中の間を持ち出で来て、斎鉏《いむすき》を以ちて斎柱《いむばしら》立てて、皇御孫の命の天の御翳《みかげ》・日の御翳と造り仕へ奉れる瑞《みづ》の御殿《みあらか》〔古語《ふること》に、あらかと云ふ。〕汝屋船命に、天つ奇《くす》し護言《いはひごと》を〔古語に、くすしいはひごとと云う。〕以ちて、言寿《ことほ》き鎮め白《まを》さく、……

（延喜式祝詞「大殿祭」、青木紀元『祝詞全評釈』右文書院、二〇〇〇年、傍線引用者）

「皇御孫の命の御殿」を造る材は、イムベのイムヲノで伐採された木で、イムベのイムスキで柱穴が掘られて御殿が建てられたと述べている。それがイムバシラの立つ「皇御孫の命の御殿」だと言寿いでいるのである。そのできあがった御殿は、御殿そのものが屋船命という神格を持つのだが、汝・屋船命に呼びかけるように奉られる祝い言が、「天つ奇し護言」である。この部分には「古語に、くすしいはひごとといふ」という注記があり、九条家本古訓には「アマツクスシイハヒゴト」との訓もあるところである。つまり、「護言」は「いはひごと」と訓まれていたのである。

ここに表れているイムベの主張は、御殿を作る斧も、柱穴を掘る鋤も、すべてイムベによって「いはは」れたものでなくてはならないというものである。こうしてイムベによって清められた斧と鋤で建った御殿を祝福するのが「イハヒゴト」なのである。古代においては御殿を建てることそのものがすなわち神事なのだが、ここで注目しなくてはならないのは、その御殿を建てる工具も、清浄で神聖でなければならなず、それらの工具の穢れを祓うのもイムベの仕事だと主張されていることである。つまり、イムベの祭祀によって、ヲノはイムヲノ、スキもイムスキとなるというわけである。実際には、工具に標を張ったり、一族で伝承している呪言や儀礼の力によって、工具を浄化するのであろう。つまり、イムベは祭祀に使う祭具の浄化を宮廷内で担当していたものと思われる。そうすることによって、工具は祭りに使用する祭具になるのであろう。以上のようなイミの儀礼に関わる仕事を、イムベはその名を負う部民として律令祭祀以前から担ってきたのである。

ところが、同じく祭祀に関わる中臣の一族のなかから藤原氏が出て宮廷内での地位を高めたために、反対に斎部氏は宮廷内においてその地位を著しく低下させたのであった。ために、中臣氏に対して宮廷内での地位が低下した斎部氏が、その家伝を一書に纏め、一族の由来を説いてその立場を主張したのが斎部広成の『古語拾遺』である。『古語拾遺』は、平城天皇の大同二年（八〇七）に朝廷に提出された書なのであった。その『古語拾遺』のなかに、自らの祖と主張する天富命が、二人の孫を率いて、神武天皇の正殿を建てたとする記述がある。

> 仍て天富命〔太玉命の孫なり〕をして、手置帆負・彦狭知二神の孫を率て、斎斧・斎鉏を以て、始めて山の材を採りて正殿を構立つ。

（『古語拾遺』安田尚道・秋本吉徳校註『新撰日本古典文庫』四、現代思潮社、一九七六年、傍線引用者）

注目したいのは、ここでも「斎斧」「斎鉏」が登場していることである。もしこの部分を訓読するならば、祝詞と同じように「イムヲノ」「イムスキ」と訓むか、「イハヒヲノ」「イハヒスキ」と訓むべきところであろう。どちらにせよ、これもイムべの伝える呪言や儀礼によって、浄化された工具であることは間違いない。続いて『古語拾遺』は、天富命が「斎部の諸の氏を率て、種々の神宝・鏡・玉・矛盾・木綿・麻を作らし」めたという伝承を収載している。これらは、すべて祭具であり、イムべは宮廷祭祀の祭具を造っていたのであろう。工具等の浄化をし、新築の建物を祝福するオホトノホガヒの「いはひごと」を述べるほか、宮廷祭祀に関わる祭具の生産もイムべは行なっていたのであろう。そこからこういった主張が生まれてくるのである。

3　折口信夫の「いむ」「いみ」「いはふ」の理解

早い段階から、「いむ」「いはふ」という語について関心を持っていた折口信夫には、これらの語について独自の主張がある。折口はその文学発生論のなかで、神と人とを交流させる祭式言語の一つとして「いはひごと」を重要視していたために、この語に対して特別の関心を持っていたのである。

以下、まず折口のこの語に対する理解の一端を示し、議論を進めてゆくことにする。折口は、「呪詞及び祝詞」において、前述した「天つ奇し護言」の「いひはごと」を次のように解説している。

次に、もう一種の祝詞がある。それは鎮詞・護詞・鎮護詞などゝ書かれるいはひごとである。これが、ごちや〳〵になつて、祝詞の中に混つてゐる。斎部の祝詞は皆、此鎮詞である。いはふといふ言葉は、今、神をいはひこめる等いふのと、略同じ意味である。これはいむから出てゐる。いむは、単に慎むといふ意で、いまはるとなると、その上に、身の周りを浄める意味が出て来る。いはふは周囲を浄めて中に物を容れる、又はくつ附けるといふ意味である。即《すなはち》魂をくつ附けて、離さぬやうにするのである。鎮詞といふのは、その言葉なのである。それ故、鎮詞・鎮護詞などゝ書かれてゐるのである。

（「呪詞及び祝詞」折口信夫全集刊行会編『全集』第三巻、中央公論社、一九九五年、初出一九二九年）

今日、「護言」「鎮護詞」を「いはひごと」と訓ずるのは、「いはひごと」が幸いを祈る言葉であるからと理解されている。したがって、一般的には「『いはひ』に『護』の字を用いているのは、『斎ふ』には神が人間の幸いを護る意味があるから、『護』の字を『斎』の字に通じて用いたものであろう」と理解されているところである（延喜式祝詞「大殿祭」、青木紀元『祝詞全評釈』右文書院、二〇〇〇年）。対して、折口はこれを霊魂信仰、とりわけ遊離魂と肉体との関わりから説明しようとしていたのである。折口は、「いはふ」という言葉に、周囲を浄化して、人や物に霊魂を結びつけて、そこから霊魂が離れないようにするという意味があると主張するのである。ここから、折口は「護言」「鎮護詞」「鎮詞」が、鎮魂の言葉だと理解し、「いはひごと」と呼ばれるのだと理解したのである。この主張は、最晩年に至るまで一貫している。『日本文学啓蒙』の「上世日本の文学」においても、そこでいはひごとのいはふといふ語であるが、此は中へものを入れ込めて、出なくする事なのである。いむといふ動詞が元で、此動詞がは行に再活用していまふとなる。それからいはふと変化するのである。いむといふのは身を清めて魂を外へ出さぬやうに鎮める事で、天子が永久に御健康で在らせられるやうに、立派な魂をお入れ申し、御身体の周囲を潔めるのである。

(折口信夫全集刊行会編『全集』第二三巻、中央公論社、一九九七年、初出一九五〇年)

との主張は変わらない。この主張は、一九三二年の「石に出で入るもの」(折口信夫全集刊行会編『全集』第一九巻、中央公論社、一九九六年)、一九三三年の「古代日本人の信仰生活」(折口信夫全集刊行会編『全集』第一九巻、中央公論社、一九九六年)においても変わるところがない。

折口の主張が成り立つためには、少なくとも「いむ」「いみ」「いはふ」にタマシズメの意味があることが前提となるのであるが、しかし、折口はその説明を一切していない。筆者は、折口が考えるように、「いむ」「いみ」「いはふ」という語に「周囲を浄めて中に物を容れる、又はくつ附けるといふ意味」を見出すことはできないと思われる。ならば、折口はなぜこのような断定的な発言をしたのだろうか。

折口信夫の論述方法は、かくのごとくに演繹的で、根拠が明示されない方がむしろ一般的である。ために、根拠薄弱との批判を招くのである。ただ、この点を折口の側に立って擁護すれば、折口は自らの考えの総体を示すことが先であり、個別の根拠の明示は後からでも良いと考えていたようである。というより、それは自分の仕事ではなく、後進の仕事であると考えていた節さえある(『古代研究』「追

ひ書き」折口信夫全集刊行会編『全集』第三巻、中央公論社、一九九五年、初出一九三〇年)。

4 待つ女の祭祀と「いはひ」

筆者管見の限り、「いむ」「いみ」「いはふ」という語に折口のいう「身を清めて魂を外へ出さぬやうに鎮める」という意味を見出すことはできなかった。しかし、「いはふ」という行為が、実質的にそのように解釈できる例が、万葉歌に若干見出されるのである。意外にも、この点について早くに言及しているのは、武田祐吉《たけだゆうきち》である。折口の盟友でもあり、ライバルでもあった武田は、次の歌を挙げて、

……夕潮に　梶引き折り　率《あども》ひて　漕ぎ行く君は　波の間を　い行きさぐくみ　ま幸くも　早く至りて　大君の　命のまにま　ますらをの　心を持ちて　あり巡り　事し終はらば　障《つつ》まはず　帰り来ませと　斎瓮《いはひへ》を　床辺に据ゑて　白たへの　袖折り返し　ぬばたまの　黒髪敷きて　長き日《け》を　待ちかも恋ひむ　愛《は》しき妻らは

(大伴家持、巻二十の四三三一)

「これによって、人の立ち去った跡に伊波比倍を据えたことがわかる。その人の霊を鎮めて、無事にふたたびこの所に還りきたらんことを祈るのである」と述べている(「万葉集時代における神人の交通」『神と神を祭る者との文学』、『武田祐吉著作集』第一巻所収、角川書店、一九七三年、初出出版一九二四年)。当該歌

は家持の「防人が悲別の心を追ひて痛み作る歌一首」である。この部分は家持が防人たちの悲別の心を思い、家で待つ妻たちの姿を想像した部分である。「斎瓮」すなわち「いはひべ」を据えて女たちが旅先の男の無事な帰宅を願う歌は集中に多いが、武田は「斎瓮を床辺に据ゑ」た理由を、旅行く男の霊の一部を留めて祀ることにある、と考えたようなのである。武田がそう考えた理由は、後に「白たへの袖折り返し」て寝たと記されているからであろう。それは、「白たへの　袖折り返し　恋ふればか　妹が姿の　夢にし見ゆる」（巻十二の二九三七）という歌があることからもわかるように、「袖折り返し」て寝るのは逢いたい人の夢を見るための呪術だからである。おそらく、これは夫との共寝の場所であった「床」に「斎瓮」を据えて、袖の折り返しをして、夢に夫の姿を見ようとするからであり、夢見はそのまま旅先の夫の霊に相見える機会と考えられていたのであろう。ために、「斎瓮」を用いた「いはふ」という行為の内実に、旅行く人の霊の一部を留めて祀るということも含まれるのではないか、と武田は判断をしたのである。

「斎瓮」を据えて祈る祭祀については、「……我がやどに　みもろを立てて　枕辺に　斎瓮を据ゑ　竹玉を　間なく貫き垂れ……」（巻三の四二〇）、「……言の忌みも　なくありこそと　斎瓮を　斎ひ掘り据ゑ　竹玉を　間なく貫き垂れ……」（巻十三の三二八四）のような例があるが、これらはおおよそ旅先の夫の無事を祈る女性祭祀である。これらの祭祀は旅先の夫と家の妻との呪的共感関係を支えるものでもある（神野志隆光「行路死人歌の周辺」『柿本人麻呂研究』塙書房、一九九二年、初出一九七三年）。なお、筆者はこれらの待つ女の祭祀を、万葉歌の用例をモンタージュすることによって次のように復原したことがある。

① 祭具としては、竹を切って紐を通した竹玉を用いた。
② 供物としては、神酒ないし水を甕に入れて供えた。
③ その甕は、清浄なものでなくてはならなかった。その甕が清浄なものであることを表すのは、白い木綿であった。
④ 場所としては、「床の辺」「枕辺」といわれる女性の寝室が選ばれた。

（「神々と女性」『万葉びととの対話』日本放送出版協会、二〇〇七年）

おそらく、武田は、以上のような祭祀の目的を、待つ女たちが夫の霊の一部を家に留めることにあったと考えたのであろう。続いて武田は、

四つの船　はや帰り来と　しらか付け　朕《わ》が裳の裾に　斎ひて待たむ

（孝謙天皇、巻十九の四二六五）

という、孝謙天皇が天平勝宝四年（七五二）に「従四位上高麗朝臣福信に勅して難波に遣はし、酒肴を入唐使藤原朝臣清河等に賜ふ御歌一首」の反歌を挙げて、こう述べている。「この歌の第五句の鎮而を『しづめて』と読むか、『いはひて』と読むかは決定しかねるにしても、行人の精霊をわが裳の裾に斎ひ留めようとするにあろう」と。「しらか」が何であるかは不明であるが、これを裳に付けることが「斎ひて待」つことを表象していることは疑えない。おそらく、「斎瓮」につける木綿などと同様の繊維と考えてよく（③）、身を清浄に保っていることを表象するのであろう。これを武田は、

旅行く人の霊を裳に留めるための呪術である、と考えているのである。つまり、旅行く人の霊は床や枕だけではなく、衣服にも留めることができると武田は考えたのである。

　加えて重要なことは、武田が注意を払ったように、第五句に「鎮而将待」とあることであろう。今日、多くの諸注は「いはひてまたむ」を採用するが、その訓を支えるのは長歌に「大神の斎へる国そ（大神乃鎮在国曽）」（巻十九の四二六四）とあり、別に「み幣取り三輪の祝が斎ふ杉原（三幣帛取神之祝我鎮斎杉原）」（巻七の一四〇三）との例があることによる。当該二例の「鎮」「鎮斎」は前後の文脈から、一般に「いはふ」と訓じられているからである。一四〇三番歌の「鎮斎」の「鎮」の字は、「いはふ」と表記するにあたり「鎮めて斎はふ」という意を込めて添えたものと考えられるので、霊を鎮めてそれを清浄に保つ、すなわち「いはふ」ということもあったのであろう。裳は神功皇后の鎮懐石伝説にも登場するように、霊を表象する石を包むものにもなるから、武田は裳に旅行く人の霊魂の一部を留めることもあったと考えたのである（巻五の八一三、序）。

　以上のように考えを進めてゆくと、清浄に保つという「いはふ」祭祀が霊魂を留める役割を果たすこともあることに気づかされるのである。ところが、一方において、男が旅立ったときの現状を変えないために掃除をしないという禁忌もあったようなのである。同じ天平勝宝四年（七五二）の遣唐使関係歌に、次のような歌がある。

櫛も見じ　屋内《やぬち》も掃かじ　草枕　旅行く君を　斎ふと思《も》ひて〈作者未詳なり〉
（作者不記載伝誦歌、巻十九の四二六三）

当該歌は、大伴古慈悲《おおとものこじひ》の家で、入唐副使大伴胡麻呂《こまろ》のための送別会が行なわれ、その際に大伴村上《むらかみ》、大伴清継《きよつぐ》から伝えていた伝誦歌が披露されたものであろう。当該歌の、櫛を見ず、家の中も掃かないというのは、いったい何を意味するのであろうか。おそらく、「斎ふと思ひて」髪を梳かず、家を掃かないのは、男の霊魂が家から遊離しないように、現状維持をしておくためであろう。髪を梳れば髪に付着した霊魂が離れ、家を掃けば家から霊魂が遊離してゆくとの感覚があったのであろう。箒は招魂の具であるとともに、霊魂を家の外に出す具であるとも考えられていたのである。現行の民俗においても、正月や葬式に関わる掃除の禁忌は多く、正月や葬式のように神霊が家に留まるとされる時には掃除はしないという禁忌は一般的である。

以上のように見てゆくと、当該一首は、厳格に禁忌を守り、男の無事を思う一途な女歌と読むことができる。それは、送別の宴にふさわしい歌として好まれていたに違いない。

以上のように考察してゆくと、折口のいうような「身を清めて魂を外へ出さぬやうに鎮める」という意味を「いむ」「いみ」「いはふ」に見出すことはできないが、その祭祀がまれまれにそういう役割を内実として持つと解釈できる事例も確認できるのである。ために、身を清めることも、「櫛も見じ屋内も掃かじ」ということも同じ「いはふ」行為となるのであろう。あるいは、平安朝の「物忌」がその内実としては蟄居なのは、同じ感覚に基づくものではあるまいか。筆者は、諸先学の驥尾に付して以上のように、これらの語の意味とその祭祀の内実を理解しておきたい。

第5章　『口訳万葉集』、等身大の恋歌

はじめに

以前、私は自らのホームページに、恥じいる心もなく自らの感性を信じて、現代の話し言葉による万葉歌の口訳を発表したことがあった。その一部は、『小さな恋の万葉集』（小学館、二〇〇五年）として上梓されたが、この口訳については賛否両論を呼ぶことになった。たとえば、

恋は今は　あらじと我は　思へるを　いづくの恋そ　つかみかかれる　（広河女王、巻四の六九五）

を次のように訳したのである。

いまさら
もう恋なんかするもんかと
わたし思っていたのに……

いったいどこのどいつの恋なのよ?
つかみかかってきやがるのは!
(拙訳)

何度、下品な口訳だというお叱りをいただいたことか。それに、やはり同世代の研究のライバルたちの評判も気になった。ただし、批判は想定範囲内に収まったという記憶がある(いや、私自身が聞こえないふりをしたのかもしれない)。親しい仲間たちは、激烈な批判を心配してくれたが、その私の心の中に密かに期するものがなかったといえば嘘になる。

それは、今日の古典の教科書の現代語訳では、学生・生徒の心に歌のメッセージが伝わらないからだ。一〇代の若者が読んで「へぇー、おもしろいじゃん」といってもらわないと、教師としては「失格」ではないのか。各現場では、悪戦苦闘が続いているはずだ。

では、こう訳すとどういうことが起こるか? ここからは、自慢話となるが、学生主催のファッションショーで歌われたり、少女コミックに万葉歌をベースにした劇画が登場したりした。また、ネット上で話題となった。つまり、口訳を元にした二次的副産物が生まれたのである。

一方で私は、ある程度の反発を予想しつつ、姑息にも次のような言葉で批判をかわそうと考えた。それは「こういう試みは、昔からあるんですよ。けっして、私が初めてじゃ、ありません」と言い続けたのである。実は、これから述べる折口信夫の『口訳万葉集』の例があることを知っていたからである。折口は「口訳万葉集のはじめに」でこう述べている。

わたしは、国学院大学を出てから、足かけ三年、大阪府立今宮中学校の嘱託教師となつて、其処の第四期生を、三年級の中途から、卒業させる迄教へてゐた。わたしは、其八十人ばかりの子どもに接して、はじめて小さな世間に触れたので、雲雀のやうなおしやべりも、栗鼠に似たとびあがりも、時々、わたしの心を曇した悪太郎も、其から又、白眼して、額ごしに、人をぬすみ見た、河豚の如き醜い子も、皆懐かしい。この書の口訳は、すべて、其子どもらに、理会が出来たらう、と思ふ位の程度にして置いた。いはゞ、万葉集遠鏡なのである。

大正五年八月廿九日

槐の夏陰にかくれて　著者

（「口訳万葉集のはじめに」『口訳万葉集』折口信夫全集刊行会編『全集』第九巻、中央公論社、一九九五年、初出一九一六年）

今日、これを想起する人も稀なのであるが、折口信夫は史上はじめて『万葉集』四五一六首の全口訳を成し遂げた人物でもある。さらに、もう一つ忘れてはならないことがある。現在、広く行なわれている万葉歌を漢字仮名交じり文にしたテキストは、折口の『口訳万葉集』をもって創始とする。漢字仮名交じり文テキストに、口語訳のついた『口訳万葉集』が刊行されたのは、大正五年（一九一六）九月のことであった。刊行後一〇年間、『口訳万葉集』はもっともよく親しまれたテキストであったと思われる。ここでは、その『口訳万葉集』が誕生する前後の事情を青春物語の一齣のように語ってみたい、と思う。

1　古典の教師という仕事

私が卒業した福岡大学附属大濠高校には、興に乗るとあくの強い博多弁で古典を訳す先生がいた。もし、この先生が椿市の歌垣の歌として有名な問答の歌を「口訳」したら、こう訳したに違いない。

「紫ちゅう色はくさ、紫草に椿の灰汁ば入れて染めるったいね。その椿の名を負うこの椿市の巷で逢うたあぁーたの名は何といわっしゃーと。名ば教えんしゃい！　俺とつきあわんね」（巻十二の三一〇一）と。古典の授業は嫌いだったが、博多の二流の商家の次男坊だった私は、この先生の「口訳」のニュアンスはよくわかった。だから、古典の授業は嫌いだったが、この先生には好感を持った。やはり、教師の影響力というものは大きい。

いつの時代にも、またどこの学校にも、こういった名物古典教師というものはいるもので、国文学者・高木市之助の自叙伝『国文学五十年』は、熊本の第五高等学校に、熊本弁で『源氏物語』を訳す本田弘という名物先生がいたことを追想している（岩波書店、一九六七年）。あのミヤビな女房言葉が、肥後熊本の「おてもやん」言葉に訳されたかと思うとその味わいやいかに？　と想像するだけで楽しい。高木市之助は、生徒に絶大な人気を誇った本田弘の授業を振り返り、地元熊本の生徒だけではなく、全国から五高にやって来た生徒が熊本弁源氏物語に魅了されたのは、本田が「ほんとうに『源氏』に精通していたからだろう」と述べている。高木の五高赴任は大正四年（一九一五）のことなので、本田の熊本弁源氏と、後述する折口の大阪弁まじりの『口訳万葉集』は、同時代の古典教育の産物ということになる。ちなみに、高木市之助は、折口信夫より一歳年下である（一八八八―一九七四）。

やはり、何といっても、古典の授業のおもしろさは、その教師の「口訳」にあるのではなかろうか。古典を読解する教師の力量と、人柄の表れた訳にこそ、その醍醐味というものはあるのではなかろうか。ことに「口訳」には、教師の日常の口調もおのずから投影されるので、授業に一回生起的なライブ感を与えるのである。つまり、「口訳」は、この先生がここで今行なう「口演」なのである。だから、「口訳」は、古典の教師がサービス精神を発揮する、授業の見せ場ともなり得るのである。

弟子たちの回想記を読んでいると、訥弁ながら折口信夫もサービス精神旺盛な「口訳」をしていたようだ。池田彌三郎は、

口訳ということは先生は得意だったたし、またうまくもあった。『古事記』の「うましあしかびひこぢの神」を先生は「おもしろいあしかびのおっさん」と訳す。源氏の「いとかたかるべき世にこそあめれ」を、大川端の台詞で「成程世間はむずかしい」と訳す。

（池田彌三郎『まれびとの座』中央公論社、一九七七年）

と回顧し、「生涯での第一の著書が、『口訳万葉集』であったことは、何といっても生涯を決している」と述べている。「成程世間はむずかしい」は、大見得を切ってひいきの歌舞伎役者の声色でやったのかもしれない。折口は大の芝居好きなのである。実際に『口訳万葉集』を読んでみると、遊び心をもって芝居がかった訳し方をしているところもある。たとえば、前述の椿市の歌垣での「であい」を歌ったとされる歌を、『口訳万葉集』の漢字仮名交じり文テキストで示しておこう。

□問答

紫草《ムラサキ》は灰さすものぞ。海石榴市《ツバイチ》の八十《ヤツ》の衢《チマタ》に会へる子や。誰（巻十二の三一〇一）

たらちねの母が呼ぶ名を申さめど、道行く人を、誰と知りてか（巻十二の三一〇二）

という二首は、『口訳万葉集』では、

紫花の汁には、椿の灰の汁を注《サ》して染めるといふ、其名を持つた椿市の、人の沢山行き交ふ四通八達の辻で出会うたお前さんは、一体誰だ。名を名告つて聞かせなさい。（巻十二の三一〇一）

成程名を云へと仰しやれば、お母さんがわたしを呼び寄せる時に云はれる名を申しもしませうが、一体さう仰しやる貴方は、何処の誰ですか。道で行き合うた貴方を誰だとも知らないで申し上げる訣には行きません。（此歌は、伝説的の興味と時代の背景の心を引く歌で二つ乍ら傑作である。万葉註釈を試みた先輩は、此歌を、飛鳥時代以前のものと観察して居る。）（巻十二の三一〇二）

と「口訳」している。私は、三一〇一番歌の訳を声に出して読むと、「三人吉三《さんにんきちさ》巴白波《ともえのしらなみ》」の「大川端庚申塚の場」の名告りを思い出してしまう。つまり、粋なおあにいさんの啖呵として聞けるように「口訳」が設計されているのである。対して、三一〇二番歌は、やはり歌舞伎の娘役の台詞のように設計されているのである。どちらも、ずいぶん芝居がかった「口訳」である。歌垣での男女の「であい」を芝居仕立てに訳したのは折口なりの読者へのサービスなのであろう。こういった点に、私は『口訳万葉集』の「口訳」の特徴を見出すのである。その特徴とは、サービス精神と遊び心が渾然一体となった「口訳」が試みられている点にあると、私は考える（私の授業でも、歌舞伎仕立てで、この「であい」の場を、年に一度は「口演」する）。

しかし、一方で池田彌三郎は折口の多くの著作のなかで、『口訳万葉集』を「金をうることが目的」でやった唯一の仕事であったと述べている点にも注目すべきであろう。たしかに、大正四、五年（一九一五、一九一六）ころ、折口は借金にあえぎ、窮乏のどん底にあった。このことについては、弟子たちの回想記はもとより、第一歌集『海と山のあひだ』の「この集のすゑに」において本人も「大正四年秋には、帰国せなければならないほどに窮しんだ」と回顧しているところであり、ほんとうだったようだ（折口信夫全集刊行会編『全集』第二四巻、中央公論社、一九九七年、初出一九二五年）。どうも、このユニークな書は、とある事情による窮乏のために企てられたらしいのである。大正四年の暮、折口は借金でどうにもこうにも、首が回らなくなっていた。年が越せないのである。そこで、折口は、天王寺中学以来の友人・武田祐吉を小田原に訪ね、金の無心をするのである。貧乏教師だった武田は、折口に小額ではあったが、なけなしの金を貸し……とある金儲けの知恵を授けたのであった。

2　口訳万葉集縁起

その儲け話とは、「万葉集を口訳して出版する」ことであった。折口はこの話にすぐに乗り気になった。翌日一一日は月曜日だったから武田が中学校に出勤すると、不在の間にちゃっかりと武田の原稿用紙を使って巻十四の東歌の口訳をしていたというのである。その四〇首あまりが、折口の最初の著作『口訳万葉集』の端緒となった、と武田は回想している（「口訳万葉集縁起」池田彌三郎ほか編『折口信夫回想』中央公論社、一九六八年、初出一九五四年）。そして、折口はようやく東京に帰って行った。しかし、四五〇〇首あまりの歌を、それも長歌もある『万葉集』の歌を全訳するとなれば容易なことではない。そこで、まじめな友人を選んで、口述筆記をさせたというのである。武田宛書簡によると、朝九時から夕方四時までを小原準三《おばらじゅんぞう》が、四時から七時までを羽田春埜《はだはるの》が、七時半から一〇時までを土持栄夫《つちもちひでお》が担当したという（書簡二六、武田祐吉宛、大正五年三月一五日、折口信夫全集刊行会『全集』第三四巻、中央公論社、一九九八年）。これならば、怠けたくても怠けようもない。こうして、二ヶ月半、延べ時間一〇〇〇時間の口述時間を費やしてできあがったのが、いわゆる『口訳万葉集』なのである（「『古典と現代』座談会」『短歌研究』第八巻一号、改造社、一九三九年）。

口訳が軌道に乗り、巻十五まで進み、完成の目処がついた折口は、武田に近況を報告し、「此月一杯には出来あがりませうと思ひます」と述べた後に、

本文（書きくだし）新訳、鼇頭の註といふ風に印刷の際に分ける積りです。　（書簡　二六）

と延べ、それを図示している。つまり、大正五年（一九一六）三月一五日時点では、三段組を考えていたようなのである。鼇頭《ごうとう》すなわち頁の上段に言葉の解説など記した注を掲げ、中段に書き下しの本文を掲げて、下段に新訳を示すという三段組である。あるいは、上段には、語釈のほかに短評のよう

なものも書き込もうとしたかもしれない。しかし、実際にできあがった『口訳万葉集』は、二段組でこの時点で上段に掲げようとしていた語釈は、いわゆる『万葉集辞典』として少し遅れて刊行されることになった（後述）。つまり、語釈は一括して辞典にしてしまったのである。構想されていた三段組が実現せず二段組となった結果、語釈は辞典に回ることになったのだが、短評を書き込むスペースがなくなってしまったのである。ために、歌の新訳の後に丸括弧を施し「佳作」「傑作」などの短評や、今日でいえば「鑑賞の手引き」になるような部分を必要に応じて記すようになったのではなかろうか。前掲の三一〇一番歌の訳の後の「（此歌は、伝説的の興味と……）」以下がそれである。以上のように考えてゆくと、武田が知恵を授け、折口が金のために急場しのぎで作った『口訳万葉集』は、簡便な入門者向けの本であったことがわかる。しかも、それは当時としては、たいそう奇抜な本だったのである。

3　漢字仮名交じり文、句読点付の書き下し文

では、どこが奇抜であったか？「口訳万葉集のはじめに」には、柳田國男から学んだ民俗学の影響があること、歌の情調を「口訳」に生かすために「わたし自身の語なる、大阪ことばの、割り込んで来たのも、随分あつたと思ふ」と述べている。たしかに、訳文の中にいきなり道祖神が出てきたり（巻十四の三三七一）、大阪弁が顔を出している点は奇抜な点かもしれない。

しかし、それよりももっと奇抜だったのは、読者に漢字仮名交じり書き下し文で歌を示した点にある、と私は考えている。それまでのテキストは、漢字のみで書かれた原文を示して、その訓を全文カ

タカナかひらがなで示していたのである。当時、『万葉集』を読むということは、漢字原文に訓をつけるということだったのである。

訓の提示方法には二つある。一つは漢字原文とは別に示す方法。もう一つは「ふりがな」のように漢字の右か左に訓を示す方法、いわゆる「傍訓」である。

もし、ここに『万葉集』を学びたいという若者がやって来たとしよう。それでは……ということで、いきなり、

紫者灰指物曽海石榴市之八十街尓相児哉誰　（巻十二の三一〇一）

と漢字原文を示されたら、どう思うだろうか。たぶん、当惑するだろう。ならば、ということで、その訓を、

ムラサキハハヒサスモノゾツバイチノヤソノチマタニアヘルコヤタレ　（巻十二の三一〇一）

と示されれば、取りあえずは意味を推定することはできるかもしれない。しかし、昔の電報文のようで、いったいどこで句切ればよいのか（「シンダイシャ」は「死んだ医者」か「寝台車」か。「サイゴウドン」は「西郷どん」か「最後、うどん？」か）。すぐに意味を理解することはできない。こういったテキストを使って『万葉集』を学ぼうと思えば、どうしても解説をしてくれる人を探さなくてはならないはずだ。

明治の中ごろまでは、先生のところにゆき入門すると、まずは句切れに朱で点を入れるところから

指導がはじまったはずである。

紫者、灰指物曽、海石榴市之、八十街尓、相児哉誰
ムラサキハ、ハヒサスモノゾ、ツバイチノ、ヤソノチマタニ、アヘルコヤタレ

（巻十二の三一〇一）

したがって、幕末から明治中ごろまでの『万葉集』のテキストを古本屋で買い求めると、その多くには使用者が書き加えた朱点が施されている。つまり、こういったテキストでは塾か学校に入って、朱点を打つべきところを習い、素読でもしてもらわない限り、『万葉集』を自力で通読することなど、どだい不可能なのである。つまり、傍訓テキストでは、どうしても先生がいるのである。恥ずべき話をすると、もし今ここで誰かが、私に突然に傍訓テキストを示して、即座に解釈せよと迫ったとしよう。そう迫られても、おそらく暗誦していない歌だと、情けない話だが……しどろもどろで大恥をかく可能性が高い。

そこで、漢字原文を漢字仮名交じり文に書き下し、その漢字もなるべく中学校教科書で使用されている漢字を宛てて、句と句との間に一字分のスペースを空けて、

紫草《ムラサキ》は　灰さすものぞ　海石榴市《ツバイチ》の　八十《ヤソ》の衢に　会へる子や誰

（巻十二の三一〇一）

と示したらどうだろう。ぐんとわかりやすくなるはずである。ちなみに、私が、現在、教室で最初に

大学生に示すのは、このタイプの漢字仮名交じり書き下し文テキストである。こういったタイプの漢字仮名交じり書き下し文テキストの最初が『口訳万葉集』だったのである。これは『万葉集』のテキストの歴史を考えると、画期的な出来事であった。ただし、折口本人は、あまりそのことを意識していないようだが。

しかし、折口はそれでもまだ満足しなかった。なぜならば、この提示方法では、句と句の切れ目はわかるのだが、文の構造がわからない。ましてや、朗読上の息の継ぎ目もわからないから、歌を誤読してしまう可能性がきわめて高いのである。その誤読を防止する方法はないか。折口は、考えた。そこで、折口は自分で万葉歌に句読点をつけてしまったのである。

紫草《ムラサキ》は灰さすものぞ。海石榴市《ツバイチ》の八十《ヤソ》の衢《チマタ》に会へる子や。誰
（巻十二の三一〇一）

こういう書き下し文を作れば、現代文と見た目はほとんど変わらなくなる。息の継ぎ目を誤ることもなくなる。

しかし、ここで注目しなくてはならないのは、折口が機械的に五音句と七音句に句切って句読点をつけているわけではない、という点である。「会へる子や誰」は「会へる子や。誰」としている。これは、一般的な会話では、

であった君は、いったい……誰

というように、最後に「誰」とポツリという言い方になると予想し、折口は「会へる子や。誰」としたのであろう。折口は会話ならばいったいどのような間を取ったかを予想して、句読点を打っているのである。これは『口訳万葉集』の『口訳万葉集』たるゆえんであり、口述筆記の口述筆記たるゆえんであろう。つまり、折口は声の世界で歌を理解しようとしているのである。それを訳文では、歌舞伎の台詞よろしくサービス満点で「口訳」しているのである。これが折口流というものだろう。ちなみに、私の「口演」でも「誰」の読み方には、いつも趣向をこらす。たとえば、「だぁーれー」などと。

では、漢字仮名交じり書き下し文に、折口はなぜためらいもせず句読点をつけてしまったのか。それは、折口がすでに自らの創作歌に、句読点をつけていたからである。折口が自らが創作する短歌に句読点をつけ、その表現方法を模索しはじめたのは、大正二年（一九一三）ころ、二六歳の時からであるといわれている。それは、今宮中学着任後三年目にあたる。歌に句読点を施した理由を自ら説明しているのは、第一歌集『海と山のあひだ』の「この集のすゑに」においてであるが、折口はこう説明している。自らの思いを正確に伝えようと思えば思うほど、書き表し方に敏感になり、ために表記方法にこだわって句読点を施すのだ、と。そして、折口は自信たっぷりに、

「わかれば、句読はいらない」などゝ考へてゐるのは、国語表示法は素より、自己表現の為に悲しまねばならぬ。

（折口信夫前全集刊行会編『全集』第二四巻、中央公論社、一九九七年、初出一九二五年）

とまで断言している。つまり、句読点は誤読を防止するための工夫の一つなのだから、創作の場合は

創作者が責任を持って、万葉歌訓読の場合は訓読者が責任を持って施すべきものである、というのが折口の断乎たる主張である。

ではなぜ、折口は今宮中学の教師時代に、こういった工夫をはじめたのだろうか。おそらく、教えることを通じて、文や歌の意味を正確に伝えることの困難さを学んだのではなかろうか。短歌を朗読したことのある人ならすぐにわかると思うのだが、歌を正しく理解していないと正しい朗読はできない。朗読者の息継ぎの場所が誤っているとすれば、それはその歌を正しく理解していないからにほかならない。ちなみに、私は大学生に『万葉集』を教える場合、授業時間の五分の一は朗読の指導にあてている。それは、朗読によって正しい理解に誘導できる場合が多いからである。しかも、学生本人が自然に気づくかたちで。

「漢字仮名交じり文、句読点付」の書き下し文を見て、「口訳」を参照する。そして、疑問点があれば、専用の辞書を引いて参照する。そうすれば、まずは自学自習が可能なはずだ。その上で興味が沸いた人は、他の本で原文を見ればよい。漢字だけで書かれた原文などは、次の学習段階で考えればよい。まずは、通読して「万葉びと」の声に接しなさいというのが、『口訳万葉集』の基本設計思想なのである（かっこくよくいえば、こんせぷと）。折口は「口訳万葉集のはじめに」でこう述べている。

何しろ、これまでの万葉集は、普通読者の通読には、不便至極な物であつた。万葉仮名の傍に、平仮名で訓み方がつけてあるのでは、よく〱熱心な人の外には、通読の興味を、途中で、はぐらかし勝ちであつた。この書物が、学界に寄与する効果は、或は、通読する人が殖えた、といふ位の、はかない程度に止るかも知れぬ。しかし、単に、其ばかりでも、わたしにとつては、望外の満足である。処が、通読に便ならしめる為、といふ立ち場から、著者自身の良心を損はぬ範囲で、音標文字を、なるだけ少くして、見た目の感じの鋭い、漢字を宛てねばならなかつた。……

（「口訳万葉集のはじめに」折口信夫全集刊行会編『全集』第九巻、中央公論社、一九九五年、初出一九一六年、傍線引用者）

つまり、「漢字仮名交じり書き下し文、口訳付」の『口訳万葉集』は、通読者を増やすために行なった方便なのだと宣言しているのである。

が、しかし、読者のなかにはすでに傍訓テキストで『万葉集』を通読している者もいるはずである。その口うるさい読者たちから、次のような疑念をもたれはしまいかと、折口の心は揺れている。それはどこからわかるかというと、折口自身が、引用した部分に引き続いて、現在三つの不安があることを述べているからである。一つ目の不安は、漢字原文を示さないとなぜそう訓むのか読者に疑念をもたれることは承知しているが、あえてそうしたこと。二つ目の不安は、書き下し文の一つの漢字に複数のフリガナがついてしまうので読者が混乱しないか心配であること。たとえば、書き下し文の「家」という漢字に「いへ」「へ」「や」など複数のフリガナがついてしまうのである。三つ目の不安は、書き下し文の表記や句読点と、「口訳」部分のそれが一致しない場合も多々あること（たぶん、その不徹底を指摘されると思っていたのであろう）。そういった不安が、『口訳万葉集』にはあると述べている。こんなところに、漢字仮名交じり書き下し文テキストの産みの苦しみを見て取ることができる。しかし、折口はそれでもあえて漢字仮名交じり書き下し文にこだわった。

端的にいえば、『口訳万葉集』は、漢字原文を捨て去ったテキストなのである。原文に傍訓を施したテキストでは、どうしても通読する人はごく一部の人間に限られる。「漢字仮名交じり文、句読点付」のテキストに「口訳」が付き、辞典があれば、今宮中学の「おしやべり」にも「とびあがり」にも「悪太郎」にもにっくき「河豚」野郎にも……通読が可能なのである。万葉仮名の味わいなど、あとから教えればいい、専門家になる者だけが学べばいい、というのが『口訳万葉集』の基本設計思想なのである。

では、折口や武田が、『口訳万葉集』を構想した時代は、『万葉集』にとって、いかなる時代だったのだろうか。また、それ以前はどういうテキストで『万葉集』は読まれていたのだろうか。

4 『口訳万葉集』以前

前述のように、『口訳万葉集』の構想はもともとは武田のアイディアであった。武田は、当時をこう振り返っている。

正岡子規の和歌革新の叫び以来、万葉集はだんだん広く読まれるようになったが、手引としてはまだ千蔭の略解が幅を利かせていたのであって、口語訳は出ていなかった。古今集には、はやく本居宣長の遠鏡があって、口語訳として、相当に重宝がられていたので、万葉集にこれを試みるのは、適当な時期であるように思われた。実はこれはわたし自身がやるつもりで内々心がけていたのだが、折口が金を作るには、これなどが出来やすいことに思われたので勧めもしたのである。（「口訳万葉集縁起」）

つまり、『万葉集』への社会的関心は高まっていたが、口語訳されたテキストがなく、宣長の『古今集遠鏡』が試みているような口語訳を出すには「適当な時期」であったと武田は考えていたのである。ようするに、武田は『古今集遠鏡』の万葉版を考えていたのである。読んでみると『古今集遠鏡』もきわめて実験的な書物で、その口訳は、明治の人びとにもわかりやすく平易なものであったことが予想される。二首ほど例を示しておこう。

ならのみかどの御歌
ふるさととなりにしならのみやこにも色はかはらず花は咲きけり〔九〇〕
○フルイ昔ノ都ニナーツテシマウタ此奈良ノ京ニモ　ヤーツハリ色ハ昔ニカハラズ都デアーツタ時ノトホリニ　花ハサイタワイ

カタカナの口語訳の部分を読むと江戸時代の書物であるということを忘れてしまうほどである。もう一つ、挙げておこう。

秋たつ日よめる　　藤原ノ敏行ノ朝臣
あききぬとめにはさやかに見えねども風の音にぞおどろかれぬる〔一六九〕
○秋ガキタトイフトテ　ソレトハーツキリト目ニハ見エヌケレド　ケフハ風ノ音ガニハカニカ

ハーツタデサ　コレハ秋ガキタワトビーツクリシタ

「花が咲いたわい」や「にわかに変わったでさ」「これは秋がきたわと吃驚した」は、あきらかに読み手に対する宣長のサービスで、俗語的に口訳して親しみやすくしているのであろう。口訳が親しみやすいと、古典に対しても親しみやすく感ぜられるはずである。冒頭で述べた方言による口訳は、生徒たちに親しみやすく古典を感じてもらうための教師の工夫であったが、宣長も同じことをしているのである。二一世紀に生きるわれわれから見ても、ちょっとばかし古めかしい言い回しの口語訳というくらいにしか映らない。武田は、こういった宣長の口語訳を意識していたのであろう。

『古今和歌集』には、そういうテキストがあるのに、『万葉集』にはそういう本がなかった。簡便なテキストといえば、『万葉集略解《りゃくげ》』があるに過ぎなかったのである。橘《たちばなの》千蔭《ちかげ》『万葉集略解』は、木版・金属活字版などさまざまなかたちで、幕末から明治中期まで広く読まれたテキストであった。『万葉集略解』の最大の特徴は、句切りが入った漢字原文が示されている点で、ために朱点をわざわざ施す必要がない。これは、当時としてはありがたい本だったのである。そして、ひらがなで訓が示されていて、簡便な注が入っているから、当時としてはわかりやすいテキストだったはずである。ただし、大正期の若い人には、注もすでに古文に近いものであったと思われる。

このほか、『略解』のように普及はしなかったが、注が詳細な鹿持雅澄《かもちまさずみ》『万葉集古義』も一部では読まれていた。けれども、これらのテキストは高価だったし、前述のようにやはり周囲に師となるべき人がいないと読みはじめるのは難しいものであったと思われる。折口は天王寺中学時代に、図書館で『古義』を借りて読み、父から『略解』を買ってもらったと回想しているが、それは亀島《かめじま》三千丸《みちまる》という国学者の生き残りともいうべき先生がおり、なおかつ家族も古典に造詣が深かったからであると考えられる（「自撰年譜　一」折口信夫全集刊行会編『全集』第三六巻、中央公論新社、二〇〇一年、初出一九三〇年）。後年これを弟子たちは、天才の証として神話化して吹聴したが、折口はひとりで『古義』を読んでいたのではない。先生に手ほどきを受けているはずである。

しかし、『略解』と『古義』で、『万葉集』に入門する時代はほどなく終焉を迎える。画期的なテキストが出版されたからである。その次世代を担う画期的テキストとは、『日本歌学全書』の第九巻から一一巻に収められた、佐々木弘綱・信綱標注『万葉集』全三冊である。博文館から、それが刊行されたのは明治二四年（一八九一）のことであった。品田悦一は歌学全書本が売れた理由として、簡単な注がついて読みやすかったこと、携帯できるサイズであったこと、一冊二五銭の廉価であったことなどを挙げている。品田は『万葉集』が国民歌集になってゆく過程を丹念に検証し、国民歌集化の背景に優良かつ廉価なテキストの流布があったことを説いている。品田の研究によれば、その優良かつ廉価なテキストの最初こそ、歌学全書本であったという（品田　二〇〇一年）。

つまり、『口訳万葉集』が構想された大正五年（一九一六）当時は、歌学全書本全盛時代だったのである。しかし、それでも漢字原文にカタカナ傍訓の全書本では、「よくよく熱心な人の外」は「通読」にかなりの忍耐を必要としていたのである。さらなる読者を獲得するためには、やはり漢字仮名交じり書き下し文のテキストが必要であり、それに「口訳」を施す必要があると武田と折口は考えていたのではないか。漢字仮名交じり文、それも句読点がつけば、今の文章と変わりなく万葉歌を読むことができる。ただし、一つ一つの言葉は耳慣れないものが多いから専用の辞書をつけたのである。そうすれば『万葉集』の歌々も、近代の歌人の歌々も、見た目だけは同じ土俵に乗ることになるのである。

一方、口述筆記者のひとり羽田春埜は当時のテキスト事情を、次のように回想している。羽田は後年、仮名を得意とする書家となり、高雅な書風をもって知られる書家として大成する。仮名書家として、歌を学ぶ必要があったためか、学習者の立場で、当時のことを回想しているので、その証言は実に貴重だ。羽田は、まず口述の時、折口の手元にあった本を「この口訳の時は、底本として、なんと、定価二十五銭の博文館の日本歌学全書の中の活版本だけだったのです」と驚きをもって回顧する（「高梨の家」池田彌三郎ほか編『折口信夫回想』中央公論社、一九六八年、初出一九五四年）。他の参考書はなかったというのである。さらに、証言の口ぶりからわかることがある。それは、歌学全書本には、廉価本というイメージがつきまとっていたということである。弟子のひとりの高崎正秀《たかさきまさひで》は「あの安手な、今なら中学生のあんちょこを思わせる様な粗雑な本」とまで評している（「〈折口学〉の片鱗を」池田彌三郎ほか編『折口信夫回想』、中央公論社、一九六八年、初出一九五五年）。

しかし、折口の手元にはその安手な本しかなかったのである。理由は、二つ考えられる。一つは大正四年一二月武田宛書簡からも類推できるように、質草になっていたか、とっくの昔に売り払っていたか（書簡　二二）。もう一つの可能性は、たとえ参考書を借りることができたとしても、口述筆記をしていた時点では、参照する時間的余裕などなかったはずである。ために、借りる必要すら感じなかったのではないか。さらに、羽田の証言に耳を傾けよう。

> 現今では、万葉研究も盛んになり、著書もどれを見てよいかと迷う程に多く刊行され、中学校高等学校の生徒でも珍らしがらぬでしょうが、当時はまだ、所謂歌よみの中でも、ろくに読んだことのない人が多い位で、作歌の上から、子規は鼓吹はしたものの、万葉集は縁遠いものでした。

明治時代、万葉の大家として知られた木村正辞博士の美夫君志も、ほんの一部分の注釈で訓詁考証に傾き、時代の為もあるが、鑑賞批評などは夢にも思い寄らぬことでした。注釈書としては契沖の代匠記、雅澄の古義があったけれど、割合容易に入手出来るのは千蔭の略解だけでした。

（「高梨の家」池田彌三郎ほか編『折口信夫回想』中央公論社、一九六八年、初出一九五四年）

羽田の回顧は、『万葉集』が国民歌集となっていった過程を検証した品田悦一の研究を証言で裏付けるようできわめて貴重である。つまり、武田や羽田の回想する大正五年（一九一六）段階では、『万葉集』はまだまだマイナーな古典だったのである。当時は、『万葉集』が、まだ日本の古典文学の枢要な位置を占める前だったのである。そして、羽田はさらにこう回想を続ける。

一般的には万葉集はなじみが薄く、まだ、古今集が喜ばれて居った様です。その古今集にしてさえ、宣長の遠鏡、季吟の八大集抄、景樹の正義などが尊ばれて居り、大正期に入って金子元臣の古今集評釈が刊行された位のものでしょうか。

（「高梨の家」）

しかし、この時期から、『万葉集』への社会的関心は少しずつ高まっていった。文学結社では『万葉集』を崇拝するアララギ派が台頭し、歌学全書本という廉価な携帯用テキストが流布して、『万葉集』に接したことのある人間は徐々に増加していたはずだ。けれど、それにしたところでどれほどの人が通読、味読できていたのか。やはり『万葉集』を通読するとなると、歌学全書本刊行後も、先生なしではなお困難であったというのが、実際のところではなかったのか。だから、まだまだマイナーな古典だったのである。しかし、それはそのまま当時の読書界には、たやすく通読できる『万葉集』のテキストの出現を待つ多くの読者が、潜在していたことを意味する。

芳賀矢一が「緒論」で「之を現代語に訳したものは、恐らくは、これが第一の試であらうと思ふ」と述べ、また通称が『口訳万葉集』であるせいか、史上初の全口訳ということばかりに眼が向かいがちなのだが、むしろ私は大衆に開かれた新しいテキストを模索した点にこそ、この書の独自性と新しさを認めるべきである、と考える。現代短歌のように読めるテキストに、『古今集遠鏡』ばりの親しみやすい口訳を付す。そうすれば、売れるのではないか。それが二人の皮算用だったのではないか。

おわりに

折口の『口訳万葉集』が中学生を読者と想定して書かれていたことは、縷々述べたとおりである。今日の大学の総教員数は、戦前の中学校のそれをはるかに超えている。今、大学の教師である私にも、折口と同じ課題がある。今日の大学の教師には、とにかくわかりやく、おもしろい講義が求められているのである。学生の授業評価に一喜一憂して、小心翼翼と授業準備にいそしんでいるのは、私だけではあるまい。今や、学生も教師を評価する時代なのである。そんな私が、その授業において現在、留意している点を何の臆面もなくいえば、それは万葉歌を、今の歌として実感してもらうという一言に尽きる。折口しかり、武田しかり、熊本弁源氏の本田弘しかり、皆悩んでいたと思うからである。万葉歌を今の歌のように等身大で実感してもらおうという試みは、今に始まったことではない。

教養主義が崩壊した今日、なぜ古典を学ぶ必要があるのかという問いに、私自身も答えを出せないでいる。だから、私にできることは一つしかない。それは、まず自分自身がたのしい授業をすることである。だから、私は万葉恋歌をケータイ短歌の時代にたのしく訳して授業をする。

後日譚。さて、武田が苦労して工面したお金はどうなったのだろうか。弟子のひとり「きんちゃん」こと鈴《すず》木《き》金《きん》太《た》郎《ろう》の手を経て、「金額を増して返された」という。武田は往時を振り返って、

　お椀が帰って来たので、塚のぬしは、朱盆のような顔をしたことだったろう。

と楽しそうに回顧している。ただし、武田は小田原中学の悪童どもとはどうもそりが合わず、とある悪童どものいたずらをきっかけに、その職を辞している。そのいたずらをした悪童のひとりには、後に佐藤栄作と激しく総理の座を争った政治家・河野一郎もいたとか。おとなしい武田にとって、小田原中学の生徒たちは、あまりにも元気すぎたようだ。武田も、武田なりに中学教師として、このころ悩んでいたにちがいない。小田原中学を辞した武田は、紆余曲折を経て、歌学全書本の著者のひとり佐佐木信綱の下で、『校本万葉集』の編集を手伝い、『万葉集』の文献学的研究の第一人者になった。

ちなみに、本章の冒頭に掲げた「口訳万葉集のはじめに」の最後には「槐の夏陰にかくれて」とあるが、この槐の樹は、東京小石川金富町の鈴木の下宿の樹であった。行き場のない折口が転がり込んだ「きんちゃん」こと鈴木金太郎の下宿の家の入って右手にあった庭、その庭のなかでひときわ目を引いたのが槐の樹だった（「高梨の家」）。槐の樹のもとで『口訳万葉集』の口述はなされたわけだが、

この下宿はもともと武田が学生時代から卒業後まで住んでいた下宿であった。つまり、折口は武田の旧居から、小田原の武田の家を訪ねて借金の申し込みをしたのである。

創作＊1

初春講談、日本初『万葉集』全口語訳の由来、小田原の一夜

時は大正五年の正月のこと

大正五年（一九一六）正月八日の夜のこと。相州、相模国は小田原宿。現在の静岡県小田原市の十字厩小路というところに、一人の男が、立っておりました。一文無しで、空きっ腹を抱えまして、一軒の家を捜して右に左に、左に右に……とふらふらと歩き回っております。そして、弱々しい声で、こう申しました。

「おたのもうします。おたのもうします。このあたりに、先ごろ小田原中学に赴任をしてきた、武田の祐吉。というものが越してまいりましたが、ご存じございませぬか。おたのもうします」

するとと、子守りをしていた子どもが答えまして、

「あぁ、武田先生の家なら、あすこ」

と指をさします。そうして、

「武田先生、いたずらっ子に、ずいぶんと手を焼いて、生徒からやり込められたそうなー。チョーク入れに、バッタ入れられて、開けたとたんにバッタが飛び出して。気絶したそうな」

と申します。そばにいた大人が、慌てて「しっ」と口に手をやりましたが、時すでに遅し。子どもというものは、そういうものでございます。男は、同級生の祐吉も、見知らぬ土地でずいぶんと苦労をしておるのだなぁーと思いながら、指さされた小さな家に、一歩二歩と歩いてまいりました。この男、一文無しで、空きっ腹を抱えておりますから、どうにも力が出ません。それでも、声をふりしぼりまして、

「おぉー、ゆうちゃーん。いるかねー」

と言いながら「どんどん、どんどん……」と戸を叩きます。

「おいおい、今行くー。叩くな、叩くな。塗り壁が落ちる。誰だ誰だ、お正月から……。なんだなんだ」

男は、

「のぶだ。のぶだ。のぶおだよ」

驚いて戸を開けた武田は、

「なぁんだ。折口君かぁー。のぶさん、来るなら来るで、電報でも寄こしてくれよかし」

と妙に洒落て申します。対する折口が、

「いや、驚かせようとしたわけじゃあないんだ。小正月の道祖神のお祭りの調査、さいの神さまの調査もしたいし、おぉ、それにね……」

と言うと、武田は、

「まぁー、入れよ。これまでに貸した金のことだろ。わざわざ返しに来てくれたのかぁ。いいんだ、いいんだ。まだ、いいんだ。そんなことより、入って入って。僕は知ってのとおり、酒は苦手で飲めないけど、お正月だから、酒はあるよ。煮しめもあるんだ。まぁ、入って、入って」

と申します。そして、武田は、

「それにねぇ、せっかくだから、のぶさんと付句をやりたいねぇ。正月じゃないかー。それに、それに……」

と言いながら、折口を奥の部屋に案内しました。二人は唯一、無二の親友同士。久しぶりのことですから、もう話が止まりません。柳田國男先生（一八七五―一九六二）の学問は、どうのこうの。芳賀矢一先生（一八六七―一九二七）の学問は、どうのこうのと、学問談義が果てしなく続きます。

後に大学者、大歌人として大成した二人も、齢二七、八。青雲の志はあるものの、それをどうしてよいのやら、互いに見当もつきません。でも、それが青春というものでありましょう。

ここで、私が「のぶ」「のぶお」と言ったのを不審に思われた方も多いと思いますが、かの折口信夫先生は、少年期までは「のぶお」で通っておりましたので、武田は「のぶお」「のぶお」と呼んでおったのでございます。

青雲の志

「のぶさん」こと折口信夫は、まぁ、漠然とではございますが、言語学、民俗学の学者になりたい。一方、武田祐吉は、これもまた漠然とではございますが、国文学者になりたいと思っておりました。漠然とした希望ではありましたけれど、それはもう時を惜しんで、二人は勉学に励んでおったのでございます。けれど、その道は遠く、折口は故郷・大阪の今宮中学で、武田は小田原中学で共に教鞭を取っていたのでございました。じつは、武田の小田原中学行きには、理由がございまして、閑院宮様が小田原中学に進学されるにあたり、しっかりと古典が教えられる者がいなくてはならぬということで、武田に白羽の矢が立てられたのでございます。この点は、小川直之先生から、つい先程うかがいました。今は昔のことでございます。当時は、帝国大学を出ずんば人にあらずというご時勢でありましたから、中学教師の職でもよい方でございました。

その折口は、自分が担任をしていた生徒たちが卒業いたしましたのを期に、「ぷいー」と中学の教師を辞めてしまいます。先ほど私は、漠然とした希望はあったと申し上げましたが、そこは若者。何度も申しますが、ほんとうのところ、折口は、このころ自分でも、自分が何になりたいのか、よくわかりませんでした。小説を書いてみたり、柳田國男先生に憧れて民俗学を学びたいと思ったり、はたまた金沢庄三郎《かなざわしょうざぶろう》先生（一八七二―一九六七）、金田一京助《きんだいちきょうすけ》先生（一八八二―一九七一）に憧れまして、言語学者になるのもよかろうか……というように、自分でも自分が何になりたいのか、まだわからないのでございます。また、何かになろうと思いましても、その道がどう拓けて、何になれるかも、わかろうはずがありません。

一方、折口の今宮中学での授業は、生徒たちの心を惹き付けました。なんといっても、古語の解釈が素晴らしく、それを地元の大阪弁でわかりやすく話してくれたとか――。しかし、折口は、思うところあってか、中学を辞め、上京。東京は神田の下宿に居を定め、さて、何をしようかと考えあぐねておりましたが、そこに、卒業生が、ひとり、ふたり、またひとり、ふたりとやってまいります。「やってまいります」といえば、何でもないようでございますが、「転がり込んで来る」のでございます。「転がり込んで来る」といえば聞こえはよいのでございますが、いわば文無しの居候、御免候の居候でございまして、一日二食を出して、二人に一つの蒲団を借りてやりましても、借金は嵩むばかり。どうもいけません。それに、育ちざかり、食べざかりの生徒でございます。折口は、実家に借金を頼み込む。友人に借金を頼み込む。下宿屋に支払いを待ってもらう。あれをして、これをして、あれをして、これをして……走り回って、金を借りても足るはずがございません。なにせ、二八歳の若造が、突然一〇人の子持ちになったのでございます。で、当の折口本人はというと、定職もない文無しなのでございます。ついに、折口先生、体を壊してしまいました。それでも、なんとか養生して立ち直ったのでございますが……。

折口信夫の借金

一時期は、当時のお金で、七〇〇円の借金がございました。これは、同級生の武田祐吉が小田原中学でもらっていた月給の、なんと一六倍でございます。

ついに窮した折口は、実家に頼み込みまして、これを清算してもらいます。斜陽とはいえ、大阪は木津に一軒を構える医師、薬屋の家でございましたから、ご実家のお力で、借金は返しては、もらえました。ただし、これには条件がございました。その条件はといいますと、折口本人が大阪の実家に戻ること。

さぁ、そんなことで借金もすべて返せたかといいますと、そうはゆきません。居候の教え子たちは、またまた次々に折口を訪ねてやって来ます。ひとり、ふたり、またふたり。いくらお金があっても、足りやしない。そういう時に手を差し伸べてやるのが、真の友というもの。気は弱いが、努力勤勉の人、ゆうちゃんこと、武田祐吉は、毎月中学校からいただく給与から、折口に送金をしてやっていたのでございます。

したがいまして、この大正五年の正月の夜、気の良い武田は、てっきりと、折口は借金を返しに来たと思ったのでございます。年末に返せなかった借金を、小正月の来訪神すなわち、小正月にやって来るナマハゲなどの来訪神のように、家にやって来て、ついでに返しに来たのか、と思ったのでございます。こりゃ、福の神が来たと思ったかどうかは、わかりませんが、武田は折口を歓待したのでございます。とは申せ、半時、一時と話しておりましても、折口の口から、借金のことはただの一言も出て来ません。はて！

連歌の夜

八日の夜、やって参りまして、その日は話し明かして、九日の日。折口は、この時はまだのんきなもので、手すさびに、歌を作りました。

河原田にせきれいなみゐ、見おろしの橋こえ来つゝ、さいまつる村
青竹のおんべの斎串たちそゝり、この村中に、さいまつるころ
七草のけふはあくる日、この村のわらべにとへば、道あへに行く
榾の火のいぶりの中に、目をあきてわらへる子なり、道のあへする
神ぬしをたれと定めて、さいの神まつれる子らぞ、われも遊ばむ
道のべのだうろくじんもむつきたち、一つ庵に、子らとゐたまふ
そなへ物五厘が塩をたてまつり、こゝの久奈止を一心にねく

と歌いました。まぁ、のんきなものでございます。

こうして、二人は話し込んでは食べ、歌を作っては寝て、遊び暮して、明けて一〇日。一〇日の昼過ぎのことでございます。武田が、

「おい、おのぶさん。連歌、付句でもいざぁー、やるまいかぁー」

と何だか芝居がかって誘いました。対する折口も、

「ならば、ならば、受けて立たん。拙者、難波《なんば》なにはのいたち川、木津に生まれたる風来坊、三矢重松《みつやしげまつ》先生（一八七二―一九二四）の一番弟子。折口の信夫とは……俺のこったぁー」

と威勢よく応えます。すると、武田が、

「さて、さて、いたち川で産湯を浸かりし、折口殿。さすれば、お題はいかに――」

なんだか、もう二人は芝居づいてまいりました。折口は、

「よしや、申さん。椀貸し塚。椀貸し塚」

と叫びます。

ところが……でございます。こう言われた武田は、「はっ」と申して頷くばかり。ばつが悪そうにしております。あれれ、知らないのかぁと、これを見た折口は、慌てました。じつは、椀貸し塚伝説と申しましても、武田はこの時、知らなかったのでございます。後の碩学も知らなかったのでございますね。

これは、各地にあった塚をめぐる伝説でございまして、冠婚葬祭の折、家で

食事の振る舞いをする時、お椀が足りなくては、困ります。困るだけならよいが、あの家の椀は足りぬとあっては、恥をかきます。しかし、村はずれにある塚の前に立ちまして、両手の掌を合わせ、「某月某日は、婚礼につき、お椀がいりますが、どうぞお貸し下さい」と言上し、それから、必要な数を申しますと、その婚礼当日となりますれば、不思議や不思議、あーら不思議。必要な数だけ、塚の前にお椀が置かれているのでございます。お椀が足らねば、塚にお参りして、必要な日と数を言えば、当日必ず椀がそろうというのでございます。さて、用が済めば、お椀を綺麗に洗いまして、翌日塚の前に置いて帰ると、これまたあら不思議。翌日には、お椀はどこに消えたやら。苦しい時の神だのみ。お椀が足らぬ時の、塚だのみ。

　こうやって村びとたちは、暮しておったのでございます。が、しかし。いずこにも不届き者という者はいるものでございます。借りたお椀の一つをくすねた者がおりました。すると不思議や不思議、また不思議、それ以降、どんなに塚に掌を合わせて頼みましても、もうお椀が出てくることはなくなりました。人に一点の曇りなき真の心あらば、神も助けたまふ。椀も揃うということだったのですが……そうはいかず、今あるのは塚だけという伝説なのでございます。

　折口は、信じてくれ、俺を。金は返す。だから、また金を貸してくれという気持ちで、お題を申したのでありました。折口は、以心伝心を期待したのでございますね。

苦しい折口の胸のうち

ところが、椀貸し塚伝説を、後の武田博士も、この時は知らなかったのでございます。知らなかったから、きょとんとしていたのでございます。ならば、折口は、お題を変えたかといいますと、そうはいたしませんでした。いや、できないのでございます。この時、折口は、椀貸し塚の伝説に事寄せまして、気の良い武田に、さらなる借金を申し込もうという魂胆でございますから、困り果てました。そんな苦しい胸のうちを伝えようと、折口は、

足らぬうれふる年酒の膳やねむる山

と発句を書きました。足りない、困った、憂うることになる。年酒の膳がない。その膳が眠る山よ、というのであります。すると武田は、椀貸し塚伝説を知らぬまま、

口にのぼるは春のよろこび

と脇を付けました。折口が「足らぬうれふる年酒の膳やねむる山」と句を発して、武田が「口にのぼるは春のよろこび」と脇を付けたのでございます。それ

は、それでよろしいのでございますが、折口の本来の目的は、「さらに、もうちょっと、お金を貸してくれ――」ということでありますから、どうにもなりません。折口は、困った顔をして、

「はてぇー」

するとと武田も、

「それで、はてぇ」

すると折口も、

「それで、それで、はてぇ」

すると武田も、

「それで、それで、はてぇ」

と続きます。「それで、はてぇ」「それで、はてぇ」と、堂々巡り。

もうこうなりますと、どうにもこうにもなりません。だんだん、折口の「はてぇ」に力がなくなってまいります。「はてぇ、はてぇ（力なく）」と。そこで、折口は、ならば、椀貸し塚伝説について話せばわかるだろうと、かくかく、しかじか、そんな理由で、今では椀を貸してくれることはなくなった、と話しました。これでようやく、武田もお金を貸してくれるだろうと、折口は考えておりましたが……。この話を聞いても武田は、「なるほど、なるほど、そんな伝説があるのか」と、感心するばかり。感心するばかりで、さらなる借金の申し込みだということに気づいてくれません。あいかわらず、「それでどうした、

はてぇー」とやっております。もう、ここまできましたら、万事休す。どうすることもできません。照れ隠しで、笑いながら、

「いやぁー、ちょっと、なぁ」

と言ったところで、さすがの折口も、言葉に詰まります。

「いやぁ、ちょっと、まだなぁー」

と繰り返したところで、また、折口は言葉に詰まりました。

「いやぁ、ちょっと、まだ、足りなくて、それで、わざわざ小田原までねぇ」

それでも、武田は、「はてぇー」とやっております。こういう時、まじめな人、理詰めでものを考える人というのは、案外、察しの悪いものなんですねぇ。もうこうなったら、とどのつまり。手も足も出なくなった折口は……、突然、正座して、居住まいを正しまして、

「申し訳ない――。まだ、足りんのだ、金が。今日は、昨年の暮れまでに借りた金を返しに来たんじゃあ……ないんだよ」

ここまで聞いても、武田は、まだ「はてぇー」とやっております。もう、折口は意を決しておりましたから、

「申し訳ない。また、金を貸してくれ――」

と畳に、目と鼻を擦りつけて、新たな借金を申し込みました。ですから、今でも、小田原の厩小路には、折口博士の目と鼻の跡が化石になって残っておるのでございます。

これは、口がすべりました。上野誠の口から出た大嘘でございます。上の誠に、下の嘘。お詫びして、訂正します。

折口が言うには、岩手県の遠野に調査に行くとか。しかし、さすがの武田も、それは嘘だと見抜きました。ただでさえ、金に窮している身で、借金をしてまで、東北まで行く者がおりましょうや。その上、「かく、かく、しかじか」と話を聞いておりまするると、旅費というには、法外な金額。武田は、ははぁーん、まだ、今宮中学の卒業生たちに援助をしているなぁー、と思いましたが――。思いましたが、折口が自分に、金の使い道を聞かれたくない気持ちも、わかります。また、それを窘めて聞くような折口ではありません。それは、武田が、長い付き合いで、ちゃーんと知っております。言えば、ますます逆効果。

金儲けの話

折口が、ぽつり、ぽつりと語る話を聞いた武田は、折口の眼をじっと見ておりましたが、ふと天井を見上げまして、こう申しました。

「ある。金なら、ある。少しだけれども、ある。全部、貸す。でも、遠野は寒いぞー」

すると、折口の眼からは、大粒の涙が、ナイアガラの滝のように、どどと溢れ出しました。

武田は、引き出しから算盤を出して、ぱちり、ぱちりと弾くや、

「これしかないが……」

するとおりくちは、算盤を見て、震える両掌を合わせます。武田は、

「まだ、足りぬかぁー。足らぬうれふるかぁ」

と申します。折口は、涙目ながらも、こっくりと頷きました。足りないものは、足りないのですねぇ。そうして、折口と武田は、急に腕組みをいたしました。まるで、にらめっ子。折口が、

「うむぅー」

と言えば、武田も、

「うむぅー」

すると折口も「うむぅー」。互いに、「うむぅ」「うむぅ」と言うばかり。

そんなやりとりが、半時も続いたでしょうか。武田が、また天井を仰いだかと思うと、突然に、

「よし、やるまいか、金儲け」

と申します。驚いたのは、折口です。あの、気の弱い武田に、世事に疎い武田に、「金儲け」の策があるとは。ところが、です。ここから、武田は、堰を切ったように饒舌になりました。

「のぶさん。よく聞いとくれ。明治以来このかた、正岡子規先生の短歌革新の号令や、いさましく天下に下る。万葉のまことの心こそ、我が日本の大義なり！　万葉を尊重せよ。万葉を学ぶべし、とね」

面食らったのは、今度は折口の方です。折口先生、ここまで話を聞いても、まだ「はてぇー」とやっております。武田は、

「『万葉集』は、世に広まってきているが、皆が参考書としているのは、橘千蔭先生の『万葉集略解』だ。『略解』は簡潔にして、よい注釈ではあるが、それがわかるのは、世の中の一部の人だ。今宮中学の生徒が読んで、わかるかい。そりゃ、わかるまいよ。対して、皆が『古今和歌集』を読んでわかった気になっているのは、どうしてかわかるかい?」

なんだか、武田は、自信あり気に語るのでした。

獲らぬ狸の皮算用

折口には、話の筋はわかっても、それがどう金儲けになるかわかりません。そこで、両手を両耳に当てて……聞き耳を立てました。

「皆が古今集を読んで、わかるといっているのは、本居宣長先生の『古今集遠鏡』があるからさ。『遠鏡』のあの俗語解が。まぁ、口語訳だよ」

ここまで話を聞いた折口は、パチンと手を打って、

「『万葉集』の全口語訳を作れば……」

すると武田も、にやりと笑って、

「そう『万葉集』の全口語訳を作れば、売れるに違いない――。だろう。だろう」

二人は、「やれ！　やれ！」「やる！　やる！」「やれ！　やれ！」「やる！　やる！」と手に手を取って、繰り返すばかり。すると急に元気が出たのが、折口先生。途端に芝居がかりまして、

「おう、祐吉。濡れ手に粟の百万両」

すると二人は、声を合わせて、

「こいつぁー、春から縁起がいいわい――」

としゃれ込みます。こんな時は、二人とも息が合うんですね。机の上に置いてあった算盤を、折口が、ささっと取り上げますと、

「ほう、ほう、ほう。パチリ。パチリ。ほう、ほう、ほう。パチリ、パチリ、パチリ」

とはじきます。もう、二人は本を書く前から印税の計算をしております。獲らぬ狸の皮算用とは、まさしくこのことでございます。武田も、折口も、その日は金を得た吉夢を見て、ぐうすか、ぐうすかと寝ました。

最初の四〇首

烏、「カァ」と鳴いて、夜が明ける――。武田は中学校に出勤せねばなりません。昼過ぎに、武田が帰って参りますと、折口は、なにやら、にやにやとしております。面食らった武田は、

「のぶさん、惚れ薬でも飲んだか」

と笑います。すると折口は、

「やった」

と言います。武田は、

「やったって、何を。何をやらかした、朝から」

すると折口は、

「ほんの少し、やった」

とほくそ笑みます。折口は、武田の書斎から、武田が使っておった原稿用紙を持って来ました。武田が、「そりゃ、俺のだ。あっ」と声を上げると、折口は、

「四〇首は、訳した。巻十四、東歌だよ」

武田は、

「千里の道も、一里からというが、まずは四〇首。一〇〇分の一だが、手がついたわけだ。まぁ、立派だ。こいつは、春から縁起がいいわいー」

と原稿を見て笑っています。折口先生、ここが、凡人と違うところでございます。『万葉集』のなかでも、方言で翻訳が難しい東歌から訳し出したところが、まさに折口博士。折口博士は、狭き門より入る人なのでございます。すると折口は、げんきんなもの。武田の金を懐に、もう荷造りを終えているではありませぬか。東京に帰るというのでございます。武田が、

「小田原駅まで、送るよ」

と言うと、折口はおどけて、

「祐吉っさん。これが今生の別れとなるのかぇー」

とまた芝居がかって語ります。「おぉーい」と手を振って別れる二人の影は、小田原の駅舎で離れ離れに。こうして、小田原の一夜が明けました。二人は、気分が良くなると、いつもこうなのです、

東京に帰った折口は、友人の羽田春埜、小原準三、土持栄夫を家に呼び寄せ、輪番で筆記者となってもらうことにしました。こうすれば、もうさぼることもできません。気のよい仲間たちは、折口が金に困っているのなら助けてやろうということで、小田原評定ならぬ、衆議一決。折口が、歌を訳して、口で伝える。すると筆記者が筆記をするのでございます。こうして、最初の四〇首から、一首、一首と数を増やしてまいりますが、敵もさるもの二十巻。敵もさるもの四五一六首。敵もさるもの筆画もの……おいそれとは、完成しません。大事業でございます。

口で訳して、筆記するから、これはほんとの口訳でございます。なお、この口語訳には、特徴がございまして、ところどころに、折口、武田のお国言葉の大阪弁が混ざります。それは、あくまでも、日ごろ自分が使っている言葉で古典を訳してこそ、血となり、肉となり、骨となるという折口先生の考えのあってのことでございます。

『口訳万葉集』縁起

これが、元。最初の最初。はじめのはじめとなりまして、出来上がりましたのが、後に『口訳万葉集』、俗に「くちやく万葉集」と呼ばれます名著でございます。『口訳万葉集』には、辞典もつけられて、学習者は自ら辞典を引くことによりまして、万葉歌の意味を、万葉びとの心を自学自習、自由に学べるようになったのでございます。日本最古の歌集、『万葉集』に関心があり、一度は学んでみたいと考える人は世にあまたございましたが、これを自分で学習することになりますと、難解至極、手も足も出ません。勉強をはじめましても、三日と持ちません。まさに夏のぼたもち、三日と持ちません。

一方、中等学校進学者、高等学校進学者は、鰻昇りに増え続けておりまして、そのなかには、万葉を学びたい、万葉歌のような歌を作ってみたい。だから、『万葉集』を学びたいという者も、増えておりました。

今、その名を知られ、その名を轟かす、折口信夫、武田祐吉。いや、武田祐吉、折口信夫の両博士も、この時はまだ一介の中学教師、折口青年にいたりましては、嘱託講師を辞しておりますから、無職。その青年が、まずは中学生を対象に、もっと広くの人びとに、もっと身近に『万葉集』を感じてもらいたいと、考えて作ったのが、『口訳万葉集』なのでございます。が、しかし。この二人の青年は、青雲の志ある学徒ではございましても、まだ、齢三〇にも満たず。なんとこの時、この原稿を引き受ける出版社も決まっていなかったのでございます。あれれ……世間知らずも、よいところ。でも、世間知らずだったから、できたのですねぇ。

なお、原稿が完成に近づきつつありましても、出版社は決まっておりませんでした。まぁ、何とも無鉄砲なことじゃあありませんか。ここを恩師の三矢重松先生の斡旋によりまして、芳賀矢一先生のご推薦で、大正五年（一九一六）五月より、出版社、文会堂書店より刊行されたのでございます。完成したのは大正六年（一九一七）のこと。この『口訳万葉集』こそ、『万葉集』全口語訳のはじめでございまして、日本初、『万葉集』の全口語訳のはじまりは、借金に窮した「のぶさん」こと後の折口信夫博士が、小田原に武田祐吉博士を訪ねたことからはじまるのでございます。

これが元。最初の最初。はじめの、はじめ。『万葉集』全口語訳は、かく申し上げましたように、初春の小田原からはじまるのでございます。

小田原の一夜

げにや、げにげに、げにやげに。本居宣長先生（一七三〇―一八〇一）の大偉業『古事記伝』四四巻は、松坂の一夜からはじまる。『万葉集』全口語訳のはじまりは、小田原の一夜にあり――。

田舎万葉学者の素人講談では、あい済まぬところでございますが、お許し下されば、ありがたし――。

足らぬうれふる年酒の膳やねむる山
口にのぼるは春のよろこび

げにや、げにげに、げにやげに。折口、武田。武田、折口の両博士の友情なくして、『口訳万葉集』の誕生なし。これにて「初春講談、日本初『万葉集』全口語訳の由来、小田原評定ならぬ小田原の一夜」一巻の読み切りでございます――。おありがとうございました。

第Ⅲ部　小説家・折口信夫

いうまでもなく、折口の小説の代表作は『死者の書』である。『死者の書』は、折口がその学問で得た古代的実感を、小説というかたちに凝縮したものである。だとすれば、折口にとって小説とは、学問成果の一つの発表方法ということになる。そういう指向がいつから生まれたのか。そして、どのような試行錯誤がなされたのか。折口の初期小説に、その痕跡を辿ってみたい、と思う。

第1章　万葉歌から作られた物語、小説「神の嫁」の時空

美しい娘の物語は、年とつた人たちの心にも、豊かな期待を起させるものと見えて、此わたしどもの国にも、さうした話が沢山に残つて居て、幼い耳へ順ぐりに、吹き込まれくして参りました。此も、さう言ふ噂の一つなのです。
（「神の嫁」折口信夫全集刊行会編『全集』第二七巻、中央公論社、一九九七年。初出一九二二年、『白鳥』創刊号・第一巻第二・三号所収、文武堂書店）

はじめに

折口信夫が書いた「生き口を問ふ女」と「神の嫁」という二篇の短編小説は、同じ雑誌『白鳥』に同時並行して載せられたものだ。

『神の嫁』　一・二・三号
『生き口を問ふ女』　三・四号

という具合である。つまり、大正一〇年（一九二一）から一一年（一九二二）という時代は、折口なりの方法で短編小説をものしようと試行錯誤をしていた時代だったのである。

ではなぜ、折口はこの時期に、短編小説を書こうとしたのだろうか。最初に、三つの可能性を指摘しておきたい。一つは、大正六年（一九一七）の『身毒丸』の附言に記されているように、研究で得た実感というものを小説にして表現するという方法を、爾後も模索し続けていたのではないか、ということ。次に、視野に入れておかなくてはならないことは、「身毒丸」が掲載されたのは同窓会の雑誌、「神の嫁」「生き口を問ふ女」が掲載された『白鳥』は弟子たちが編集をする雑誌だったということだ。これらの雑誌は、方法の模索が許される媒体だったのである。ために、雑誌『白鳥』が休刊されると、二つの小説も「未完」のまま終わってしまうことになったのであろう。[1] 三つ目は、同じく『白鳥』の一号から四号に連載された「万葉びとの生活」のいわば「裏打ち」として書かれた小説であったということだ（「零時日記（Ⅲ）」折口信夫全集刊行会編『全集』第三三巻、中央公論社、一九九八年、初出一九二二年、『白鳥』第一巻第一〜四号所収、文武堂書店）。折口のいう「万葉びと」とは、万葉歌が歌われた時代に生きたすべての人間を示す言葉であり、その時代に共有されていた生活感覚を持つ人間のことをいう。だから、現代にも「万葉びと」はいるということになる。つまり、時間を越えた概念なのである。「万葉びとの生活」では、オホクニヌシやヤマトタケルの話が中心的に進んでゆくのだが、折口がとりわけ力説しているのは、人間の美醜善悪の規準を超えた神の愛欲、残忍さ、智慧の大きさを考えることであった。では、「神の嫁」とは、いかなる小説なのであろうか。

1　神隠しと口寄せ、揺れる姫の心と体

「神の嫁」は、伝えられた物語というかたちをとる小説である。本章冒頭に引用したように、そのことは、書き出し部分に宣言されている。それも、一種の美女伝説であるらしいことは、冒頭の表現ですでに匂わせている。そして、「昔語り」の語り手として選ばれたのは、「婆」であった。つまり、読者は「婆」の昔語りの聞き手となる小説なのである。冒頭に引用した部分の次に「あなた方の中に、あの朱雀大路を日の入りから以後《サキ》に通つた方は、おありではないでせう。昼間あんなに人通りのある往還が、元興寺《グワンゴウジ》で暮れ六つをうちこむと最後、其は、ばつたりとぎれて了ふのです」（傍線引用者）とあって、読者（＝あなた方）はいつのまにかに、時代を越えて昔語りの聞き手の一員に組み込まれてしまう設計になっているのである。

　その昔語りは、ある事件を問わず語りに語るかたちになっている。秋篠寺の吉祥天はこの娘を写したものだと噂されるほどの美少女が、野遊びから帰る間にゆくえ不明となった。いわば、「神隠し」である。「神隠し」にあった娘は、「藤原ノ横佩ノ朝臣」の姉姫。篝火を焚いて谷から山へ、山の頂上まで捜索するのだが、姫の姿は見えない。そんな大捜索の続く夜更け、杖をついた老婆が辻に現われる。老婆のように見えたのは、実は失踪した大臣の姉姫であった。しかし、その姫は気を失い、正気づいたのは八日目のこと。果たして、姉姫はその間どうしていたのか、読者の興味は、そこに集中するように設計されている。結論を急げば、姫は神と出逢っていたのである。姫が失踪している間に、

（1）ただ、「未完」とはいえ、話としては完結している。

神と出逢っていたことを、折口は次の一文によって遠まわしに読者に伝えている。正気に戻り、父卿の顔を見た姫について「つひ今の先、さうです、今の先まで見てゐた、あの方の男々しい、恐しい顔でなかつたことが、姫の心にはつきりとわかりました」と記しているのであった。「あの方」とは、当然、神である。そして、以下、父親への愛と、神への愛との間で揺れる姫の心情が描かれてゆくことになる。

姫の意識が戻ったのは、「阿刀《アト》ノ嫗《オムナ》」の「鎮魂」の唱え言の力であった。その唱え言は「とほかみゑみため……。ふるへく。ゆらにふるへ」と記されている。この呪法は「物部ノ朝臣の家から伝へ広めた、布留《フル》のみ鎮魂《タマフリ》の術」という設定になっている。当該部分は、物部氏の鎮魂呪法から、いわば折口なりに創作したものである。「布留のみ鎮魂の術」とは、身体から遊離してしまった魂を体内に戻す呪法のことなのであるが、

もうこれ、何も怖ぢる事は、在《ヲ》りません、憧《アクガ》れてお出ましになつた魂も、お前のおからだに、ちやんととり戻して、斎《イハ》ひこめて進《シン》ぜましたでの。此で、野山の精霊《スダマ》も、逐ひこくつてのけたので、在《ヲ》りますて。

と具体的に記されている。わかりやすくいえば、体の外に出た姫自身の霊魂を戻し、姫の体に憑依していた「野山の精霊《スダマ》」を駆逐したというのである。ところが、それでも姫は口が利けないのである。これに対し阿刀ノ嫗は、口が利けなくなった理由を次のように述べている。

されば。……物部ノ朝臣の家から伝へ広めた、布留《フル》のみ鎮魂《タマフリ》の術に、手落ちのあらう様はをりませぬが……、精霊《スダマ》の一人が、お口に潜《シノ》んで居くさるか、其とも、姫《ヒイ》様お命のかたに、お口だけが死にましたのか、……ともあれ、今《マ》一度迫《セ》めて進ぜませうか。

つまり、阿刀ノ嫗の見立ては、まだ姫の体に精霊の一人が残っているか、それとも口だけが死んだのだろうというのである。「今《マ》一度迫《セ》めて進ぜませうか」とは、もう一度、姫の体に憑依した精霊を攻めたてて、体外に叩き出しましょうか、ということである。ところが、父卿の考えは、阿刀ノ嫗とは違っていた。「いや、其よりは、尸童《ヨリマシ》を坐《ス》ゑて、問うて見てくれたら、よさ相に思ふが……」というのである。つまり、口の利けなくなった姫に代わって、尸童に姫の体内にある神か精霊を依り憑かせて、その真意を問質してはどうか、というのである。ここにいう「尸童」とは、神霊を依り憑かせる子どものことである。そこで、阿刀ノ嫗は、家来の侍たちに子どもを連れて来るように依頼をするのであった。やって来た子どもに、霊を憑依させる呪言を、ここでも折口は「創作」している。ただ、折口の立場に立てば、学問的想像力による「復元」ということになるのかもしれない。[2] こういった折口の古代への想像力が縦横無尽に発揮された小説としては、後年の『死者の書』が挙げられるが、諸

(2) ここでいう「復元」とは、残された資料から、研究者が自らの学問的想像力によって、伝わらないものを創作することをいう。もちろん、実証主義の立場からは、「復元」は否定される行為である。これに対して折口は、こういう言葉を残している。「我々が古代を研究する場合、どうしても知り尽すことの出来ぬ部分がある。その際、その断片をつなぎ合して一つの形を得るのは、我々の実感・直感である。それで、物を採りいれる際には実感をもつてしなければならない」(「民俗学学習の基礎」折口信夫全集刊行会編『全集』第一九巻、中央公論社、一九九六年。初出、國學院大學郷土研究会講演筆記、「民俗学」第一巻第五号所収、一九二九年)と。折口が「復元」にあたり重要視したのは、「実感」であった。

家が説き尽したように、このあたりはまさに『死者の書』の先蹤をなすものであろう。
さて、尸童となった子どもは、どうなったかというと、霊が寄り憑いて踊るのであった。そして、ついに「阿刀ノ嫗」と神との問答がはじまる。

いづれの杜に鎮らせの、御神様《オンカミ》でをらしやります。

嫗は、慇懃な而も、迫《セ》め問ふ様な調子で言ひました。子どもの声とも思はれぬ、咽喉太の人を圧し挫ぐ力を持つた響きが、其に応へました。

おれは、御蓋《ミカサ》の下に居る。杜の中に居る。馬酔木《アシビ》の花が、五十鈴の白鈴を揺りかけて咲いて居る木原の下に、寝て居るおれだ。

をゝ。春日のすめ神で、ござらせましたか。恐れ多や。勿体なや。

勿体ない？　其を知つた奴か？。なぜ、おれを呼んだ。此罰あたりめ。めんどくさい奴め。おれは戻るぞ。

なれど、お教へ遊しませ。この殿《トノ》の一の姫が……。

人間とのつき合ひは、大嫌ひだ。二本の脚でひよこ〱屈んであるく奴らのしやつ面を見ると、何ぼ、言うて聞しても、物覚えのわるい奴だが、四つ足の畜生は、可愛いはい。おれは、杜の蔭で寝過した。おれは、帰り途に、遠い空を控へて居るんだぞ。

俄かの耳しひになりました訣は、あなたの御存じよらせの事で御座りませうか。

姫は、牀の中に顔を埋めて、其上、目迄瞑つて居ました。耳も塞いで居たいにも、片心にある聞きたさが、さうはさせません。骨が燠火《オキビ》になつて、肌に焼きつくか。唯火の浪に、漂はされて居る様でした。

姫の体から、尸童に移った神は、尸童の体の口を通じて、名乗りをはじめる。姫の体にいたのは、御蓋山の麓の「春日のすめ神」なのであった。ここで、馬酔木が登場するのは、春日の杜に馬酔木が群生していることを踏まえていることは間違いない。今日でも、三月から四月は白い花の壁ができるほどである。そして、次に、人を軽蔑する神の言葉が発せられる。「神の嫁」に描かれている神は、人とは容易に融和しない神なのである。その言葉を聞いた姫は、神への恋情と、その恋情から来る気恥ずかしさを禁じ得ないのであった。ぶっきらぼうな男（＝神）への思慕と、父の愛に報いようとする娘の気持ちがあい矛盾し、心は引き裂かれんばかりである。

ここで、重要なことは、姫の体に取り憑いていた神が、春日の神であったということだ。春日の神は、いうまでもなく藤原氏の氏神であり、祖神である。と同時に、春日の神が龍神としての神格を持っているということは、いわば古典の常識である。「阿刀ノ嫗」との問答は、噛合わぬまま進み、春日の神は「娘の事は、おれには訣らぬ。併し、おれのせゐでないとは言はぬ」と意味深長な言葉を残し、悪態をついて去ってゆく。しかし、姫の口は不自由なままであった。入念に描かれたこのあたりは、まさに阿刀ノ嫗の「口寄せ」を描いたところなのであって、その「口寄せ」によって、嫗は神と問答をしたのであった。

そして、話は一ヶ月先に進み、夏の中旬。遣唐使の船が難波に到着した。ところが、その遣唐使の荷物が、都大路に着いて、「五日・十日」経つと、奈良の都に疫病が蔓延しだしたのである。疫病蔓延の理由は、「陰陽博士が占うて見ると、例の太良女が、遣唐使将来の経文入りの櫃を、女だてらに手を触れた穢れから、罰を蒙つたのだ」った。そして、さらには「四日目になる日には、宮様方の中にも、お三方までおかくれになつた噂が洩れて参りました」というありさまとなる。すでに、平城の都は恐慌をきたしているのである。そこで、天皇は、「旧都の飛鳥神南備の離宮へ行幸」して一時退避することとなった。一種の「国難」である。そんな折も折、父の横佩朝臣のもとに、姫からの「美しい蹟《テ》の真名《マナ》書き」の手紙が届く。その手紙には、「平生は何の役にも立たぬ女の物の用をし了せる時が来た。今を外しては、こんな時は来ない。どうぞ、私を大路の中へ棄てゝ下され。世間中の人の罪業を背負うて、疫病の神に随うて行く。今夜は幸ひ、宵闇だから、都の八衢へ連れ出して、其儘見棄てゝ帰つて頂きたい」と書いてある。疫病の神を一身に引き受けて、地上から去ってゆきたい、と姫は父に訴えたのであった。つまり、疫神の嫁となって、自らの体に疫神を宿して自らが他界に去ることによって、国難に殉じたいというのであった。娘の訴えを聞いた父卿は、行幸の従駕を取り止めにしたのであった。続いて、呆然と物思いにふける姫の様子が描かれ、この物語は、

> かしづきの女などが、喧しく言うて、やつと牀に入れても、どうかすると、ま夜中頃に青白い月の光りを総身にあびて、まるで凍りついた様に、板敷に坐つて居る姫を見つけることが、度々だつたと申します。（未完）

と記されて終わる。終末部は、月を仰ぐかぐや姫の物語を彷彿とさせる。果たして、姫はどうなったのか、は書かれていない。「未完」とはいいながら、結末は読者の想像にまかせて、物語の余情が伝わるように、書いたのであろう。つまり、「未完」というかたちで、物語は完結している、と筆者は

理解している。

ところで、疫神の嫁となる決意をした姫の様子を描いた終末部にも、姫の神への恋情が描かれている。

> 姫の方では、端近く円座を持ち出させて、たつた一人庭に向うて坐つて居ました。併し姫の目は、前栽の草花には向いて居ませんでした。姫は、さつきから、ぢつと仰向いた儘で居たのです。空はまつさをに晴れきつて居ました。其青雲の中から、時々思ひがけない白い雲がにじみ出て来ると、姫の顔に言はう様のない、嬉し相な笑みが行き亘ります。併し、其はすぐ、遠くの天の一方へ消えて了ふのでした。其でも、姫は脇目もふらずに一つ処を見つめて居ます。

ここで、注意しなくてはならない部分は、白い雲を見ると「嬉し相な笑み」がこぼれるという下りである。それは、春日の神が龍神としての性格を持っており、白雲、風雨と伴に龍神が飛翔して来ることを予期し、笑みがこぼれたのだ、と読み取らなくてはならないところであろう。つまり、ここにも姫の春日の神への恋情が書き込まれているのである。対して、姫は今国難にあたり、疫神に嫁して、この地を去ることを思いたち、思いが乱れるのである。そう読み取ってゆく必要があるだろう。管見の限り、この部分に着目した研究はなく、今筆者なりの読解の試案を示した次第である。

以上のように読み解いてゆくと、「神の嫁」は、次のような主題を持った小説であるということができまいか。この小説の主題は、神の嫁となった女の身体と、神と人・親との間に揺れる姫の心情にある、と。その神はといえば、人間のこざかしさを嫌う神であり、人間に神意などわかろうはずもないと捨てぜりふを吐くような神なのであった。

ところで、その神の言葉に「……人間のあひてを持たぬ娘だけが、人間だ」とあるように、神の嫁になるためには一つの資格があることをここから窺い知ることができるのである。清らかなる処女であるということが、神の嫁となる資格なのであろう。

折口の「万葉びとの生活」の主題は、人間の善悪美醜を超えた神の思惟を慮ることにあったことはすでに述べた。折口は、万葉びとが憧れたそういう偉大な神格について考えることが、万葉びとの精神生活に迫ることに繋がると考えたのであろう。以上のように考えてゆくと、春日の神がなぜ、藤原氏の姫に取り憑いたのか、という理由も氷解する。また、春日の神が姫の体から退去した後にも、どうして姫は口がきけなかったのか、その理由も明らかになるのではないか。臆断を述べれば、それも含めて神の偉大なる思慮のなせるところなのだと思う。春日の神が、藤原氏の娘を神隠し、その娘に取り憑いたのは、やがて来襲する疫神に嫁がせて、国難を救うためだったのである。つまり、自ら末裔の姫を人身御供として、疫神にさし出すためなのである。以上のように読解すると、春日の神が、藤原氏の姫に取り憑いた理由も説明できるのではないか。そう考えてこそ、「娘の事は、おれには訣らぬ。併し、おれのせゐ《い》でないとは言はぬ」という意味深長なセリフの意味も、理解できるのではなかろうか。姫に恋慕の情を抱かせておきながら、神は無垢の姫に対して残忍なしうちを行なう。その残忍なしうちも、世のため、人のためということなのであろう。かくのごとくに読み解けば、論文「万葉びとの生活」との脈絡もつくといえよう。折口にとっての神とは、人間の善悪美醜の基準を超えた存在なのである。

2　万葉歌から発想された物語

「神の嫁」だけにかぎらず、他の小説についてもあてはまることなのだが、折口は、実在する地名を掲げて舞台設定を行なう。しかも、必ずといってよいほどその土地柄というものが、物語の展開に具体的な役割を果たしている。ために、作中に記された土地について、折口は小説の読者には一定の知識を要求しているといえよう。つまり、登場する土地に対する知識がなくては読解不能というほどではないにしても、知識があれば内容の理解は深まるように、折口の小説は書かれているのである。たとえば、「生き口を問ふ女」では庶民の大阪のミナミ、「神の嫁」は貴族の遊びの場であった平城京の東の郊外が舞台として選ばれている。その土地土地の土地柄に、読者は注意を払う必要があるのである。

「神の嫁」では、冒頭より、読者はいきなり朱雀大路から東へと誘導される。元興寺は、平城京の東の張り出し、すなわち外京にあり、さらに東へ進めば、京外に出る場所にあるのである。そして、姫たちは京の東の高円山から奥に入り、野遊びに興じて、御蓋山の麓を通り東大寺の南大門を歩いたことになっている。その途中で、姫は忽然と姿を消したのであった。姫たちが歩いたコースを復元すると、平城京外京のさらに東の野を、高円→春日野→飛ぶ火野→東大寺と北上しているのである。この位置関係と地点間の距離を認識できると、最初に「元興寺」が登場する意味もわかってくるのである。なぜならば、元興寺は、外京の南にあるからだ。ここより、東にゆけば春日野、そして御蓋山へと進むことになるのである。

この平城京の東郊外の高円・春日野で、奈良時代、野遊びが行なわれたことは、次の万葉歌からわかる。

八月十二日に、二三の大夫等、各《おのもおのも》壺酒《こしゅ》を提《と》りて高円の野に登り、聊かに所心《おもひ》を述べて作る歌三首

高円の　尾花吹き越す　秋風に　紐解き開けな　直ならずとも

右の一首、左京少進大伴宿禰池主　（巻二十の四二九五）

［他二首省略］

煙を詠む

春日野に　煙立つ見ゆ　娘子《をとめ》らし　春野のうはぎ　摘みて煮らしも　（巻十の一八七九）

野遊《やいう》

春日野の　浅茅が上に　思ふどち　遊ぶ今日の日　忘らえめやも　（巻十の一八八〇）

つまり、「神の嫁」の舞台に、平城京の東郊外が選ばれているのは、高円・春日野の地が、「野遊び」の場だったからなのである。その中でも、とりわけ「神の嫁」の舞台設定に関わっているのは、一八七九番歌の娘子の野遊びの歌であろう。野遊びとは春秋に行なわれた野外での宴で、巻一の巻頭歌も春の若菜を摘む野遊びの歌である。「うはぎ」、すなわち「よめ菜」は煮て食べたようだ。ある日のそんな「野遊び」で起こった奇譚として、この物語が語られるのは、明らかに当該の万葉歌の方から物語を逆に着想した設定と考えてよいだろう。

現在、御蓋山の西麓には春日大社の社殿があるのだが、こういった恒常的建造物の社殿が成立する

以前は、祭りに臨んで、その度に神が招き下される祭祀が行なわれていた。正倉院の天平勝宝八年(七五六)の「東大寺山堺四至図」に描かれている「神地」の位置は、現在の春日大社の社殿の位置に当たるところから、そう判断がされるのである。おそらく神の名乗りの部分「おれは、御蓋《ミカサ》の下に居る。杜の中に居る」以下は、この「東大寺山堺四至図」の「神地」の記述を踏まえているはずである。折口は、作中で御蓋山の麓で神が昼寝したと書いているが、それはかくいう歴史知識から着想された創作であることを窺い知ることができるのである。

対して、道守の官人が夜更けて、姫を捜索する部分では、三条大路から東を望んで、「三条の大路に立つて見ると、東の行き詰りに、御蓋山がまつくろに盛り上つて見えます。申し忘れて居ましたが、廿日過ぎた月が、其頃になつて、やつと、春日の杜を覗き込む様に、顔を出したのです」と書かれている。これも、理にかなっている。三条大路を東に直進すれば、御蓋山につきあたるからである。踏査をすると、円錐型の美しい御蓋山を見ることができる。ちなみに、現在、奈良市のメインストリートとなっているのは三条通り商店街なのだが、この商店街にはアーケードがない。アーケードがないのではなくて、御蓋山の眺望を妨げないために、商店主たちの合意のもと、アーケードを作らないのである。つまり、今日でも三条通りから眺む御蓋山の景観は、奈良に住む人びとの自慢なのである。平城京の南一里の「山村《やまむら》」(現・奈良市山町の「山村」で円照寺のある地区)の位置関係もまたしかり。飛鳥への行幸の途上で、おそらく昼過ぎに父・横佩朝臣の不参の書状が着くという設定で書かれているのであろう。平城京を朝、出発すれば、徒歩なら正午前後に到着する距離である。

以上のように見てゆくと、「神の嫁」の舞台設定は周到になされ、まったくもって無理のないことがわかる。では、折口はこの小説を書くために入念な取材をしたのであろうか。おそらく、そんなことはあるまい。これらの地名は、すべて万葉歌に登場する地名であり、『万葉集』に対する多少の知識があり、踏査をしたことのある者なら、歌とともに想起される地名群なのである。『口訳万葉集』を書き上げた折口にとっては、自家薬籠中の地名だったはずである。むしろ、縷々述べたように、万葉歌のイメージ世界から、物語の方が作られていった、と見るべきであろう。つまり、万葉歌からのイメージで、折口は「神の嫁」の物語を作ったのである。

それは地名ばかりに限ったことではない。次の部分も、万葉歌から想起された創作である。

自分の目の前には、大きな斎《イハ》ひ瓶《ベ》の腹が見えます。ぢつと動さない目には、はつきりうつゝては参りませんが、幾らかの間《マ》を置いて、おなじ様な甕《カメ》の据ゑてあるらしいほのかな影が、感ぜられるではありませんか。自分の寝牀のぐるりをば、かうした甕が、幾つも〳〵とりまいて居るのが、ぼんやり、目に浮んで来る様な気がいたしました。

ここでいう「斎《いは》ひ瓶《べ》」とは、祭祀を行なうために用意される「甕」のことである。折口は読者の理解を助けるために、「甕」と言い換えをしている。万葉歌において、この「斎瓶」が登場するのは、おおよそ次の場合に限られる。それは、そのほとんどが、主に旅先にある家族の安全を祈る家人の祭祀を描写する場合なのである。「斎瓶」は、おそらく「陰膳」と同じく、旅びとの霊魂の一部を家人が祀る祭祀である。典型例を一つ挙げると、次の遣唐使の母の歌などがそれにあたろう。

天平五年癸酉、遣唐使の船難波を発ちて海に入る時に、親母《おや》の子に贈る歌一首〔并せて短歌〕

秋萩を　妻問ふ鹿《か》こそ　独り子に　子持てりといへ　鹿子じもの　我が独り子の　草枕　旅にし行けば　竹玉《たかたま》を　しじに貫き垂れ　斎瓮に　木綿《ゆふ》取り垂《し》でて　斎ひつつ　我が思ふ我が子　ま幸くありこそ

（巻九の一七九〇）

この歌では、母親が、笹竹を切って管玉のように繋いだと思われる「竹玉」を長く垂らし、木綿の白い繊維を「いはひべ（＝斎瓶あるいは斎瓮）」に取りつけて、息子の無事帰還を祈っている。つまり、「いはひべ」を据えて、旅先にある家族の霊の一部を祀ったり、その霊を招き寄せたりという祭祀が行なわれていたのである。そうすれば、万葉びとは死に至る苦境を救うことができる、と考えていたのであろう。以上のような招魂の祭祀を充分に行なわなかったゆえに、死に至らしめたことを嘆く万葉歌もある。それは、次の石田王の挽歌である。

……杖つきも　つかずも行きて　夕占《ゆふけ》問ひ　石占もちて　我がやどに　みもろを立てて　枕辺に斎瓮を据ゑ　竹玉を　間なく貫き垂れ　木綿だすき　かひなに掛けて　天《あめ》なる　ささらの小野の　七ふ菅《すげ》　手に取り持ちて　ひさかたの　天《あま》の河原に　出で立ちて　みそぎてましを　高山の　巌の上に　いませつるかも

（巻三の四二〇）

引用したような家人による旅びとの招魂儀礼を踏まえて、折口は「斎ひ瓶」を描写しているのである。おそらく、大きな甕がたくさん据えられているという下りは、藤原氏の経済力の大きさと父の愛情の深さを表している、と読まなくてはならないところなのである。

3　物語の時空設定

前節において、筆者は四つのことを述べた。一つ目は、「神の嫁」の舞台は、平城京の外京と、その東郊外を中心に、具体的に設定されていること。二つ目は、その設定は、実際の位置関係と距離感に基づく無理ない設定であるということ。三つ目は、野遊びにおける「神隠し」という設定は、万葉歌から着想され、創作された物語であること。四つ目は、招魂の祭祀の部分も含めて、万葉歌をもとに「復元」されていると考えられること。つまり、「神の嫁」は、正確に万葉地理を踏まえ、万葉びとの生活空間を「復元」して、そこから想像力を働かせて、創作された小説であるということができるのである。

ところが、この小説の時代設定は、きわめて漠然としか、設定されていない。

つひ此ごろあつた事の様な気もしますが、又ひよつとすると、此婆の曾祖父《ヒヂイ》あたりの居た大昔の話に違ひないと言ふ気さへして参るのです。

つまり、いつの時代か、同定できないように設定されているのである。そういう眼で観察すると、史実に関わる部分については、史書によって確認できる事実と巧妙にずらした設定がなされていることがわかる。遣唐使の帰還が、疫病をもたらしたとする部分には、意図的な「ずらし」が行なわれて

いる。おそらく、

役は低いが、当度《タウタビ》の使ひの少録を務めてる男は、なか〳〵の物識りぢやげな。定めて、書物をどつさり、積みこんで来たこつちやらう。

という部分は、あきらかに山上憶良の帰朝を読者に匂わせている。当該引用部分は、憶良が、大宝元年（七〇一）の第七次遣唐使の少録（序列最下位）となって渡唐し、帰朝したことを踏まえていることは、疑う余地がない。『万葉集』を学んだ者なら、帰国した憶良が宴席で披露した歌を想起するはずである（巻一の六三）。とすれば、この物語は、第七次遣唐使第一船の帰朝した慶雲元年（七〇四）か、第二船の帰朝した慶雲四年（七〇七）あたりの話か、と推定できることとなる。ところが、疫病を蔓延させたのは、遣唐使ではなく、天平八年（七三六）の第一八次遣新羅使なのである。第一八次遣新羅使人の歌は、『万葉集』の巻十五に一括して収載されている（三五七八〜三七二二）。したがって、疫病をもたらした第一八次遣新羅使の帰朝ということであれば、天平九年（七三七）と考えねばならない。つまり、遣唐使と遣新羅使を入れ替え、年代が同定できないようにしているのである。天平九年に帰朝した遣新羅使は、「疫瘡」すなわち天然痘ないしは麻疹をもたらし、夏から秋にかけて西日本を中心に大流行して、未曽有の死者を出した。当然、平城京も恐慌をきたした。そんななかで、いわゆる藤原四子政権の麻呂・武智麻呂・宇合が、相次いで没したのであった。しかし、ここでも意図的な「ずらし」がなされている。なぜならば、「四日目になる日には、宮様方の中にも、お三方までおかくれになつた噂が洩れて参りました様な次第です」（傍線引用者）と書かれているのである。作中では死んだのは藤原氏の御曹司ではなく、「宮様方」となっているのである。つまり、折口は、万葉時代の、しかも『万葉集』を読んだことのある人ならよく知っている史実を想起できるように記述しておきながら、わざと「ずらし」ているのである。

では、こういった「ずらし」は、いったいどのような効果を生むのだろうか。おそらく、『万葉集』を読んだことのある人なら、背後にあるこれらの史実はすぐに想起できるはずである。ところが、巧妙にずらされているために、いったいいつの時代の話なのかということは、同定できないように書かれているのである。むしろ、具体的な史実に辿りつけないようにこの小説は設計されているのではないか。つまり、どんなに『万葉集』に詳しくても、いつの時代のことかわからないように書かれているのである。すなわち、絶対年代には、置きかえることができないように書かれているのである。これは、物語の舞台が、万葉地理に基づいて具体的かつ詳細に設定されているのと、好対照をなす事実である。空間の設定は、地名を掲げて妙に具体的なのに、時間の設定はわざと不明にしてあるのである。したがって、絶対時間には置きかえられない。ために、この物語には「今」「昔」という相対的時間軸しかないのである。おそらく、こういう時空設定をすることによって——万葉世界を舞台としながらも——史実から離れて自由に想像力を羽ばたかせて物語を作ろうとしたのであろう。ために、万葉歌から着想を得て物語が作られているにもかかわらず、史実の規制を受けずに、物語を展開できるのである。こうすることによって万葉歌のイメージを利用しつつ、さらには史実を利用しつつも、自由に物語を作ることができたのである。

4　美女伝説の一つとして

前節において、筆者は次の二点を確認した。「神の嫁」は、『万葉集』の作品世界から想像された物語であること。しかし、その空間設定は正確かつ詳細であるのに対して、時間軸の設定はわざと同定できないように記述に配慮がなされていること。つまり、縷々述べたように、いつのことか同定できないように、意図的なずらしが行なわれているのである。そういったずらしの例を、以下もう一つ掲げて、そこに折口の表現意図を見出したい、と思う。

「神の嫁」が、一種の美女伝説として語られていることは、前述したように、その冒頭に示されている。そして、この物語は、「嫋女《タワヤメ》は国の宝」との考えが、国の上下、津々浦々にまで行き渡っていた時代の話であると書かれている。また、神聖なる処女であるということが、神の嫁の資格であるということについては、作中においても語られているし、

村々の高級巫女たちは、独身を原則とした。其は神の嫁として、進められたものであつたからだ。

（「国文学の発生（第二稿）」折口信夫全集刊行会編『全集』第一巻、中央公論社、一九九五年、初出『日光』第一巻第三号所収、一九二四年）

「神の嫁」として、神に出来るだけ接近して行くのが、此人々の為事であるのだから、処女は神も好むものと見るのは、当然である。

（「最古日本の女性生活の根柢」折口信夫全集刊行会編『全集』第二巻、中央公論社、一九九五年、初出『女性

改造』第三巻第九号所収、一九二四年）

という言説からも確認できる。

では、折口は、神の嫁となった姫の容姿をどのように記述しているのであろうか。「何し、秋篠寺の吉祥天《キチジヤウテン》様は、あの方を写したんぢや相な」とあるのである。ところが、吉祥天像といえば、奈良では、なんといっても薬師寺の画像が著名で、浄瑠璃寺にも木像があることが知られているところである。どちらも、女性美が強調された美術品である。対して、秋篠寺といえば、伎芸天である。天平最末期から平安初頭の造立と推定されるこの仏像は、女性の顔と体の丸み、柔らかみが強調され、後補ではあるが彩色が残り、なまめかしいほどの官能美を誇る像である。ただし、体部は鎌倉期の補作で、名称も明治期に仮につけられたものといわれている。したがって、拝む側、見る側が、像を音声菩薩や吉祥天女と見ていた可能性は残る。つまり、伝伎芸天像なのである。吉祥天女と技芸天の関係をどう考えれば、よいのか。可能性は二つあるだろう。一つの可能性は、折口が、現在の秋篠寺の伎芸天といわれる仏像を、吉祥天女と誤解した。ないしは、そう見なした可能性である。もう一つの可能性は、薬師寺の吉祥天女図と、秋篠寺の伎芸天像を意図的にずらして記述した可能性である。筆者は、後者の説の方が可能性が大きいと思う。折口は、どの仏像か、はたまた絵画か同定できないようにわざと書いたのではないか。それは、当該の物語の時間設定と同じ理由によるのではなかろうか。つまり、このような書き方をすると、読者は、薬師寺の吉祥天女像か、秋篠寺の伎芸天、ないしはその両方を想起することになる。そして、そのどちらもが、女性美を強調する像だから、読者個々人はそれぞれ心の中に一つの美女像を思い描くことになる。筆者の鑑賞評だと、そのどちらも気高くかつ官能性を持っていてアンビバレントな美がある、と思う。

ただ、「伎芸天」ではなく「吉祥天」と書かれていることについては、意図がある、と考えられる。それは、吉祥天女の官能美については、しばしば古代の文学に言及されるからである。『源氏物語』でも有名な「雨夜の品定」において、頭中将が以下のようにいうところがある。「吉祥天女を思ひかけむとすれば、法気づき霊《くす》しからむこそ、また、わびしかりぬべけれ」（「帚木」阿部秋生ほか校注・訳『源氏物語①（新編日本古典文学全集）』小学館、一九九四年）。吉祥天女は美人ではあるが、あまりにも、恐れ多く、また高貴過ぎて味気ない思いをするのではないか、というのである。たしかに、父は帝釈天、母は鬼子母神、兄は毘沙門天の吉祥天女では、息が詰まる。そういって、頭中将は、座談に集った人々を笑わせたのである。

また、『日本霊異記』中巻には、吉祥天女に恋してしまった男の話が載っている。「愛欲を生し吉祥天女の像に恋ひて感応して奇しき表を示す縁　第十三」という話である。信濃国の優婆塞《うばそく》が、和泉国泉郡の血渟上山寺《ちぬのかみのやまでら》の吉祥天女の像に「愛欲を生し、心を繋けて恋ひ」してしまう話である。男は「願はくは天女の如き容好《かほよ》き女を我れに賜へ」と願うと、その夢に吉祥天女が表れて「天女の像に婚《くなか》ふ」ことができたという話である。ところが、「明日に瞻《み》れば、彼の像の裙《も》の腰に不浄《けがれ》染み汚れたり」というのである。つまり、腰巻のところが、男の精液で汚れていたというのである。男はこれを秘密とし、信用した弟子だけに話をしたのだが、その弟子と諍いが起きてしまい、師のもとを去った弟子がこの秘密を言いふらして、男をそしったのである。里人がこれを聞き、問い詰めると、やはり像は汚れていた。すなわち、里人聞き、往きて虚実《そらことまこと》を問ひ、並に彼の像を瞻《み》れば淫精染み穢れたり。優婆塞事を隠すこと得ずして、具《つぶさ》に陳べ語る。諒《まこと》に委《し》る、深く信《うやま》はば感《うご》きて応へずといふこと無し、と。是れ奇異《あや》しき事なり。涅槃経に云《のたま》ふが如し「多婬の人は画ける女にすら欲《おもひ》を生す」とのたまふは、其れ斯れを謂ふなり。

（出雲路修校注『日本霊異記（新日本古典文学体系）』岩波書店、一九九六年）

とある。おそらく、折口の脳裏には、この話があったはずである。(3) 優婆塞たる修行者も恋して、過ちを犯す吉祥天女の像。その像の元となった娘の容姿は、いったいいかばかりのことか。ために、物語は娘の容姿を語るにあたり、吉祥天女が持ち出されたのだと思われる。それほどの美女であるがゆえに、神の召したもう女となったのだ、と折口はいいたいのであろう。ぶっきらぼうな神と、吉祥天女のごとき美女、それも処女との恋。それが、折口が万葉歌から連想した「神婚幻想」なのであった。

おわりに

折口信夫が、その学問と創作において、終生自らの命題としたのは、神と人との関係の考察であり、そこから文学の発生などを含めた多くの文化的諸現象を説明することであった。そういったなかで、「小説」というかたちを取って、その思惟を明らかにする方法が模索されたのである。この方法論の模索の中で、古典から想像力を得て、物語を作るという実験も行なわれたのであろう。つまり、古典から得た実感を物語というかたちで提示するという方法である。おそらく、本章において縷々述べた時空の設定は、こういった模索の中で、小説を書くにあたって実際に選ばれた設定と見なくてはならないのである。では、この小説の執筆前後に折口がいちばん関心を持っていたことは何かといえば、それは霊の憑依と人間の身体がどう関わるのか、という問題であったと思われる。

（3）なお、『今昔物語集』巻第一七巻には「吉祥天女摂像奉犯人語第四十五」という同話が収載され、『古本説話集』下の六二には「和泉国々分寺住持艶寄吉祥天女事」という婚姻の部分が膨らんだ類話が収載されている。

第2章　「神の嫁」と憑依感覚

冬の真夜中、氷りかけてゐる池心《チシン》に、足首へ千引の石を括りつけられて、裸身《ハダカミ》の儘、沈めにかけられて居る。水の中の畝《うね》りが、ずん〳〵さがつて行くからだに、あとから〳〵と触れてゆく。姫は、魂の氷つてゆくのを覚えました（①）。

（「神の嫁」折口信夫全集刊行会編『全集』第二七巻、中央公論社、一九九七年。初出一九二二年、『白鳥』創刊号・第一巻第二・三号所収、文武堂書店、（①）は引用者）

はじめに

折口信夫の小説には、筆者の見るところ、二つの大きな特徴がある。一つは、ストーリー展開の求心力が弱いということである。筆者の評としては、小説全体の制御が甘く、ダイナミクスがないという印象を持っている。もう一つの特徴は、特定の事柄の記述については、細心の注意が払われているということである。ことに、持田叙子《もちだのぶこ》や岡谷公二《おかやこうじ》がすでに指摘しているように、その記述は自らの身体感覚ことに皮膚感覚に依拠したものとなっている（持田　一九九九年、岡谷　二〇〇三年）。ために、独自独特であり、時には読者に息苦しさを与えることすらもある。冒頭に引用した部分は、「神の嫁」において、阿刀ノ嫗が、巫術を施した場面である。この場面では、巫術の記述だけでなく、巫術を施された姫の側の感覚を想像して描いているのである。しかも、それは、身体的感覚として捉えられているのであった。当該引用部分は、憑依の感覚を水底に向かって沈められてゆく感覚として描いている。それも触感で捉えられているのである。これが、折口の描く憑依の皮膚感覚である。

おそらく、折口が、「生き口を問ふ女」と「神の嫁」という二つの小説で描こうとしたものは、神や霊が憑依したこのような身体の感覚なのであろう。それを、皮膚感覚として伝えるために小説という方法が選ばれたのであろう。主張の実証が求められる論文では、自ら想像した憑依の感覚を読者に伝えることは許されない。この点については、次章においても述べるところである（第Ⅲ部第3章）。折口にとっての小説とは、研究によって得た実感を伝える手段であるがゆえに、ストーリー展開は、その描写のための舞台設定にすぎなかったのではなかろうか。そこで、本章では、「神の嫁」の姫の身体に対する記述を中心に、折口の想像力の背後にあると思われる古典や民俗知識について考えてみたい、と思う。

1 「神の嫁」の招魂

神隠しにあった後、気を失っていた姫に対して、まず阿刀ノ嫗が行なったのは、物部氏伝来の「布留《タマフリ》のみ鎮魂の術」であった。折口は、石上神宮《いそのかみじんぐう》の鎮魂祭の呪法の知識を基に、この部分を書いている。この鎮魂術によって、姫の魂は体に戻り、意識を取り戻したのであった。ところが、意識を取り戻したのはよいが、口が利けないのである。ために、父卿の助言にしたがって、その理由を神に問いただそうとするのである。そこで、阿刀ノ嫗は、次のような指示を出す。

あれ。門に声がする。をゝ。お侍《サブラ》ひ衆《シュ》え。あの遊んで居る子どもの中で、一番《イッチ》の小法師を、ひき連れて来なされ。　（傍線引用者）

つまり、「戸童」とする子どもを連れて来なさいというのである。ただ、ここで注意しておかなくてはならないことが一つある。嫗が外で遊んでいる子どものなかで、一番の「小法師」を連れてくるように指示をしている部分である。「小法師」は、少年の僧という意味だが、ここでは単なる子どもという意味で使われている、と見なくてはならない。なぜならば、外で遊んでいる子どもの中に、少年僧も混じっており、そのなかで一番の少年僧を連れて来いというような指示を嫗がしたとは、とうてい解釈し得ないからである。「小法師」という言い方は、少年を卑下したり、親愛の情を込めたりして「小僧」「坊主」というのと同じことであると一応考えておくしかないだろう。この場合、「小法師」といっても得度しているわけではない。ただ、注意しておかなくてはならないのは、単なる子どもを「小法師」と呼ぶことは、きわめて異例だということだ。ではなぜ、当該部分に限って、「小法師」という言い方がなされるのであろうか。実は、他の部分では皆、「子ども」と普通に称されているのである。折口がここで子どもを「小法師」と呼んだ理由については、当該部分を執筆するにあたり脳裏においていた古典と関わりがあるので、後述することにする。

連れて来られた子どもを横に据えて、嫗は次の呪文を唱える。

天翅り、国駛《ガケ》り、充ち拡《ヒロ》るみ魂《タマ》よ。たゞよりに、こゝもとに依り来《コ》。

これは明らかに、神や霊を引き寄せる招魂の呪言である。この呪言を聞いた時の姫の心中を表現したのが、冒頭に引用した個所なのである（①）。さらに、呪言は続く。

百台《モヽトリ》の机。八十平皿《ヤソビラカ》。汁にも、穎《カヒ》にも、この国土《クニツチ》と、常世《トコヨ》とのありかずを尽して、充て、湛へ、献《マツ》り出さば、

この部分は、御魂を呼び寄せるために用意した供物を述べている件である。すると姫の身には「長い藻が、ふくら脛や、腹にぬめりと纏ひつく。身にひたりとつく、冷い、細長い物の表面《ツラ》」というようなものが纏わりついてきたと、次に書かれているのである（②）。つまり、霊に取り憑かれた感覚は、水中で纏わりつく藻の感触によって表現されているのである。そして、嫗は、神に対して、名前を教えてほしい、なぜこんなことをしたのか教えてほしいと、畳み掛け、詰問するのであった。すると、それまで動かなかった子どもが立ち上がり、「子どもの顔がおぼろに、姫の頭より上に出ては落ち、出てはひつこみしました」という状態になったと書いてある。ところが、子どもが立ち上がると、姫は夢から醒めたのであった。

何百丈とも知れぬ水の、底近くなつたことが感じで知れて来た。足の裏にさはる沙。ぴつたり沙の上についた、二つの向脛《ムカハギ》。うつらくと、快い氷の夢。
姫は、ふと気のついた様に思ひました。子どもの姿が浮いたり、沈んだり、手をあげたり、足を

あげたりして、もがいて居るではありませんか。此も、波の底へおちこんだのか、と手をとつてやらうと言ふ心が起つたと思ふと、枕の上の髪が、少し片よりました。其手をぢつと捉へてゐる冷く、萎びた掌《テノヒラ》。夢か、正気か、やつぱり阿刀ノ嫗の居る処に、戻つて居ましたのです（③）。子どもは、姫の枕許ばかり、狂うては居ませんでした。姫の寝牀を踊り乍ら周りました。其足どりが、一廻りは一廻りと、急になつて参りました。段々、走りく踊りました。しまひには、鳥の駛る様に見えました。其髪ふり、袖ふる姿が燕を見る様でした。其が、暫らく続きました。何度めかに、足許を通る時、ばつたり、物に蹶いた様に、うつ俯しに仆れました。姫が、冷えのぼせにほてる自分の頬のぬくみを感じ出しました瞬間、雲雀が空へ揚る様に、するりと跳ね起きました。けれども姫の目には、限りもない遠い雲の中から、降りて来たものゝ様にうつりましたのです（④）。

（③）（④）は引用者）

以上を踏まえて、ここまでの流れを整理しておきたい。矢印の下部は、姫に関する記述である。

①招魂の呪言→足首を引っ張られて水底に沈められてゆく感触。
②神の呼び出し→藻が体に纏わりつく感触。
③子どもが立ち上がる→水底に足がついた感触。夢から醒める感触。
④子どもが踊り走りだし、倒れる→鳥のイメージを感じ、頬に温もりが戻る。これは体調の回復を表象していると考えられよう。

つまり、憑依の時の感覚をすべて、皮膚感覚で捉えているのである。この点は本小説の一つの特徴と考えてよいだろう。そして、尸童の子どもに神が寄り憑いて、尸童の口を通じて、神が語り出し、嫗との問答がいよいよ始まるのである。

2 「神の嫁」における口寄せ

今日においても、体の不調や病は、二つの異なった説明体系で説明がなされることが多い。一つは、医学的説明である。もう一つは、宗教的説明である。これを逆に、病への意味付けと捉えれば、医学的意味付けと、宗教的意味付けということができる。宗教的意味付けの場合、多くは神や霊の崇りないし、憑依によって説明される。憑依によって説明がなされる場合、当然憑依した神や霊が、病人から離れれば回復するということになる。したがって、行なわれる治療は、病人の体から、別のモノやカラダに神霊を移すことが主となる。その場合、子どもの体を一時的な移し場所とすることがあったようである。つまり、いうところの「尸童」である。

『源氏物語』の「若菜　下」には、紫の上に取り憑いた六条御息所のもののけと光源氏が対峙する場面が収載されている。この中には、危篤となり、すでに手の施しようのない状態となった紫の上を、源氏が一時的に蘇生させる場面もある。源氏は、紫の上の様子を見て「さりとも物の怪のするにこそあらめ。いと、かく、ひたぶるにな騒ぎそ」と疑い、帰りかけていた力のある験者たちを再び集めて、全力で加持をさせるのであった。すると源氏の思いは幸にも仏に通じ、いみじき御心の中《うち》を仏も見たてまつりたまふにや、月ごろさらにあらはれ出で来ぬ物の怪、小さき童に移りて呼ばひののしるほどに、やうやう生き出でたまふに、うれしくもゆゆしくも思し騒がる。

（「若菜　下」阿部秋生ほか校注・訳『源氏物語④（新編日本古典文学全集）』小学館、一九九六年、傍線引用者）

という状態で、紫の上は息を吹き返す。ここで注意しなくてはならないのは、「小さき童」に「物の怪」が乗り移ると、ようやく「生き出でたまふ」すなわち息を吹きかえし、蘇生したということである。この後、調伏せられたもののけと源氏の対話がはじまるのである。六条御息所のもののけは、まず自らの思いを率直に語るので人払いをして欲しい旨を告げ、自らの思いを語るのであった。

いみじく調ぜられて、（物の怪）「人はみな去りね。院一《ひと》ところの御耳に聞こえむ。おのれを、月ごろ、調じわびさせたまふが情《なさけ》なくつらければ、同じくは思し知らせむと思ひつれど、さすがに命もたふまじく身をくだきて思しまどふを見たてまつれば、今こそ、かくいみじき身を受けたれ、いにしへの心の残りてこそかくまでも参り来たるなれば、ものの心苦しさをえ見過ぐさでつひに現はれぬること。さらに知られじと思ひつるものを」とて、髪を振りかけて泣くけはひ、ただ、昔見たまひし物の怪のさまと見えたり。あさましくむくつけしと思ししみにしことの変らぬもゆゆしければ、この童の手をとらへてひき据ゑて、さまあしくもせさせたまはず。

ここで問題となるのは、「髪を振りかけて泣く」のは誰か、ということである。次の一文に、源氏が童の手を押えて「さまあしくもせさせたまはず」とあることから、実際には尸童のさまではあるが、それは六条御息所の姿と見てよいであろう。つまり、「口寄せ」をしているのである。源氏は、紫の上の様子を見て、「物の怪」の憑依を疑い、加持によってその霊を尸童の体に移し、その尸童の口を通して、六条御息所と対話をはじめたということになろう。神や霊が尸童に移ると病人の体はその間は回復し、尸童の口から発せられる言葉を聞いて対話し、慰撫したり、叱責したり、時には縛り上げたりすることが、今日でいえば病気治療ということになるのである。『源氏物語』の場合、光源氏の眼力によって、もののけの仕業と見抜き、源氏の指示によって加持を行なって、源氏自らがもののけと問答をするわけであるが、当該部分は当然一つの物語であると読まねばならない。それも、光源氏という英雄だからこそ、できる業と見なくてはならないのであろう。源氏は、この後もののけを別室に移し、紫の上に受戒させ法華経読誦の功徳によって、病は徐々に小康を保つまでに至るのである。

対して、実際の病気治療では、依頼を受けた僧や験者が、加持を行なうわけであるが、これらの宗教者は加持によって神仏の力にすがり、「護法」を働かせて、もののけと戦って、病人の体からもののけを尸童に移し、さらには尸童からもものけを追い払って、病気治療をしたのである。「護法」とは「護法神」のことで、仏法を守る神のことである。具体的には、梵天、帝釈天、四天王、十二神将、十六善神、二十八部衆などの善神を指すのだが、それは経典に当てはめれば、そう解釈できるというだけのことなのであって、加持祈祷によって、呼び出されて、もののけを追い払う神ないし霊というくらいに考えておく方がより実相に即しているといえよう。(1) つまり、護法は、神や宗教者に従属する一種の「使役霊」「司霊」なのである。したがって、病気治療の最初は、この護法をまず呼び出すことに成功しなくてはならないのである。しかし、この護法神が呼び出しに応じてくれない場合もあったようである。『枕草子』の「すさまじきもの」では、たいそうな「したり顔」の「験者」が、もののけを調伏しようといって、

……いみじうしたり顔に、独鈷《とこ》や数珠など持たせ、せみの声しぼり出だしてよみゐたれど、いささか去りげもなく、護法もつかねば、あつまりゐ念じたるに、男も女もあやしと思ふに、時のかはるまでよみ困《こう》じて、「さらにつかず。立ちね」とて、数珠取り返して、「あないと験なしや」とうち言ひて、額より上ざまに、さくりあげ、欠伸《あくび》おのれよりうちして、寄り臥しぬる。いみじうねぶたしと思ふに、いとしもおぼえぬ人の、おし起こしてせめて物言ふこそ、いみじうすさまじけれ。

（「第二三段　すさまじきもの」松尾聰・永井和子校注・訳『枕草子（新編日本古典文学全集）』小学館、一九九七年、傍線引用者）

というように、護法の呼び出しに失敗した験者のことを書いている。「さらにつかず。立ちね」とは、護法がつかないので、験者が尸童の子どもを帰した時の言葉を写しているのであろう。験者の面子は丸つぶれである。そんな折も折、験者自らが欠伸して寝てしまったという行為こそ、「すさまじき」

（1）小松和彦は、便宜上の規定とした上で「仏法を守護するために、仏から派遣された、法力のある祈禱者に駆使される一種の鬼神」と規定している（小松　一九八二年）。

行為である、と清少納言は評しているのである。(2)

これに対して、優れた宗教者は、遠くから護法を操って、病気治療ができる力を持っていた。『宇治拾遺物語』に、三井寺の有名な祈祷僧であった心誉僧正の験力の偉大さを讃える説話が収載されている。宇治殿こと藤原頼道が、気を失った時に、急ぎ心誉僧正を呼びにやると、僧正が到着するまえに、護法がすでに病を直したという話である。

これも今は昔、高陽院《かやのゐん》造らるる間、宇治殿御騎馬《おんのりうま》にて渡らせ給ふ間《あひだ》、倒れさせ給ひて心地違はせ給ふ。心誉僧正《しんよそうじやう》に祈られんとて召しに遣はす程に、いまだ参らざる先に、女房の局なる女に物憑きて申して曰く、「別の事にあらず。きと目見入れ奉るによりてかくおはしますなり。僧正参られざる先に、護法先だちて参りて追ひ払ひ候へば、逃げをはりぬ」とこそ申しけれ。則ち、よくならせ給ひにけり。心誉僧正いみじかりけるとか。

(「巻第一の九　宇治殿倒れさせ給ひて、実相房僧正《じつさうばうそうじやう》、験者に召さるる事」小林保治・増古和子校注・訳『宇治拾遺物語（新編日本古典文学全集）』小学館、一九九六年、傍線引用者)

この時、護法は、もののけを退散させた後に、「女房の局なる女」に憑依して、その旨を報告し、当事者たちを安心させている。病人には、なんと心強い味方であることか。

さて、引用した『源氏物語』と『宇治拾遺物語』、『枕草子』の例を重ね合わせて見ると、もののけも護法も人の体に自由に出入りできるということがわかる。そして、入り込んだ肉体の発声器官を通じて、これまた自由に話すことができるのである。したがって、尸童の体には病人に憑いていたもののけが仮に移る場合もあるし、護法自身が憑依することもあると考えてよいのである。

以上のような古典を渉猟し、自らの民俗調査の体験を踏まえて、「護法」による病気治療の過程をモデル化して示した研究に、小松和彦（小松　一九八二年）がある。今日においても、小松モデルの存在意義は失われていない。

（A）ある人が病気になる。
（B）病気をなおすために、験者が招かれる。
（C）験者は経文・呪文を唱えて、「護法」を召霊する（①）。
（D）「護法」を病人の体内に送り込む、つまり憑依させる（②）。
（E）この「護法」が病人の体内に入り込んでいる「物怪」と闘い、病人の体から「物怪」を駆り出す。
（F）駆り出された「物怪」は、通常、「憑坐」の体に引き移される（③）。
（G）「憑坐」に駆り移された「物怪」は、験者の祈祷によって姿を現わし、いろいろと喋り出す（④）。

（2）この護法が、護法善神、護法天童、護法童子と呼ばれる使役霊であり、尸童にもののけを移すことを、早い段階で指摘したのは、関根正直である。関根は、「又天童ともいふは、多く童子の姿をなせば也とぞ。験者祈念の功力により、この鬼童を呼び來て、病者の代人（之をよりましと云）にうつし付けて、病魔の犯すゆゑよし、物の祟りの謂はれ等を問ひ、其の告ぐる旨に從ひ、更に祈禱して、物の氣を拂ひ、病を癒やすこと、當時の風俗なりけり」と述べ、さまざまな例を挙げている。また、注意しておかなくてはならないのは、関根は、この時点で早くも護法が童形であることも指摘している点であろう（関根正直『補訂　枕草子集註』思文閣出版、一九七七年。初出一九三一年）。

(H)「護法」が「憑坐」の体内に乗り移った「物怪」を、再び「憑坐」の体内から駆り出す。
(I)「憑坐」から「物怪」が去ったとき、病人はなおる。

(小松　一九八二年、(①)～(④)は引用者)

つまり、小松モデルは、護法がもののけを病人から尸童へ、尸童からさらに別のところへと追いたて駆逐するというモデルなのである。小松モデルが優れている点は、護法が、病人にも尸童にも憑依することを合理的に説明できる点である。筆者も、概ねこのモデルに従って考えてよい、と考えている。

しかし、(D)(E)(F)については常に、そうなるとは限らない。つまり、護法が病人の体に入らず、病人の体に潜むもののけを尸童に移す場合もあるし、まず護法が尸童について病人の体にいるもののけを追い払う場合もあるだろう。また、護法が自らの体にもののけを憑依させて、護法自らが去ってゆく場合も、あり得ると考えられるからである。というのは、呼び出された護法が、病人に憑いている例、尸童に憑いている例があり、さらに第三者に憑いている例もあるからだ。したがって、常に小松モデルのような手続きを踏むものとして解釈する必要はないのである。また、小松も、一つのモデルとして提示しているにすぎないと思う。おそらく、加持の現場においては、病人がトランス状態になる場合もあれば、尸童がトランス状態になる場合もあり、その時々の状況を、加持を行なっている宗教者の神学体系に基づいて合理的に解釈してゆくのではないか。誤解を恐れずに断言すれば、加持を行なう宗教者に求められているのは、現場で起こっている現象を依頼者にいかにわかりやすく説明することができるか、という説明能力ではないのだろうか。たとえば、『宇治拾遺物語』の宇治殿の急病時のように、病人でも尸童でもない人間に憑依する場合もあり得るわけで、常に小松モデルの手順に従って治療儀礼が行なわれるわけではない。さらにいえば、加持をしている宗教者に憑依する場合だってあり得るはずである。ために、小松モデルを古典解釈に無理に当てはめようとすると、森正人が指摘しているように、誤読を誘導してしまう恐れも出てくるのである（森　二〇〇〇年）。

以上の前提に立って、筆者の考えを述べると、こうなる。『枕草子』の「すさまじきもの」では、「護法もつかねば」という験者の言葉は護法がどこに憑くべきかということを、具体的に想定しているわけではないだろう。病人でも、尸童でも、加持をする験者でも、またその他の人でもよかったはずで、誰かがトランス状態になれば、験者の面目は充分立ったはずである。また、紫の上の場合も、わざわざ護法の存在を想定する必要はなく、加持によって尸童にもののけが乗り移り、口寄せがなされたと考え、その問答をした相手が悩みを作った張本人の源氏であったと考えれば、よいであろう。つまり、記されていない部分について、護法の活動を無理矢理に想定する必要はないのである。

以上のように、憑依による病気治療儀礼を概観した時に、「神の嫁」における阿刀ノ嫗の口寄せの巫術を、われわれはどのように理解したらよいのであろうか。これを、小松モデルに当てはめれば、(C)→①、(D)→②、(F)→③、(G)→④という対応があると一応は認めることができる。ただ、これは当てはめれば、そう対応関係が認められるというだけのことなのであって、阿刀ノ嫗の巫術も、もののけ退散の治療儀礼の類型から大きく外れるものではなかったという程度のことを示しているに過ぎない。おそらく、直接的には、『源氏物語』の「若菜　下」を踏まえていると見てよいであろう。かくなる理由は、二つある。ひとつは、尸童に乗り移ったもののけと対話するという構想は、『源氏物語』の影響があると認定できるからである。もうひとつは、尸童にもののけが乗り移ると、一時的に病が回復基調に入るあたりも同じで、紫の上と光源氏とものゝけと尸童の関係を踏まえていると考えられるからである。筆者は第Ⅲ部第3章、第4章において述べるように、「生き口を問ふ女」は、六条御息所の物語を大阪にわか仕立てにパロディー化した小説であると考えているが、「神の嫁」の口寄せの巫術は、「若菜　下」のものゝけとの問答を、踏まえていると思われる。この時期、折口は、憑依に対して、並々ならぬ関心を寄せていたものと推察されるのである。その時に、まず脳裏に浮かんだのが『源氏物語』だったのだろう。

一方、小松の治療儀礼のモデルを踏まえて、阿刀ノ嫗の巫術を見ると、おもしろいことに気がつく。嫗が招魂の言葉を唱えると、姫が「足首を引っ張られて水底に沈められてゆく感触」を得たと表現していることである。これは、最初に姫の体に春日の神が寄り憑いたことを表象するのであろう（(C)→①）。そう捉えないと、なぜ姫の体に最初に変化が起きたのか説明できない。その神の憑依は水中で体に藻が纏わりつく感覚で感知されているのである（(D)→②）。ところが、尸童に神が移ってゆくと、水底に足がつき、足裏に水底の砂地を感じ、覚醒したのであった。そして、子どもがもがく姿を見た後、自分を取り戻したと記されている。おそらく、姫の身体がこのような感触を得たのは、まず春日の神は、姫の体に寄り憑き、次に尸童の子どもの体へと移っていったことを表象していると見なくてはなるまい（(F)→③）。尸童に神が乗り移ると、子供の姿が鳥の飛翔のように見えたのは、それが飛翔する神霊を表象するものだからだ。神自身も、嫗との問答のなかで、「おれは、帰り途に、遠い空を控へて居るんだぞ」と述べている。そうして、頬に温もりが戻ったというのは、尸童に神が乗り移ったことによる体調の回復を表象しているわけである（(G)→④）。これは、小松の治療儀礼の過程と一致しているのである。[3] おそらく、それは、ものゝけが憑依したいと思う肉体、そうは思わない肉体があるからであろう。つまり、神は尸童ではなく姫の肉体に憑依したいのである。ちなみに、媼との問答で発せられた媼の老いた肉体に対する悪態は、この点を踏まえているのである。少なくとも、もののけとしては、正体が見破られると、対策が講じられてしまうので、尸童の口を通じた口寄せはされたくないはずなのである。つまり、自らの正体は語りたくないはずなのである。ために、姫の体から、尸童に移る際には抵抗をしたわけで、巫術に負けまいとする神霊の抵抗を、折口は詳細に描いているのである。以上の理由から、呼び寄せられた神はきわめて不機嫌なのである。当該部分の葛藤を、触覚を中心に微妙な感覚で描きだそうと、折口自身、細心の注意を払い苦心して書いたのではないか、と筆者は推考する。

3　こほふし・小法師・護法子

前節において、筆者は二つのことを述べた。一つ目は、阿刀ノ媼の口寄せの巫術は、基本的には小松和彦がモデル化して示した病気治療儀礼に沿うものであったということ。二つ目は、『源氏物語』「若菜　下」のもののけとの問答の部分を踏まえて、直接的には「神の嫁」の口寄せも構想されている可能性が高いということである。

（3）もちろん、小松の治療儀礼モデル自身が、『源氏物語』などの古典を踏まえて造型されたものであるから、このあたりは議論が循環してしまう。

以上の点を踏まえて、もう一つ、阿刀ノ嫗の巫術の部分に影響があると思われる古典について、言及しておきたい。『紫式部集』に、次のような不思議な詞書を持つ和歌が収載されている。

絵に、物の怪のつきたる女のみにくきかたかきたる後《うしろ》に、鬼になりたるもとの妻《め》を、小法師のしばりたるかたかきて、男は経読みて物の怪せめたるところを見て

亡き人に　かごとをかけて　わづらふも　おのが心の　鬼にやはあらぬ

返し

ことわりや　君が心の　闇なれば　鬼の影とは　しるく見ゆらむ

（「紫式部集」山本利達校注『紫式部日記　紫式部集（新潮日本古典集成（第三五回））』新潮社、一九八〇年、傍線引用者）

この部分は、きわめて解釈が不安定で、議論のあるところである。まず、確認しなくてはならないのは、詞書は絵に描かれている事柄を説明しているということである。その絵の前方部には、もののけの憑いた醜い女が描かれていた。対して、後ろには、鬼となった元の妻を小法師が縛っている絵が描かれていて、男が経を読んで、もののけを責めている絵柄があったというのである。ことに解釈が難しいのは、もののけの憑いた女と、鬼になった元の妻との関係である。この点について、小松のモデルを踏まえて詳細な検討を行なったのは、宗雪修三《むねゆきしゅうぞう》である（宗雪　一九八七年）。宗雪は、「鬼になりたるもとの妻」は、もののけが憑依した尸童ではなく、もののけと化した先妻自身と理解すべきことを、諸例から検討して、説いている。宗雪のように解釈すると、縛られているのは、もののけそのも

のであるということになる。つまり、もののけが憑いて病に悩める今の妻の姿と、そのもののけが姿を現して小法師によって縛られている姿が、一枚の絵の内に描かれている、という解釈となるのである。以上のように解釈すれば、今の妻が病を得た後に、男が読経してもののけと化した先妻を責めた。すると小法師が現れて、もののけを縛ったという理解にゆきつくこととなる。従来説では、もののけが乗り移った尸童を縛っていると解釈されていたのであるが、本文には「鬼になりたるもとの妻」としかないわけだから、やはり解釈に齟齬をきたしてしまうのである。第一、この詞書には尸童の記述はない。したがって、小松のモデルに従って、尸童を登場させるのは、解釈上問題を残すことになるのである。森正人《もりまさと》は、宗雪説を支持した上で、

こうしてここには、物の気をわずらう女があり、夫がその原因たる「もの」を調伏しようとしている現実世界のできごとと、護法が霊物を呪縛しているという普通人の目には見えない世界とが、同じ画面に描かれているわけである。異次元同図法と呼んでよい。（森　二〇〇〇年）

との見解を取っている（森　二〇〇〇年）。卓見であろう。すると、もののけを縛った「小法師」とはいったい何者かということが問題となろう。従来説では、「こほふし」を「小法師」としていたのであるが、これを「護法子」と解釈したのは、高橋亨《たかはしとおる》が早い（高橋　一九八四年）。また、宗雪も少し遅れて同様の結論に達し、

『紫式部集』の「こほふし」は、この護法、すなわち「護法子《ごほふし》」ではないだろうか。仮にこれ

が「小法師《こぼふし》」の姿であったとしても、それを機能上物怪調伏の過程における護法と考えることは不可能ではないのである。護法は、先の『付喪神絵巻』でも鬼と戦い、また『宇治拾遺物語』でも、「びんづらゆひたる童子のずはえ持ちたるが、中門のかたより入りきて、ずはえして此の鬼どもを打ちはらへば、鬼どもみな逃げちりぬ。」とあるように、杖で鬼と戦い患者の体から追い払っている。『紫式部集』の「護法子」も、「もとの妻」である鬼と戦い、その鬼を綱で縛りあげ、まさに追い払おうとしているのではないだろうか。『信貴山縁起絵巻』の中に描かれた童子の姿をした「剣の護法」も、剣で編んだ着物を着、右手には剣を持ち、そして左手には綱を持っている。その綱は当然物怪を縛りあげるためのものであろう。

（宗雪　一九八七年）

との解釈にゆきついている。宗雪は慎重で、当該部分の「こほふし」が仮に「小法師」であったとしても、「護法子」としての働きをしたと断じている。宗雪も、引用部分後半で例を挙げているように、護法子は童形なので、「機能」として見れば同じ、と考えてよいだろう。つまり、護法が男の読経によって呼び出され、もののけを縛っているのである。したがって、詞書の絵は目に見えぬ護法の働きを可視化した絵だったのであろう。森の言葉を借りれば「鬼を見ることのできた呪術師の眼を借りて見ているのであった」ということになる。ために、この絵に尸童を持ち込むことは誤読を誘導するものとして慎まねばならない。

ただ、こういった解釈が行なわれるようになったのは、この二〇年間のことである。おそらく、折口は当該の「こほふし」を「小法師」と解釈した上で、それをさらに尸童であると誤読していたのであろう。ために、「神の嫁」では、この部分についてだけ、尸童のことを「小法師」と呼称しているのである。そう考えなくては、なぜ当該個所だけ尸童として選ばれた子どもを、「小法師」となんの断りもなく読んだのか、説明がつかないのである。

おわりに

以上述べた考察をもとにして、小説「神の嫁」について、筆者なりの評価を下すとすれば、以下のようなものとなる。「神の嫁」は、『万葉集』や『源氏物語』『枕草子』などの古典をモンタージュ写真のように合成しながら、そこから得た「実感」を膨らませるかたちで書かれた小説であるということである。折口が、晩年『死者の書』こそ、自らの全文業の代表作であったと公言していたことを念頭に置くと、その萌芽は大正一一年（一九二二）にまで遡るということになろう。

では、折口は、なぜこのような実験的小説を書いたのであろうか。それは、古典の背後にある憑依の感覚を追体験する方法を模索したからであろう。これを古典全般に敷衍化すれば、古典に書かれている内容を過去のこととして「知識化」するのではなく、追体験して「実感」するということになろうか。

多くの場合、物語は視覚情報をもとにそのストーリーを展開させる。ところが、憑依体験には可視化できない部分もある。折口は、可視化できない憑依の感覚を、皮膚感覚として描き出したかったのであろう。水底に沈められる時に感ずるであろう水の触感、纏わりつく藻のぬめり、水底に着いた時に足裏に感じる砂の触感、蘇生した時の肌のぬくもり等々。その一つ一つが、憑依した神霊の動きや戦い、あるいは葛藤を表象するものとして描かれているのであった。おそらく、それらは姫の身体に、自らの感覚を投影して書かれているのであろう。これを一言でいうならば、憑依の感覚的理解を、古典世界を通じて物語というかたちで表現した小説とでも、いうことになろうか。以上が、筆者の「神の嫁」に対する理解である。

第3章 「生き口を問ふ女」の論

卯之松は、さつきから急に睡くなり出して来た事に気がついて居た。火鉢の猫板に臂をついても、鉄瓶の蔓にちよいと手をかけても、運動がふつと停滞すると、からだ中の活動が、其処へ集つて来て、一時に底の知れない眠りに、落ちこみ相になるのを恐れた。

（「生き口を問ふ女」折口信夫全集刊行会編『全集』第二七巻、中央公論社、一九九七年。初出一九二二年）

はじめに

折口信夫の日本文学発生論は、一口にいえば、神と神が授ける言葉によって、その発生を説明する発生論である。この発生説明の場合、必ず神や霊の憑依ということが問題となってくる。おそらく、折口がそう考えたのは、『古事記』『日本書紀』の仲哀天皇条の神功皇后による憑依と神託を想起してのことであったと思われる。以上のような古典知識と、大正一〇年（一九二一）の沖縄採訪で見た「巫俗」「巫術」が結びついて、折口の発生論の「発生」を促したことは間違いない。沖縄採訪の成果を一言でいえば、神と神の嫁たる巫女との関係を「発見」したということに尽きるのである。したがって、同時期、折口は「巫術」と「憑依」に強い関心を持っていた。これが、発生論として結実するのは、大正一三年（一九二四）の「日本文学の発生」においてのことである。が、しかし。折口は、大正一一年（一九二二）に、「巫術」と「憑依」を主題とする「神の嫁」「生き口を問ふ女」という二つの未完小説を書いている。つまり、折口の文学発生論は、沖縄体験→小説→論文という経路を通って生まれてきたともいえるのである。かくのごとき考えに立って、大正一一年の二つの小説を正しく読解すれば、文学発生論の背後にあった折口の学問的想像力を明らかにすることができるのではないか。しかしながら、この二作品は、全くといっていいほど研究されていない。そこで、本章では、「生き口を問ふ女」の読解を通して、当該小説によって折口は何を描こうとしたのか、折口が「もののけ」「生霊」の「憑依」について、どのような考えをもっていたのか——考えてみたい、と思う。

1　『死者の書』以前の折口信夫の小説

代表作となる『死者の書』以前、折口は次のような小説を執筆している。

「口ぶえ」　大正三年（一九一四）二七歳。三月二四日から四月一九日『不二新聞』に連載。折口信夫全集刊行会編『全集』第二七巻所収、中央公論社、一九九七年。自伝的小説で、少年から青年に脱皮する際の心の葛藤と、性の目覚め、心と体の不調和を描く未完小説。

「身毒丸」　大正六年（一九一七）三〇歳。雑誌『みずほ』第八号。折口信夫全集刊行会編『全集』第二七巻所収、中央公論社、一九九七年。中世の田楽法師の生活と意気地を描く史論を小説として表現したもの。一九五〇年代まで「業病」といわれたハンセン病を背負って生きた、芸能民の心意を物語として描いている。

「神の嫁」 大正一一年（一九二二）三五歳。雑誌『白鳥』第一巻一号から三号に連載（一月、二月、五月）。折口信夫全集刊行会編『全集』第二七巻所収、中央公論社、一九九七年。「藤原ノ横佩（よこはき）の朝臣」家の姉姫の失踪に端を発する物語。姫にとり憑いた神が小法師に乗り移って語る話となっている。「神の嫁」となった女の奇譚を描く未完小説。これは、南島の巫女の調査から着想を得たものである。藤原ノ横佩の姉姫は、後の小説「死者の書」で描いた中将姫の原型となっている。

「生き口を問ふ女」 大正一一年（一九二二）三五歳。雑誌『白鳥』第一巻三号から四号に連載（五月、七月）。明治の大阪を舞台としたうわなりねたみを描く「にはか」仕立て小説（第Ⅲ部第4章「『生き口を問ふ女』と大阪言葉」参照）。

すでに諸家が説き尽くしたように、「身毒丸」以降の小説は、折口にとっての学問的実感の表現方法の一つである。対して、処女作「口ぶえ」は自伝的小説であるといえるだろう。この自伝的小説の一つとして、「生き口を問ふ女」を位置づけたのが、本小説の唯一の専論である松本博明《まつもとひろあき》論文であった。その結論部分を引用しておこう。

言い換えれば、自己を古代との往還の中に閉じようとする意図と、それとはうらはらに自己を解放しようとする意図、つまり「口ぶえ」から「身毒丸」を経て「神の嫁」「死者の書」へと至る古代往還の中において自らを「語ろう」とする小説世界の系譜とはまた違った、「口ぶえ」から

始発する自伝的小説の世界への構想を内包させていたと見ることができるだろう。（松本　一九九二年）

たしかに、松本がいうように、明治の大阪を舞台とした「生き口を問ふ女」を「自伝的小説」として読むことに異議はない。なぜならば、この小説の舞台は、大阪のなかでもとりわけ折口の幼少年期の生活圏が舞台となっているからだ。いわば、故郷の話なのである。しかし、筆者は本章において、松本とは別の見方を提示したい、と思う。それは、折口自身の故郷を舞台として、「巫術」を施す者と、「巫術」を施された者の関係、ことに「巫術」を施された者の身体の変化を描こうとした小説ではないか、と考えてみたいのである。本小説には、主人公の卯之松とおちかの身体に起こる異変に対する記述が、以下縷々述べるように、あまりにも多いのである。

最後にタイトルであるが、タイトルの「生き口を問ふ女」の「生き口」とは、生者の体内の霊を体から遊離させて口をきかせる「巫術」のことである。対して、死者の霊を招き寄せて口をきかせる「巫術」を、大阪においては「死に口」といった。

2　卯之松とおちかの身体の不調

そこで、まず「生き口を問ふ女」の三人の人物関係について、整理をしておこう。

卯之松——年季を勤め上げて、自らの店を持った鰻屋の主人で、同業仲間の寄り合いにも顔を出せるようになり、作中の「今」は男としての自信を持ちだした「男盛り」のころ。女房・お留との間には四人の子を成している。そんななか、仲間の寄り合いで悪酔いした卯之松を介抱した雇仲居・おちかと恋仲になり、妾として囲っていた。

おちか——当時の大阪では、雇仲居は芸者よりも格下といわれていた。周防町のお久婆さん手下の雇仲居として働いていた女。おちかの「細りした頸と、長い領脚《エリアシ》」に、卯之松はぞっこんである。かなり気が強く、卯之松はそれにうんざりするところもあるのだが、おちかの媚態には抗しきれない。ただし、最近はお手当てが遅れ気味でやや機嫌が悪い。ために、この小説は卯之松におちかが当たるところからはじまる。しかし、おちかの機嫌が悪い理由は、それだけではなく、体に異変が起きていたのである。

お留——卯之松の正妻。卯之松の浮気に感づいたお留は、巫女に頼んで「口寄せ」をしてもらう。「口寄せ」とは、霊魂を呼んで語らせる巫術で、今日では恠山のイタコが有名だが、大阪にも口寄せをする巫女がいた。お留は、巫女に頼んで、卯之松の霊魂を呼び寄せて、居場所を語らせたのである。つまり、「生き口」を問うたのである。しかし、生き口を問うた女であるお留が登場するのは、未公表の「続稿」においてである。

以上のように人物関係を整理した上で、次に卯之松とおちかの身体に起きた変化を追ってみよう。本章の冒頭に示したように、本小説は、卯之松が猛烈な睡魔に襲われるところからはじまる。冒頭に引用した部分に続いて、次のような記述が続くのである。

其かと言うて、うつかりからだを揺つたりすると、其が眠りを引き出す運動に、いつの間にか変つて来て居た。思ひきり大きく目を睜いて、ぢつと物を見据ゑようとすると、次の瞬間には、たまらなく睚が重たくなつて、目の前に居るおちかの顔が、幾つにもぼやけて見えたりした。おちかは、卯之松の来た時から、頭が疾《ャ》めてならぬと言うて、火鉢と鍵の手に置いた炬燵の上に、頬杖をした儘で、浮かぬ顔して、卯之松の心をひき立てる表情一つ見せないで居た。

（「生き口を問ふ女」）

以下、卯之松とおちかの身体に起きた異変について、箇条書きにしてみたい。

① 卯之松が猛烈な睡魔に襲われる。
② ところが、お留の名前を呼んだ瞬間、眠気が引いた。
③ おちかは、卯之松に対して、実は自分もいつもの「血の道」とは違う身体の不調があることを告白する。朝から頭痛がしていたという。
④ 卯之松とおちかの二人は、とり憑いた生霊を払いに「にはか」見物を思い立ち、千日前に向う。
⑤ 千日前への行き道、二人は痴話喧嘩となり、おちかの頭痛も重くなって、鉄眼寺で休むことにする。
⑥ 鉄眼寺で、おちかは痴話喧嘩の元が卯之松の誤解にあることを説明するが、徐々に動けなくなる。

あほらしい。こんな時に悋気どこか、自己《メンメ》の内儀《ナギ》さんが、生霊《イキリヤウ》になつて、追はひかけて来う言ふ時に、栄耀《エエウ》たらしい。

独言言ひ〳〵ぷん〳〵して居た女は、仕舞ひには蹲んだ膝の上に前髪を押しつけて、ぢつとして了うた。其でもまだ、口だけは利《キ》いて居る。

頭が重《オモ》となる。手足が抜ける様に思はれる。目がちら〳〵するやら、をかしいぐあひや思て、一心に此処迄走つて来たのに、人の心も知らずになあ。……

⑦

おちかはついに立つこともできなくなる。そこへつむじ風とカマイタチとが起こる。

おちかは其でもぢつとして居る。

立ちんか……。

行けへんのか。

女は、唯かぶりをふるばかりである。妙に気になり出したので、

おちか

大きな声で、呼んで見た。併し、女の方で行くと言ひ出しても、此時はもう、卯之松にも本堂迄行く元気も抜けて居た。何時の間にか、彼は、門の敷居に腰をおろして、女の頭をしげ〳〵見て居るより外は、殆無力になつて居たのである。

日は大分傾きかけて、門の影が、欄干橋を越えて長く伸《ノ》し出て居る。風が大分強くなつた。橋の上から小さな旋風《ツムジカゼ》が起つて、土埃を捲いてぐる〳〵と、見る間に遠くへ中心を移して行く。卯之松は、ぐんなりとしたからだを引き緊めようとして、無理に立ちあがつた。宛《マル》で、敷居に張りつけられた物でも、引つ剝《ペガ》す程の努力がいつたのであつた。

鎌鼬が、あんなとこ迄行つきよつた。

こんなおどけた言ひ廻し方でもして、おちかの注意をよそに向けようと言ふ考へから、旋風の行く方を斥《サ》した。其が却て、女の恐怖を更に引き立てた容子で、常よりも深く二重瞼《フタカハメ》が這入つた為、時の間に衰へた様に見える顔で、怨し相に睨みつけた。「おまいの方が、よつ程《ポド》生霊見たいや」と殆《アヤブ》く言はうとした語を喰ひ止めた。

⑧　二人は移動して鉄眼寺の本堂の中に入ろうとするが、卯之松の体も萎えて体の自由が利かなくなってしまう。

どうや、やつぱり内らへ這入ろやないか。いやか。

やはりいこぢにかぶりを振ることかと思ひく\/、其でも又、と考へて言うて見ると、

とても、如何《ド》むならん。連《ツラ》つて行《イ》とうくんなはれ。手引《テエ》いとうくれやす。早うく\/。

卯之松は、「よし来た」と言ふ様に、女の手を握つてやつた。自分の元気が、女のからだへ伝るやうにと思ひ乍ら。

其で、おちかも元気を出したらしく、立ち上つて二足・三足踏み出したが、敷居を越えようとして、又べたく\/と卯之松に手首を預けた儘で、崩ほれる様に、敷居の上に坐りこんだ。

如何《ドナイ》してん。しつかりしんか。

さう声を励して叱つて見た卯之松も、女の手を取つて歩き出さうとしたからだが、不思議な程に萎え切つて居て、自分だけならまだしも、重い女のからだ迄も支へては、石段を下りることさへ、とてもむつかしいと言ふことを覚つたのであつた。妙やなと思ふと、もう女を本堂へ連れこむ気込みなどは、亡くなつて居た。

そんな此処に居てもえゝが、……誰ぞが来ると、うるさいさかいな。

⑨　卯之松は生霊の恐怖に対していきがっては見せるものの、おちかは膝を抱えて凍りついたように伏せるばかりとなる。

おれは、お岩の亭主見たいな餓死《ガシン》たれ（意気地なし）やないぞ。生霊でも、何でもうせやがれ。高《タカ》が、嬶一人の怨霊位《ナンニ》何や、と極度に見くびる心が起つて来ると、からだ迄も、何処かしやんとして来た様な気がする。四方八方、彼ら二人の身の周りには、日の光りが充ちて居る。一町と離れぬ処には、ちらほら人が通つて居る。声を立てれば、寺の中に居る幾人とも知れぬ房《ボン》さんたちが、一分と経《タ》たぬ中に、駆けつけて来る。何のあほらしい。そんな事があつてたまるものか。よし又、あつた処で、何や。

来るなら、一層早《イツソハヨ》出て来い。摑へて見せ物に売つたるぞ。

胸の中の考へが調子づいて来て、声になり相《サウ》に高まつて来た。一つは、人の心迄も見透すと言ふ悪霊をおどす積りをも交へて居たのであつた。けれどもひよつと、聞えなんだか知らんと目をやると、おちかは、十分前・廿分前、又其十分前にもして居た通りの姿で、両手で膝を抱いた其先をだらりつとさげて、いちの曲つて居るのも知らないか、膝頭よりも低く頭を垂れて、凍りついた様にしてゐる。

　このように整理をしてみると、本小説は明治の大阪を舞台とした男女の愛憎心理劇であると同時に、「生き口」を問われ、「生霊」「もののけ」に襲われた人間の身体感覚のごときものを描く小説であることがわかる。折口は、以上のように卯之松とおちかの身体に起こった変化について委細を尽くして記述している。まるで、自分自身の体について記すように。

3　うわなりねたみと狂女の系譜

以上のように話の展開を追ってゆくと、もう一つ気づかされることがある。それは、この小説が「うわなりねたみ」の話であるということだ。と、同時に、女の激しい嫉妬の物語となっている点である。その上、嫉妬の権現と化した狂女の生霊が男の寵愛を受ける女に憑りつく話とあらば、『源氏物語』のことが、どうしても想起されてしまうのである。ここまで露骨に筋立てがなぞられていると、読者の多くが六条御息所の物語を想起することを前提として、本小説が執筆されていることは、疑えない。

大殿には、御物《もの》の怪《け》めきていたうわづらひたまへば、誰《たれ》も誰《たれ》も思し嘆くに、御歩《あり》きなど便《びん》なきころなれば、二条院にも時々ぞ渡りたまふ。さはいへど、やむごとなき方はことに思ひきこえたまへる人の、めづらしきことさへ添ひたまへる御悩みなれば、心苦しう思し嘆きて、御修法《みずほふ》や何やなど、わが御方にて多く行はせたまふ。物《もの》の怪《け》、生霊《いきすだま》などいふもの多く出で来てさまざまの名のりする中に、人にさらに移らず、ただみづからの御身につと添ひたるさまにて、ことにおどろおどろしうわづらはしきこゆることもなけれど、また片時離《はな》るるをりもなきもの一つあり。いみじき験者《げんざ》どもにも従はず、執念《しふね》きけしきおぼろけのものにあらずと見えたり。

(「葵」阿部秋生ほか校注訳『源氏物語②(新編日本古典文学全集)』小学館、一九九五年、傍線引用者)

車争いにおいて辱めを受けた六条御息所の悩みは深く、「もののけ」「生霊」となって、執念深く懐妊中の葵上を悩ませることとなる。本小説が、大阪「にはか」仕立てになっていることは、次章において詳述するところであるが、「にはか」の多くが、有名な物語や舞台物のパロディーであることを考え合わせれば、「生き口を問ふ女」は差し詰め、「源氏もどき」ということになるのではなかろうか。とすれば、ここでは、まず折口自身の「もののけ」「生霊」に対する考え方を検証しておく必要があるだろう。次に挙げる折口の著作は、遥か後、戦後になってからのものではあるが、折口の「もののけ」「生霊」に対する考え方がよく表れている著作として、ここに掲げておきたい。

譬へば、源氏に早くから現はれる六条の御息所の生霊は、嫉妬と屈辱感から、源氏の北の方葵の上に憑いて、これを取り殺してゐる。しかもその死後、なほ源氏の寵愛を受ける人に祟つて、紫の上に憑いて、紫の上に殆ど死に近い苦しみをさせてゐる。幸に脱離はしたが、この怨霊は魔道に落ちたと書かれてゐる程、執念きものであつた。

(「国文学　第二部　日本文学の戸籍」折口信夫全集刊行会編『全集』第一六巻、中央公論社、一九九六年。初出一九五一年)

同様の理解は、

▼「日本の創意」（折口信夫全集刊行会編『全集』第一五巻、中央公論社、一九九六年、初出一九四四年ころ草稿）
▼「ものゝけ其他」（折口信夫全集刊行会編『全集』第一五巻、中央公論社、一九九六年、初出一九五一年草稿。一部同九月、潤一郎新訳源氏物語巻二附録「紫花余香」第二号）

にも共通するものであり、折口の「もののけ」「生霊」の理解を示しているものと見て大過ないものと思われる。もちろん、これを大正一一年（一九二二）段階に遡らせてよいかどうかという点については、諸賢の批判が予想されるが、折口は「日本文学の戸籍」において次のように述べている。

> 怨霊はものゝけと言ふ語で表されてゐる。ものは霊魂を意味し（氏の名の物部《モノヽベ》は、霊魂を取り扱ふ職業団体の義）、けは胸のけ脚のけなど言ふ様に、病気を意味するから、ものゝけとは「霊魂の病気」と言ふ事である。しかし、後にはものゝけと言へば、鬼であり、或は精霊である。怨霊には死霊と生霊とあつて、生霊は普通いきすだまと言ふのだが、場合によつてはこれをものゝけと言つてゐる。
>
> （「国文学　第二部　日本文学の戸籍」折口信夫全集刊行会編『全集』第一六巻、中央公論社、一九九六年、初出一九五一年、傍線引用者）

この考え方は「生き口を問ふ女」の「もののけ」「生霊」に対する考え方とまったく同じである。つまり、折口は「もののけ」「生霊」を同種のものと考え、同様に相手の身体に危害を加える霊で、激しい嫉妬によって身体から遊離した霊と考えているのである。だから、「もののけ」の「け」は「気」

と考えているのである。ただし、かくなる理解は、折口ひとりのものではなかったことは明らかで、古代文化史と民俗学の肥《ひ》後《ご》和《かず》男《お》が、昭和一〇年（一九三五）に「もののけ」について次のような理解を示している。

1、霊はもののけの究極原因としての実在であった。なおいえばもののけは霊の持つ一つの作用にほかならない。

2、もののけはしばしば怪と書かれ物怪と記されているが、それは本来ではなくかえってけは気であるとすべきであろう。

3、本来のもののけは単に人間的存在のみにかかわるものではなく、一切の存在について考えられたのであろう。（肥後　一九八四年、初出一九三五年）

肥後のこの考え方は、折口の「もののけ」理解と変わるところがない。折口や肥後の考え方は、今日の「もののけ」研究の基礎となっているといってよいだろう。ちなみに、「もののけ」の全用例の悉皆調査に基づいた最新の研究としては、森正人の一連の論考があり、その「もののけ」定義は、大体以下の部分に集約されているので引用しておきたい。

「物のけつきたる」とは、人に霊、鬼、天狗、精などの劣位の超自然的存在「もの」がとりつき、あるいは近づいて、そのために心身不調の状態が生じていることをいう。「もののけ」は、本来劣位の超自然的すなわち「もの」の発する霊的な力の作用であり、それによって人の心身に生じている現象を意味する。やがて、その現象を引き起こす本体たる「もの」自体を呼ぶようにもなった。ここも、霊物にとりつかれて物の気が現象している状態と見なされる。「みにくきかた」とは、霊物の悪しき気の作用を受けて病悩し、あるいは霊に支配されてその人本来のふるまい、表情、言葉を失ってしまっている様をいう。（森　二〇〇〇年）

森の「もののけ」理解の特徴は、折口と同じく「もの」を劣位の霊と考える点にあるが、その霊の「悪しき気」が及ぼす作用が「病悩」のかたちをとっていると考える点にある。折口がこの小説において書きたかったのは、こういう「悪しき気」の作用ということができよう。折口は「もののけ」の作用によって起こる身体の不調を、委細を尽くして描いているのである。

4　今日の源氏物語研究における「もののけ」「生霊」の理解

ただ「六条の御息所の生霊は、嫉妬と屈辱感から、源氏の北の方葵の上に憑いて、これを取り殺してゐる」という理解については、細心の注意が必要である。つまり、六条御息所の心のありようと、生霊の祟りについては、一考の余地があるからである。西郷信綱《さいごうのぶつな》は、この点について、次のように述べている。

私はかつて魂の他者性について考えたことがある（前掲拙著）。そのへんのことは「アクガル」という語に徴してもうかがえる。アクガルとはわが身を宿とする魂の離脱行為であって、私の意志によるものではない。何かを憧憬する意の「アコガル」に転化した後もなお、どこやら無自覚でふらふらしているといった語感がつきまとうのは、このアクガルの名残りのせいと思われる。それはともあれ、御息所の霊はひとりでにあくがれ出ていって葵上にとり憑いたのだ。かの女じしんそのことを知ったのは人の噂によってで、そういえばうとうとした夢のなかで葵上とおぼしきものの所に行って相手を荒々しくなぐつけなどするのを何度か見たことがある、という風に、そのことが確かめられてゆく形になっている。

（西郷　一九八二年）

つまり、西郷は、御息所が自らの意思で生霊となってとり憑いたというわけではなく、それが自覚的行為として行なわれたことではなかったことを鋭くも指摘しているのである。たしかに、「葵」には、

> 御息所《みやすどころ》は、ものを思し乱るること年ごろよりも多く添ひにけり。つらき方《かた》に思ひはてたまへど、今はとてふり離れ下《くだ》りたまひなむはいと心細かりぬべく、世の人聞《ひとぎ》きも人笑《ひとわら》へにならんことと思す。さりとて立ちとまるべく思しなるには、かくこよなきさまにみな思ひくたすべかめるも安からず、釣《つり》する海人《あま》のうけなれや、と起き臥《ふ》し思しわづらふけにや、御心地も浮きたるやうに思されて、なやましうしたまふ。
>
> （「葵」阿部秋生ほか校注訳『源氏物語②（新編日本古典文学全集）』小学館、一九九五年、傍線引用者）

とあって、進退窮まった六条御息所の悩みの深さは書かれているが、それがために自らの意思で憎ん

で加害に及んだとは書かれていない。「心地浮く」と記されていて、むしろ自らの意思と関わらぬところで、霊魂の遊離が暗示されているだけなのである。この点を、物語全体の構想と人物造型の観点から説明したのが、藤本勝義《ふじもとかつよし》の研究である。

「呪詛」と「生霊」（この場合、御息所の生霊という意味）の明白な違いは、前者に、仕掛ける人間の強い積極性があり、後者に、相手をおとしいれようというそれがないことである。呪詛の能動性は明らかである。御息所は、心の奥で、葵上への恨みを抱いていたとはいえよう。しかし、葵上にとり憑き苦しめようという気持をもってはいなかった。源氏物語の作者は、主要な女君たちの誰をも、人間的な欠陥人物として描いてはいない。（中略）煩悶はなはだしい彼女の、その極限状態から、むしろ自然に遊離した魂が、彼女の自覚的意思と無関係に、葵上にとり憑くというプロセスが、重要であったのだ。「呪詛」でなく、実態の描かれたことのなかった「生霊」の創造は、女君たちを愛情をもって描く、さらには、苦悩する人間を描き切る作者の、必然といってよい。

（藤本　一九九四年）

したがって、折口のように「巫術」を使った「呪詛」の話のごとくに、六条御息所の物語を捉えるのは、今日の研究水準に照らしてみれば正しい『源氏物語』の読解とはいえないようだ。

つまり、折口はこう考えたのではないか。六条御息所が嫉妬のあまり、自らの意思で「生霊」「もののけ」となって、葵上らに害を加えた。それは、ひとつの「巫術」であった、と。その「巫術」というものを、自らの育った明治の大阪で行なったなら、たぶんこのような「巫術」であったはずだ、と。

5 「もののけ」「生霊」に犯された身体

では、折口が描こうとした「巫術」によって犯された身体とは、どのようなものだったのだろうか。本小説では、睡魔（卯之松 ①）、頭痛を伴う「血の道」の病（おちか ③）、体の萎え（卯之松 ⑧）、動けなくなる（おちか ⑨）というプロセスを辿る。イメージとしては、重く陰鬱な病の風があり、それが徐々に身体の自由を奪ってゆくように書かれているのである。そして、その先には、死を暗示しているのである。ここで、ひとつ重要な点を指摘しておきたい。それは、お留の名前を呼ぶと、たちまち睡魔が消えたという記述があることである（②）。おそらく、それは、卯之松が「巫術」を施す者の正体を見破ったからであると考えられる。一般的に、怪異譚では、正体を見破られると消滅したり、霊力が半減したりする場合が多い。まさに、これは霊の霊たるものの常と考えてよい。第一、正体を見破れば、対抗策を講ずることが可能となるのである。果たして、卯之松が取ろうとした対抗策は、「にはか」見物をするということであった。「にはか」とは、関東吉原でいう茶番で、即興の笑劇のことである。折口の幼少年期は、大阪「にはか」の絶頂期であった（上野 二〇一四年、初出二〇〇八年）。笑うことで、「もののけ」「生霊」を追い払おうというのである。まさに、これは大阪の庶民の発想である。

さらに、もう一つ重要な点を指摘しておきたい。それは、鉄眼寺に逃げ込もうとした点である。鉄眼寺は、六万枚の一切経開板を、大名から庶民にまで募金を求めて成し遂げた鉄眼《てつげん》和尚《おしょう》ゆかりの名刹であり、その鉄眼和尚と一切経の功徳にすがろうというのであろう（現大阪市浪速区元町）。このあたりは、まさに故郷・大阪の人びとの庶民感覚を知り尽くした折口ならではの設定となっている。

では、こういった病める身体のイメージは、いったいどこから来るものなのであろうか。おそらく、それは次のような霊魂観に裏打ちされるものであろう。

人間のたましひは、いつでも、外からやつて来て肉体に宿ると考へて居た。そして、その宿つた瞬間から、そのたましひの持つだけの威力を、宿られた人が持つ事になる。又、これが、その身体から遊離し去ると、それに伴ふ威力も落してしまふ事になる。さう言ふ考へは、確か過ぎるほど我々の祖先には持たれて居たのである。話が少しく前くゞりをするが、古代の日本人には、今我々が考へて居る様な死の観念はなかつた。しぬといふ言葉はあつても、それが我々の考へてゐるしぬではなかつた。語から言うても、勢ひのなくなる事をあらはしたもので、副詞のしぬに萎をあてたりして居るのも、さうした考へがあつたからである。sin が語根で、それから直接出て来る動詞が sinu であり、更にこれが sinu＋fu しなふ（萎）にもなつたのである。

（「原始信仰」折口信夫全集刊行会編『全集』第一九巻、中央公論社、一九九六年、初出一九三一年『郷土科学講座』第一冊、四海書房）

折口は、死ぬことは霊の威力が失われてゆくことであり、「しなふ（萎）」ことであると考えていたようである。まさに、⑦から⑨への身体の変化は、このことをいっているのであろう。つまり、折口はお留の「生霊」「もののけ」の威力によって、卯之松とおちかの魂の威力がなくなってゆく、つまり活動ができなくなってゆくありさまを描いているのである。

ただし、折口の仮説が語学論的に成り立つためには、「シノ」「シナフ」「シヌ」が同語源であることを実証しなくてはならないが、その実証は難しい。しかし、以上が折口の死に対する基本的な考え方であるということは間違いない。この考え方は筆者の見るところ、『口訳万葉集』以来の折口の一貫した霊魂観、身体観である、と断言できる。とすれば、まさに死に向かって、萎えてゆく身体の状態を、折口は自らの学問的想像力を駆使して表現しているということになろう。

おわりに

未完小説「生き口を問ふ女」に対する筆者の考えは、おおよそ以下のように要約できる。それは、『源氏物語』の六条御息所の物語を明治の大阪に移植した「にはか」仕立て小説であり、折口の執筆動機は自らの学問的想像力を駆使して、「巫術」を施された側、「もののけ」「生霊」に犯された側の身体の感覚を描くことにあった、と。

あたりまえのことだが、文学作品の書き手と読み手とは身体を共有しない。もちろん、自らの作品を自らで読む場合は例外となるけれども、それにしても自らの過去の思惟に、再び出逢うことしかできないはずだ。対して、民俗採訪における採訪者と話者の身体も、一致することはない。文学作品に描かれた頭痛の痛さや、話者が語る頭痛の痛さを、読み手や調査者が共有することはないのである。読み手や調査者に許されることは、ただ想像することだけなのである。

では、もし相手の感覚や心情を最大限受け止めて追体験しようとすれば、いったいどうすればよいのか。追体験して実感しようとすれば、自らの過去の体験と重ね合わせて想像をしてゆくほかない。とすれば、文学作品の読解にも、民俗採訪にも、相手を思いやる想像力がどうしても不可欠ということになる。以上のように考えを推し進めてゆくと、歴史の客観的記述ということなどは、どだい不可能なことと考えねばならない。小説「身毒丸」の「附言」において、折口はこの立場をきわめて明確に以下のように語っている。

わたしどもには、歴史と伝説との間に、さう鮮やかなくぎりをつけて考へることは出来ません。殊に現今の史家の史論の可能性と表現法とを疑うて居ます。史論の効果は当然具体的に現れて来なければならぬもので、小説か或は更に進んで劇の形を採らねばならぬと考へます。わたしは、其で、伝説の研究の表現形式として、小説の形を使うて見たのです。この話を読んで頂く方に願ひたいのは、わたしに、ある伝説の原始様式の語りてといふ立脚地を認めて頂くことです。

（「身毒丸」〈附言〉折口信夫全集刊行会編『全集』第二七巻、中央公論社、一九九七年、初出一九一七年、國學院大學同窓会誌『みづほ』第八号所収）

つまり、折口は、歴史資料を読解した実感、さらには文学作品の読解で得た実感、民俗調査で得た実感を表現する手段の一つとして、小説や劇の創作を提案し、それを自ら試みているのである。

では、なぜ折口は、「もののけ」と「生霊」を、明治の大阪に蘇らせたのであろうか。それは、折口が自らの体に宿る生活体験に引き寄せて、古典世界と民俗世界を想像しようとしたからであろう。そうしてこそはじめて、「もののけ」「生霊」に犯された身体の苦痛というものを、自分の言葉で、実感的に記述できると考えたのではなかろうか。こういった考え方は、自らの言葉である大阪弁で万葉歌を全訳した『口訳万葉集』の試みと、軌を一にするはずである。自らの言語感覚、身体感覚に引き寄せて、古典世界、民俗世界を想像し、記述するための方法論を模索するという点において。

補説

冒頭の卯之松の睡魔が、何に起因するのかという点については、今井《いまい》秀和《ひでかず》より批判を受けている。

上野は、卯之松を襲った睡魔に関しても、折口の学問的想像力に起因するものと考えているようである。また、巫女の介在には論及しているものの、生口寄せという呪術の主体をお留に置いて論を進めている。確かに、頭痛や極度の疲労といった、おちかの身体の変化や、後半の卯之松の身体に生じた同様の変化に関しては、お留の生霊によるものとして読み込むことができる。しかしながら、本作冒頭において卯之松を襲った睡魔に限って言えば、そこにはお留の執念が関係しておらず、純粋に巫女による生口寄せの影響であったと考えられるのである。

（今井　二〇一一年）

今井は、以上のように述べたあと、テキストに卯之松が巫女の口寄せに言及している点、さらには睡魔が巫女の口寄せに起因する例が多数あることを引用して、反論している。冒頭の睡魔については、今井の言うとおりであり、軍門に下るしかない。生霊のしわざと、巫女の口寄せのしわざを区別できなかったことを、今は恥じている。記して、深謝の意を表したい。

第4章　「生き口を問ふ女」と大阪言葉

早《ハヨ》、檀那に、ほり出されて、乞食んでもなりくされ。

そおれ。蛙は口からや。やっぱり檀那ぬかしたな。

囲はれてたら、どないいや。おまいらの世話にはなつてえへんぞ。

なつてるとも……。川卯之の内は、かまの下の灰まで、こつちのもんや。何程《ナンボ》、ねらひさらしても、死なゝあけんはい。わてが死んだ雖《カテ》、四人の子持ちや。おのらは指もさゝれえへん。（欠）

（「生き口を問ふ女（続稿）」折口信夫全集刊行会編『全集』第二七巻、中央公論社、一九九七年。一九二二年ころ草稿）

はじめに

「生き口を問ふ女」は、雑誌『白鳥』第三号と第四号に執筆された折口信夫の未完の小説である（一九二二年五月、七月刊）。雑誌『白鳥』の第一号と第二号、第三号には、同じく未完の小説「神の嫁」も、収載されている（一九二二年一月、二月、五月刊）。したがって、折口はこの時期、二つの小説を『白鳥』に載せていることになる。大正一一年（一九二二）といえば、折口が國學院大学教授に就任した年であり、『白鳥』の編集にあたっていたのは、弟子の高崎正秀《たかさきまさひで》・細川清《ほそかわきよし》・西角井正慶《にしつのいまさよし》らであった。彼らは、まだ学部生であったから、二作品は、弟子たちの雑誌に気軽な気持ちで寄稿した小説といえるかもしれない。時に、折口三五歳。

ちなみに、今宮中学の同僚であった石丸悟平《いしまるごへい》の勧めに従って、少年の日の懊悩を描いた自伝的小説「口ぶえ」を発表したのが大正三年（一九一四）。業病を背負って生きる若き田楽師の生を描いた小説「身毒丸」を発表したのが大正六年（一九一七）であるから、折口には少なくとも二〇代後半から、折をみて小説を書きたいという志向があったことは間違いない。その志向が地下水脈のように連なって、後に『死者の書』が生まれるのであろう（初出一九三九年）。『死者の書』は、自他ともに認める代表作となる。晩年の折口は、自らが没した後、唯一世の中に残るのは、『死者の書』と述懐しているほどである（内野吾郎談）。

では、折口にとっての小説とは何であったのか。それが、端的にわかるのが、「身毒丸」の「附言」であろう。折口は「この話は、高安長者伝説から、宗教倫理の方便風な分子をとり去つて、最原始的な物語にかへして書いたものなのです」と述べ、今に伝わっている伝説の原姿を復原した物語であるとしている。その上で、

わたしどもには、歴史と伝説との間に、さう鮮やかなくぎりをつけて考へることは出来ません。殊に現今の史家の史論の可能性と表現法とを疑うて居ます。史論の効果は当然具体的に現れて来なければならぬもので、小説か或は更に進んで劇の形を採らねばならぬと考へます。

（「身毒丸」〈附言〉折口信夫全集刊行会編『全集』第二七巻、中央公論社、一九九七年、初出一九一七年）


と述べている。つまり、「身毒丸」は折口にとっては、史論の具体的表現の一つだった、といえよう。

今ある物語の原姿を学問的想像力で復原し、そこにある古代世界や古代的感覚を具体的に表現する折口独自の方法の一つが、いわゆる「小説」なのであろう。「身毒丸」では流浪の芸人の内面生活を、「神の嫁」では沖縄で実感した女性祭祀の古代を、「死者の書」では他界への畏怖と憧憬を、小説で表現しているのである。少なくとも「身毒丸」以降の小説は、折口にとっては、史論の表現の一つだった、ということができる。

ために、折口は自らを「小説家」とは規定していなかったし、プロの「小説家」に対して、それなりのてらいもあったと見受けられる。私が「折をみて小説を書きたいという志向があった」と断定したのは、そういう実験的な小説を発表する場所があったならば……という気分を、忖度したからである。「身毒丸」は母校の同窓会誌へ、「神の嫁」「生き口を問ふ女」は弟子たちの雑誌へ、寄稿されたものであることを考え合わせると、あくまでも一つの実験として気軽に書くことができる雑誌が選択されていることがわかる。折口は、三号雑誌ならぬ四号で廃刊となった『白鳥』の毎号に、小説を発表していたのである。

なお、新全集所収の「生き口を問ふ女（続稿）」は、現存する断片的原稿一〇枚を、内容から、校訂者が続編と推定して採録したものである。今この判断を是として、さらに推考を重ねるならば、その続編は用意されていたのだが、『白鳥』が四号で廃刊になったために、草稿のまま折口の手元に残ったのではあるまいか。我田引水となるが、やはり折口には一つのてらいがあって、書く場所を選んでいたのであろう。

本章では、未完小説「生き口を問ふ女」を、学問的想像力を表現する実験的小説としてとらえた上で、その特色がどこにあるかを探りたい、と思う。未完であり、位置付けが難しい本作品の特色を、折口の作品の内部から考えてみたい、と思う。ために、まず筆者なりの読解を示すこととする。

1 「生き口を問ふ女」を読む

鰻屋の主・卯之松には、お留という妻がいて四人の子持ち。とあるいきさつから、おちかという女を妾に囲って、密会を重ねている。その卯之松の体に異変が起きた。今までに体験したことがない睡魔が襲ってくるのだ。その眠気が、尋常ではない。一方、おちかはおちかで、「頭が疾《や》めてならぬと言うて、火鉢と鍵の手に置いた炬燵の上に、頬杖をした儘で」、調子が悪い。

その上、おちかに対する「月々の為送り」すなわち「お手当て」が遅れたりするので、おちかの機嫌もすこぶる悪いのである。おちかは、卯之松が朝から酒を飲んで、自分のところにやって来たのではないか、と激しくなじるのであった。酒を飲む金があったら、こっちにまわせと。酒など飲んでいない卯之松は、度々襲ってくる睡魔をいぶかっていた。ところが、おちかの詰問に返す刀で、妻の「お留」の名を呼んだ瞬間に、眠気が消え去ったのである。卯之松は、そこでこの睡魔の正体に気づく。それは、巫女が、「口寄せ」をしているのだと。口寄せとは、死者、生者を問わず、その本人の霊を呼び寄せ、その霊に問いただしたいことを語らせる巫術である。大阪では、主に巫女がこれを行ない、死者の霊を呼び出して語らせることを「死に口」、生者の霊を呼び出して語らせる巫術を「生き口」と呼んでいた。卯之松は、巫女が生き口を問うがゆえに、こんなにも眠たいのだ、と思いあたったのである。なぜならば、卯之松は生き口を問われると、睡魔に襲われることを知っていたからである。

この説明は、おちかにも、合点のゆくことであった。おちかも、自らの体の不調が「いつもの血の道と、ころつと違うた塩梅」だと感じていたからである。誰かが自分たちに災いをもたらそうとしているのだ。巫女が、生き口を問うがゆえに、卯之松は激しい睡魔に襲われ、誰かの恨みのために、おちかは頭痛に見舞われたのだ、と二人の考えは一致したのである。

原因がわかった卯之松は、対抗策を取ろうと決断した。その対策とは、千日前に「にはか」を見に行くことであった。卯之松は「にはかなと見て、わあと笑《ワロ》たら、生霊《イキリヤウ》も何も、尻に帆あげて逃げよる。」と考えたからである。こうなるとおちかも、げんきんなもので、「さうしまひよ。そんなら着物着かへまつさ」と、いそいそと出支度をする。化粧をして出てきたおちかを見た卯之松は、おちかに惚れ直す。「こいつ。あんな間にも、お白粉塗りよつたな。女言《ヲナゴ》ふもんは、どこ迄、色気があるねやろ」と。卯之松が惚れ直したのは美貌だけはなく、「其どきようのよさに、感心する様な気になつて居た」というのだから、いわば気風のよさにも惚れ直したのであろう。

おちかはいわゆる「ご近所の眼」を気にして、卯之松の歩く速度にも注文をつけ、一方卯之松は卯之松で自らの着物に染み付いた鰻の匂いには多少気が引けたが、惚れ直した女との道行きをここでは楽しんでいる。卯之松は「生霊がついてもかまへん。やつぱり此をなごを自分のもんにして、よい事をした」と惚気ているのである。卯之松は、人の目を気にして、自分の前を歩くおちかの後姿にまたもや惚れ直し、こんないい女を我が物とした自分を誇らしくも思いながら、後をついて歩いていた。しかし、一方で、おちかが自分の目の前を、我が物顔で歩いているのが気に入らなくなってきた。俺は芸者の箱屋か？　澄ました顔をしていても元は「雇仲居《ヤトナ》上がり」ではないか、と。男のおごりが出てきたのである。

　そこで、気になって来たのが、おちかの着物の紋である。おちかの着物には、「丸《マル》に貫木《クワンヌキ》」を入れた男紋がついている。なぜ、おちかの着物に男紋なのか？　女が男紋を着物につけるのは、好きな男の紋と相場が決っている。いわゆる好いた惚れたを表す比翼紋である。しかし、俺の紋ではない。卯之松は「おのれくそ、此はてつきり、色男のをつけてくさるねやろ、といきなり飛びかゝりたくなつたのを、ぢつと抑へた」のであった。卯之松は、目に血が滲むほど紋を見つめて、比翼の男紋でないことを確認してなんとか心を落ち着けたのだが、また別の疑念が卯之松の心を波立たせることとなった。この紋は、役者の紋ではないのか？　おちかは、役者と浮気をしているのではないか。卯之松は、足を速めておちかに追いついて、紋について問いただす。口汚くおちかの浮気を問いただす卯之松に、おちかは「あんた見たいな、思ひやりのない人は、あれへんし！」とやり返す。おちかは、鉄眼寺へと向かい、ここで説明するという（現・大阪市浪速区元町）。石段を上がった門扉を背にして、おちかはいきり立つ卯之松に説明しはじめる。「此《コ》らな、三つ引き言うて、妾家《ワヒトコ》の紋だんね」と。おちかは、諄々理路整然とこれが役者の紋ではなく、自分の家の家紋であることを説き、卯之松も以前にその紋の話は聞いていたことを思い出した。完全に、卯之松の思い違いだったのである。しかし、卯之松は「全《マル》負けになつて了ふ様で癪」にさわるから、けっして負けは認めようとしない。卯之松はおちかに対して強い所有欲を持っているために、また激しく嫉妬するのである。

　そんな卯之松の一人相撲の間に、おちかの具合はさらに悪くなってしまう。「蹲んだ膝の上に前髪を押しつけて、ぢつとして了うた」のである。「頭が重《オモ》となる。手足が抜ける様に思はれる。目がちら〱するやら」という状態なのである。おちかは、自分の体調を気遣ってくれない卯之松を「人の心も知らずになあ。……」と、あきれてしまう。自らの思い違いが明白となり、おちかの変化に気づいた卯之松は、またおちかの「細りした頸と、長い領脚《エリアシ》」に惚れ直す。そして、頭痛封じに頭でも押さえてやろうかとやさしい言葉をかけるのだが、おちかは「膝の上の頭をにじらして」冷や汗をかくばかり。

この後に及んで、卯之松の心に去来したのは、妻のお留に対する憎しみの心であった。俺の女をこんな目にあわせるとは「やつぱりまだ、巫女のくちよせてくさる！。おのれ。何処迄どしぶといめろやろ。叩《タヽ》つ殺したりたい」と。ところが、その卯之松にも、また睡魔が襲ってきそうである。薬を買ってきてやろうかとやさしい言葉をかける卯之松に、おちかは手拭を水に浸して絞ってきてくれるように頼む。卯之松は尋常ではないおちかの様子を察して、一町の曲がりくねった道をいとわず井戸まで走る。おちかのためには、今はどんなことでも、してやりたいのである。卯之松は、お留の生霊がおちかを連れて行ってしまうのではないか、と気が気でないのだった。走りながら、おちかをどうにかして休ませてやろうとあれこれと考えるのだが、なんと帰ってくるとおちかの姿が見えないではないか。一瞬、卯之松は、取り殺されたと思い、涙がこみ上げてきそうになる。すると、おちかは扉の影に小さくなっていた。「ほんまに、びつくりしたで」と声をかける卯之松の言葉に、おちかはここでやっと卯之松の思いやりを感じるのであった。おちかが、どこにもゆかないでと卯之松に頼み、卯之松が「行《イ》け言うたてゝ、行《イ》けへん」と誓うくだりは、ちょっとした濡れ場になっている。

そして、卯之松は、おちかを悩ます生霊と戦う決意をするのである。まるで、人身御供の美女を救う武者の気持ちになって。それを見透かしたおちかは、「あんたの顔も、青なつてまんなあ」と茶化すが、卯之松はこれに反発もせず、おちかを「ぼんや」に連れてゆき休ませようとする。しかし、おちかの足腰が立たない。おちかは、鉄眼寺の本堂に行こうという。そうこうしているうちにおちかは

「かぶりをふるばかり」に弱ってしまう。卯之松は、大声でおちかの名を呼ぶものの、卯之松の体の方も「本堂迄行く元気も抜けて」しまうありさまであった。「門の敷居に腰をおろして、女の頭をしげ〱見て居るより外は、殆無力になつて居たのであ」る。さらには、「橋の上から小さな旋風《ツムジカゼ》が起つて、土埃を捲いてぐる〱と、見る間に遠くへ中心を移して」ゆくのが見えた。「鎌鼬」だ。早く本堂に入らなければ。しかし、二人にもうその力はない。力なく「とても、如何《ド》むならん。連《ツラ》つて行《イ》とうくんなはれ。手引《テエ》いとうくれやす。早う〱」というおちかに、「よし来た」と卯之松も力を振り絞るが、力は萎えておちかを連れて本堂にゆく力など残っていない。

　しからば、もうここでお留の生霊と戦うしかない、と卯之松は腹をくくったのであった。卯之松は、「来るなら、一層早《イッソハヨ》出て来い。摑へて見せ物に売つたるぞ」といきがるが、おちかは「膝頭よりも低く頭を垂れて、凍りついた様にしてゐる」ばかり、さあどうなることか……？　というところでこの小説は終わる。

　一方「続稿」の方は、「瞬間には、毛布を跳ねのけて、大柄な女が車を飛びおりて居た」という一文からはじまる。お留が直接鉄眼寺に乗り込んで来たのだ。おちかがいち早く、お留がやって来たことに気づいたのである。「生き霊にならんと、生《シヤウ》の儘で走つて来よる」と卯之松がおどけたのは、おちかの力を落させまいとする気遣いであった。やってきたのは生霊ではなく、本人だったのである。お留が「一躰、そんな処《トコ》で、何していやねん」と怒鳴れば、「何せうと彼《カア》せうと、おれの勝手や。とっとゝ往《イ》にさらせ」と返す卯之松。いよいよ、お留と卯之松の直接対決がはじまった。ここからは、小気味のよい大阪弁で罵詈雑言が飛び交う修羅場となる。そして、ついにおちかとお留との罵りあいがはじまって、大団円を迎える。罵り合い合戦の末、最初に手を出したのはおちかの方だった。お留は「しばきくさつたな。警察へ来《ウセ》い。訴へたる」と捨てぜりふを吐き、おちかは「どうなと勝手にしんか。こつちやは、正当防衛や」と言い返すのであった。「しばく」とは、殴るということである。ここで、卯之松はおちかの使った「正当防衛」という漢語に反応してこの草稿は終わっている。最後はこうだ。

おちかの使うたむつかしい語が、卯之松には、擽つたくもあり、誇りがましくも思はれた。其下から、其づに乗つた心持ちが、二人の女に二様に、自分を甘く感じさせさうに思はれたので、あわてゝむんと口をひきしめて、努めて、渋面を作つてゐた。
　ふん、漢語たら使ひくさつて、えらいこつちや。（欠）

このように読み込んでみると、草稿ながら一応の結末にはたどり着いているのではなかろうか。そう私が考える理由は、最後の「えらいこつちや」でオチがついているからである。本編は今日でいうホラー物なのだが、本編も続稿も、そのどこかに夫婦漫才のような不思議な味わいのある小説となっているのである。そして、ひとしきりの悪態合戦ののちオチもついている。

2　大阪言葉の啖呵を楽しむ「にはか」台本のような小説

一読して、目を引くのは、大阪弁の会話表現を巧みに盛り込んだセリフ回しであろう。ことに、男の啖呵と女の啖呵が、生き生きと交錯する作品となっている。処女作の『口ぶえ』の会話が散文を逸脱していると思わせるほどのうまさを持っていることについては、すでに指摘があるのだが、それは本作品も同じである（池田彌三郎　一九七二年）。また、『死者の書』についても、畿内語を多用した会話が作品の造型と深く関わっているとする指摘もあるが、それは本作品にも当てはまる（森安　一九九二年）。本作品の場合、口汚く罵りあいながらも、どこかに笑いを取ろうとする大阪人のメンタリティーが、セリフ回しの要所要所に感じられるように計算されているのである。

折口は、戦後に谷崎潤一郎の『細雪』の三姉妹の女性語を評して、次のようなことをいっている。谷崎が小説に取り入れた言葉は、大阪語の流れに東京語を取り入れた京阪神沿線の良家の子女の「新語」だと断じ、その準拠となっているものは、宝塚歌劇団の座員用語である、と。そして、その「新しい大阪語」の味わいこそが、「この小説の表現の基礎」になっていると述べている。対して、自分が折口家の三姉妹から聞いた大阪語は、一時代前の大阪の女性語であったとし、両者の違いについて印象批評しているのである。折口は『細雪』の世界は、新しい女性語でなければ表現できなかった世界だと認める一方で、一時代前の大阪の女性語に対しては、自分こそという絶対の自信をもっていたようだ。なぜならば、この点については、折口は谷崎に少しも譲っていない、書きぶりだからだ。けれども、折口は現在の大阪語に関する時代感は失ってしまっていると、率直に告白している（「『細雪』の女」折口信夫全集刊行会編『全集』第三二巻、中央公論社、一九九八年、初出一九四九年）。戦後になって、折口が『細雪』をこう評したのは、折口の大阪語に対する絶対の自信と、過去にそれを取り入れた実験的小説を書いたという自負があったからであろう。たしかに、「生き口を問ふ女」や「留守ごと」の女性語は、『細雪』より一世代前の大阪語である。

と同時に、この作品のセリフ回しには、漫才のボケとツッコミに共通するおもしろさがある。続稿の断末魔は、まさに折口のいう一時代前の、それも下品だが元気のよい言葉たちが並ぶ。「なにい(!)。鬼ばゝ」とおちか(▼)が、お留(■)を挑発すれば、

■こつちやが鬼ばゞなら、おどりや《汝は》鬼女《キジョオ》や。
▼きじょお雛《カテ》、婆よりまつしやわい。
■若がりさらしても、もう五六年たちや、やつぱり婆やはい。縮緬皺だらけの顔してくさつて……。
▼この青べうたんの、売謡《ジュッセン》め。
(■=お留、▼=おちかの印は引用者によるもの。以下は、本章冒頭の引用部へと続く)

との応酬が繰り返されるのである。ここでいう「売謡《ジュッセン》」は、最下等の街娼をいう言葉である。「鬼婆」と「鬼女」とでは大差ないと思うのだが、そこには傍から見れば「あほらしい」と思える笑いがあるのである。また、生霊に立ち向かおうとする卯之松の心を見透かして茶化すおちかのセリフも、ボケとツッコミの呼吸といえよう。こういったセリフ回しは、折口が幼少期に親しんだ「にはか」の笑いに近いもので、今日これを受け継ぐものは漫才の笑いであろう(上野 二〇一四年、初出二〇〇八年)。それも、どちらかといえば「どつき漫才」と呼ばれる漫才に近い芸風である。「どつき漫才」は、ハリセンなどによる叩きあいと、その啖呵の応酬を聞かせるものであるが、「生き口を問ふ女」は続稿も含めて、小説というよりは、大阪「にはか」の台本に近いものである、ということができる。別の言

い方をすれば、「生き口を問ふ女」は、夫婦漫才を楽しむようなセリフ劇として設計された小説なのである。

3　ディテールへのこだわり

私はこれまで、「生き口を問ふ女」は、明治後半から大正初年の大阪の庶民の言葉を取り入れたセリフ劇仕立ての小説であり、そこには大阪「にはか」に通じる笑いがある、と縷々述べてきた。ここで、さらにもう一つ、特色を挙げるとすれば、大阪という土地に徹底的にこだわった言葉とディテールの選択、設定を挙げることができよう。ために、読者がそこから大阪の庶民の生活感覚を読み取ることができる小説となっているのである。以上の観点に立って、『大阪ことば事典』をもとに、数名の大正生まれの話者に聞き書きを行なって、このディテールについて考察を加えてみたい、と思う（牧村史陽編、講談社、一九七九年）。なお、括弧内の数字は、新全集の頁数である。

たとえば、指示語「これ」をひっくり返して当該場面で妾を示した「レコ」（二二〇頁）や、女性への蔑視語「めろ（＝女郎）」（二三一頁）などは、今日では忘れられた下品な言葉である。同じく下品な二人称とされる「おどりゃ」については、「《汝は》」と注記を施して使用している（二五八頁）。こういった俗語の多用は、大阪の男女の痴話げんかの修羅場に居合わせたような臨場感を読者にもたらす効果がある。

一方、漢字に振り仮名を振って、大阪語のニュアンスを伝えようという工夫がなされたところもある。「自己」には「メンメ」と仮名が振られている（一二九頁）。「メンメ」が、自己、自分、己を指す言葉だからである。また、おかみさんをいう「内儀」には「ナイギ」ではなく「ナギ」と仮名が振られている。これは、「ナイギ」と読まれてしまうと、折口には違和感があるのだろう。おちかが、卯之松に対して、ぞんざいにお留のことを言う時に、「自己《メンメ》の内儀《ナギ》さん」と使っている。

あほらしい。こんな時に悋気どこか、自己《メンメ》の内儀《ナギ》さんが、生霊《イキリヤウ》になつて、追はひかけて来う言ふ時に、栄燿《エエウ》たらしい。

ここでは、「メンメ」の「ナギ」でなくては、折口の大阪語の言語センスでニュアンスが伝わらないと判断したのであろう。このニュアンスを筆者の言語感覚で書き換えるならば「テメェのカカアが生霊になって追いかけてやって来るっつう時にだなぁ」ということになろうか。おそらく、折口は、なんでお前さんは、そんなことをいうのだ――というあきれたおちかの気持ちを伝えたかったのであろう。

さらには、その土地の生活者だけに流通している言葉の省略法も、会話のなかで生かされている。卯之松が生霊を払うために「にはか」を見に行こうとおちかを誘う場面では、「千日前《センニチ》でも行かう」と振り仮名が振られている（一二二頁）。「センニチマエ」ではないのである。この言い方は、今日かなりの年配者、それもごく一部の人しか使用しない省略法である。同じように省略を振り仮名で表す例としては「中座《ナカ》」「角座《カド》」と仮名を振った例もある（一二六頁）。「ナカザ」「カドザ」ではなく、文脈で芝居の話とわかるので、「ナカ」「カド」と略していうのである。二座は、ミナミを代表する劇場なので、文脈上劇場のこととわかれば、こういう省略も行なわれたのであろう。今日では、一部の劇場関係者しか使わない言い回しである。「ナカノシバイに出る」「今月はカドの出番だ」などというように。

また、関西でしか使わない劇場用語も、会話文に使用されている。これも特定の時場のリアリティーを感じさせる用語の選択となっている。関東では大根役者というべきところは、「棒鱈」という用語が選択されている（一二六頁）。「棒鱈」は、当然干し鱈のことである。関東では、楽屋の雑用係は「デクノボウ」に引っ掛けてデクノボウな役者を「棒鱈」と洒落て呼ぶのである。「デクノボウ」は「オトコシ（男衆）」と呼ばれるのだが、関西では「コンゴウ（金剛）」と呼ばれていた。『大阪ことば事典』では、金剛とは金剛力士が履くような大き目の草履のことであるとし、大草履を履いて働く雑用係を「金剛」といったとしている。考えてみると、金剛力士像の前には大きな草履が奉納されることが多く、ために関西では大きめの草履のことを金剛といっていたのかもしれない。おそらく、それとももう一つには、劇場で力仕事をする人という意味も込められているかも知れない。同事典には、明治の末までこの称が残っていたが、以後は東京風に「オトコシ」となったと注記されている。どちらも、劇場内のいわゆる「符牒」に近いものだが、卯之松がおちかの浮気相手を、大根役者の弟子か、楽屋の雑用係ではないかと疑った場面では、

さうく。確か、小松島屋とか言ふねや相な。其奴《ソイツ》の棒鱈弟子か、其とも金剛（男衆）か。大方そこらの内やろ。

というセリフ回しで使われている。ここで注目したいのは「金剛」に「(男衆)」と注記が施されている点である(一二六頁)。折口も単に「金剛」では読者に意味が通じない、と考えたのであろう。こういう狭い範囲でしか流通しない言葉を選択することによって、逆に読者は小説の世界の時場に吸い寄せられてゆくのである。なお、「棒鱈」も「金剛」も、筆者聞き書きのかぎりにおいては、意味を知る人はいなかった。

また、場所と人物の設定も細かく指定されている。たとえば、おちかは、もと「雇仲居《ヤトナ》」ということになっている(一二五頁)。雇仲居は「雇いの仲居」という意味で、大阪特有の配膳者のことである。この点を念頭に置かないと、以下のくだりは正しく解釈できない。

おちかが自分の前を歩いているのが気に入らなくなった卯之松は、俺は芸者の箱屋ではないと憤っているのだが、箱屋とは芸者の三味線などを持って、置屋とお座敷、お座敷とお座敷の移動を手伝う男衆のことをいう。だから、芸者の後を歩くのである。そこで、卯之松は、

「其様《ソナイ》な浮《ウカ》めた(澄す)顔で、芸者がつてしやな〳〵してけつかつたかて、つひ此正月迄、周防町《スホマチ》のお久婆《バ》さんの手下《テカ》で、雇仲居《ヤトナ》してくさつたやないけい、と大声で叫《ワナ》つて与《コマ》そか」と恚々《ムカ〳〵》して来るのをこらへて、前を行く女の羽織の背なかを睨みつけて歩いた。

と憤ったのである。ようするに、おちかは「雇仲居《ヤトナ》上がり」ではないかと。では、何を蔑んでいるのかというと、芸者上がりではなく、雇仲居上がりの妾であるという点を蔑んでいるのである。これは、重要なポイントである。なぜならば、大阪では、芸者を呼ぶより、雇仲居を呼ぶほうが格安だったたか

らである。芸者には、置屋があり、日々の芸事の稽古がなされ、それなりの格式もある。対して、雇仲居は依頼によって宴会に派遣され、配膳とお酌をするのが仕事で、仲居と芸者の中間ということができよう。戦前の雇仲居の宴会を知る人に聞くと、格式の高い宴会なら芸者、気軽な宴会なら雇仲居を選ぶが、いろいろなケースがあったという。予算の問題もあるが、雇仲居ならお酌だけでなく、配膳や後片付けもしてくれるので自宅に呼ぶのには便利であった。また、客の趣向でどうしても芸者を、どうしても雇仲居を、ということもあったようだ。それでも、やはり、雇仲居は、芸者より格下なのである。ちなみに、「周防町のお久婆さんの手下」といっているのは、周防町のお久婆さんが元締めでその下で働いていたということである。これとても、おちかを貶めた表現である。周防町、千日前、鉄眼寺、はともにいわゆるミナミの繁華街で、三キロ四方のなかに収まる範囲であり、土地勘のある者ならソコとココの関係と察しがつく。かなり、折口は、ディテールにこだわっているようだ。もう一ついえば、卯之松とおちかが知り合った料亭は「堺卯《サカウ》」となっているが、こちらは近年まで実在した料亭「堺卯楼」のことである。一時は「花外楼」「なだ万」と並ぶ老舗料亭として聞こえ、大阪市東区平野町にあった。

　また、折口のこだわりが、意味深長な男女の機微を描き出しているところもある。生霊に取り付かれたおちかをなんとか休ませてやろうと卯之松が思案するところには、「お多福茶屋裏のぼんや（待合）いでも連れて行《イ》て、ゆつくり休ましたろ」というセリフがある（一三三頁）。お多福茶屋は、法善寺横町だから、鉄眼寺とも千日前とも目と鼻の先である。折口は、「ぼんや」では関東の人にはわからないので、待合と括弧で注記しているのである。つまり、連れ込み宿である。卯之松がおちかの容態を気遣って何とかして休ませてやりたいと願う場面では、こんな頓珍漢なすれ違いを、折口は二人

に演じさせている。「え？　もう行《イ》こやないか。どこぞ其処のぼんやいでも」といえば、おちかは、

そんな嫌らしい事言ひなはんな。こんな時に。……男は、此やよつて、すかん。

と誤解して言い返している。対して、誤解された卯之松はこう切り替えしている。「あほ言ふな。をかしいこと解《ト》られてたまるもんか。ぢつくり休まう言ふのや」と。このあたりが、ディテールにこだわるセリフ劇の妙というべきところであろう。ちなみに、現在、関西の噺家が「ぼんや」に言及するときは、すでに意味がわからなくなっているので、説明に苦心しているのが現状である。

おわりに

私は、本章において、「生き口を問ふ女」を、大阪「にはか」仕立て小説と位置付けて、その読解を試みてきた。本作品には、大阪の生活者が使用している言葉への圧倒的なこだわりと、それを大阪以外の読者にわからせようとする工夫があった。こういった大阪言葉へのこだわりは、小説細部のディテールの設定と連動していて、一つの小説世界が造型されている、といえよう。激昂した感情を伝える下品な言葉を縦横無尽に作品に取り込み、その土地の生活者だけに流通している言葉の省略方法を振り仮名で示し、関西の劇場関係者のいわゆる「符牒」で、作品に臨場感を与えているのである。

また、場所の設定についても、周防町・千日前・鉄眼寺・お多福茶屋裏のぼんや、といわゆるミナ

ミの繁華街に舞台設定されている。すなわち、本作品は土地と言葉とが不離一体の小説といえるだろう。

加えて、こういった土地と言葉へのこだわりは、当然作品内部の人物設定にも及んでいる。鰻屋のあるじと雇仲居であったおちかとのやりとりには、人物関係の落差が前提となっているからである。卯之松は、おちかにぞっこんだが雇仲居上がりの妾であることを蔑んでいる。卯之松の惚れた女への弱みと、芸者より格下だった雇仲居上がりであることへの蔑み。それを知った上で反発するおちか。こういった設定が、ふたりの会話の前提となり、アヤを作っているのである。大阪にしかない雇仲居と、芸者との格差関係を文中から察知できれば、その会話の妙を味わうことができるように、おそらく折口は書いたのであろう。

本作品は、特定の時や場所と、そこで話される言語が結びついた作品である。折口はそういう時場と結びついた言語でなくては、心性は掬い取れないと考えていたのではなかろうか。折口の最初の単行本となるいわゆる『口訳万葉集』は、実は大阪言葉訳『万葉集』という側面をもっているのである。このことについては、折口は、

□評釈に用ゐた用語は、大体、標準語によつた積りであるが、散文と違うて、律文では、情調を完全に表す為には、千篇一律に、である・でないで、おし通すことが出来ない。さうした間隙にもつて来て、わたし自身の語なる、大阪ことばの、割り込んで来たのも、随分あつたと思ふ。譬へば言つて・しまつてを、言うて・しまうて、知らない・取らないを、知らぬ・取らぬといふ類であるが、かういふ風に、この訳文に採り入れた、方言的の性質を帯びた語も、まんざら

反省なしに用ゐた訣でもないのである。

（「口訳万葉集のはじめに」折口信夫全集刊行会編『全集』第九巻、中央公論社、一九九五年、初出一九一六年）

と述べている。ここで折口は、万葉歌の情調を掬い上げるために、自分自身の言語である大阪言葉を採用することもあった、と述べているのである。これは、なぜなのだろうか。それは、自身の言語を以ってしか、微細な情調をより正確に伝えられないと考えたからである。つまり、万葉歌を訳す場合、その情調にまで踏みこんで感覚的部分を伝えようとすると、訳者がもっとも使い慣れていて言語感覚のある言葉を使用しないかぎり、正確に訳すことはできない、と考えていたのである。だから、大阪語訳なのである。

近時、保坂達雄《ほさかたつお》が再検証したように、柳田國男の民俗学と出会う前の折口は、言語学に強い関心を寄せていた（保坂　二〇〇七年）。折口の卒業論文は、「言語情調論」という言語学の論文であった（一九一〇年）。その第七章「言語形式の意識」では、ことに音が喚起する情調について述べている。折口が音で感覚的に伝えられる情調を観察するために考察すべきものとして挙げているのは、音質・音量・節音調・音脚・音の休止・音位などである。また、第八章「言語内容の意識」では、内容を形体的内容と実質的内容とにわけて、そこにある描写性と気分性について言及している。折口は、言語が伝える情調に強い関心があり、ことに音が意味内容とともに伝える情調に強い関心があった。折口が、あの激烈な会話で伝えようとしたのは、まさに音で感覚的に伝えられる情調そのものではなかったのか。

かえりみて、折口は「身毒丸」の「附言」で、史の記述は進んで小説や劇の様式にせねば表現できない、と述べている。対して、折口が、「生き口を問ふ女」とともに『白鳥』に発表した実験的小説「神の嫁」は、神に仕える巫女の古代を描いたものであった。と同時に、「神の嫁」は沖縄体験で得た女性祭祀の実感によって復原された古代世界でもあった。つまり、折口は古典の読解と民俗採訪によって得た実感を小説として表現しているのである。

では、折口が「生き口を問ふ女」で実験しようとしたものは何だったのだろうか。それは、口寄せや生霊に関わる人間の身体感覚を、小説という方法によって伝えようとすることであったろう。ために、明治後半から大正初年の大阪という時場を選んで、リアルに描こうとしたのである。自らの体に宿っている感覚と言葉をせいいっぱい使って。

創作＊2

小説、折口信夫、一九四五・七・二六

1

「困るんですよ。今日だけは——。先生、今だけは、私の言うことを聞いていただきます」

戸板康二《といたやすじ》は、師、それも限りなく敬愛する師に対して、思わず声を荒げてしまった。

「先生、先生は時勢に疎いから、何もわかっちゃいない。今日の懇談会は、本土決戦に対する情報局の示達があるんです。先生は、そういう時に限って、混ぜっ返したような発言をする。だから、急病ということで欠席にしましょう。池田彌三郎さんからも、先生の発言については、くれぐれも気をつけてくれ、といわれています。帰りますよ。ね。ね——」

有楽町の駅前では、戸板が、必死に師を説得しようとしていた。ところが、対する折口信夫は、いつになく機嫌がよいのだ。

「おやすさん、こんなところで、押し問答は野暮じゃないか。モナミか、そうそう資生堂のフルーツパーラーで、コーヒーでも。小田原評定とゆこうかい」

戸板は、経験上、こんな時ほど、危ないと直感した。あの眼がいけない。あぁいう、悪戯小僧のような眼をしている時が、いちばん危ないのだ。折口は、その少年の眼で、

「おやすさん、ここは銀座だよ。久しぶりの銀座なんだから、お茶しようよ。話の続きは、いや、それからだぁー」

「会議は二時からですが、今は一二時半です。だったら、家に帰ってお茶しましょう。なに、もうモナミも、資生堂さんもやってませんよ。とっくの昔に閉店です。もう、昔の銀座じゃないんです。だいいち、こんな晴れた日こそ空襲がありますよ。帰りましょう。お家に」

「いや、モナミも、パーラーもやってるよ。あぁいう店が、閉めちまったら、日本はお終いだよ。アメリカさんの思う壺だよ。やってるから、ついておいで。おやすさん、恋の道行じゃわいなぁー」

折口が、こういう歌舞伎の声色を使う時こそ、危ないのだ。

先日も、慶應の学内に、「変態オカマ教授、折口信夫はアカなり」という張り紙が貼られていた。弟子たちは、手分けして学内を回り、十枚にものぼる張り紙を剥がして回ったばかりだ。口を開けば、天子さまが、天子さまがという

折口が、アカでなどあろうはずもないが、折口のもとには、左翼学生がよく面会を求めてやって来るのだ。あれほど来客を嫌う折口が、左翼学生には逢うから、不思議に思っていたのだった。話を聞いてやり、帰りの電車賃を渡すのを、戸板は何度か見たことがある。

師が、突然、立ち上がって正論をぶつのはよいが、今日は情報局の懇談会だ。そんな会議の席上で折口が不穏当な発言をしないか、戸板は気が気でなかった。あのお茶目ぶりがいけない。何かを企んでいる眼なのである。

それは、茹だる暑さの七月二十六日のことであった。

2

勝手知ったる散歩道だ、といわんばかりに、折口はスタスタと歩いてゆく。なんという快調さだ。

「見よ。見よ。見よ。おやすさん、だから言ったじゃないか。資生堂さんはちゃんとやってますよー。おまえは、私との賭けに負けたね。おやすさん」

戸板は、「先生、私は賭けなんかしてません」と言おうと思ったが、師は、もう店の中に入ってしまっている。

その折口は、戸口の貼紙を見ると、少し真顔になって、戸板に対して、ものを諭すように、教えるように、こう言った。

「なんと立派な意気地じゃないか。なんという美しい文ではないか、戸板、書き写しておきなさい」

戸板は急ぎ、メモを取った。「本日は、ご来店ありがとうございます。日ごろのご贔屓に感謝いたします。この重大時局、材料も、人手もゆき届きませんが、従業員一同、でき得るものでご奉仕させていただきます。心ゆくまで、お寛ぎ下さい」と書いてある。開いているのは、ここだけだ。店内を見ると、ほぼ満席である。

「先生、コーヒーを飲んだら、帰りますよ。今日は、何と言われましても、欠席ですからね」

と戸板が言うと、折口はにやりと笑って、

「あのお給仕さんを見よし」

と向こうを見た。すると、見るからにボロを纏った男、焼け出された人であろうが、そのひとりの男のもとに、コーヒーが五杯も運ばれてゆくではないか。男はがぶがぶとコーヒーを飲む。そうして、出された黒いものをハンケチに無造作に入れた。戸板がまた、「あのぉ、今日は、絶対に」と言うと、そこへ女の給仕がやって来た。コーヒー二つと戸板が注文すると、折口は給仕にこう尋ねた。

「あのねぇ、あすこの客さぁ、五杯も配給券使って、五杯もコーヒー飲んだのかい。やけ酒ならぬ、やけコーヒーかい」

するとと女給仕は、

「違うんですよ。あれは、あの人の昼ごはんです。銀座で開いているのは、モナミとうちだけでしょ。だから、ここでコーヒーで腹を満たす人もいるんです。ここも、いつまで続けられるかわかりませんけどね。それに、うちは支配人の言いつけで、一杯の飲み物に黒砂糖を一かけら出すんです。だって、もう、コーヒーか、紅茶しか出すものありませんから。黒砂糖をかじってもらうんですよ」

折口は、女給仕に深々と礼をして、

「あんたたちのような人が頑張っていればこそだ。だから、腹を満たすことができる人がいる。立派だよ」

と話した。女給仕は、折口の真意を測りかねていたが、

「もうだめです。あと半月で、ここも閉店らしいです。それに、私みたいな五十年増が給仕しても、お客様はみじめになるだけでしょ。銀座なのに」

と言って、下がっていった。折口は、大きな溜め息をつき、天井を仰ぎ見ている。

3

一分もしないうちに、コーヒーが運ばれてきた。横に黒砂糖がついている。折口は、にこにこと、

「あんたの黒砂糖の方が大きいね。あの女給仕に、惚れられたね」

と言う。戸板は、もうこの師にはついてゆけないと思いはじめていた。学生たちの多くは出陣し、かつての銀座も焼け野原になっている。一方、健気に開いている店で、師は能天気にコーヒーを啜って、軽口を叩いているのだ。いつになく上機嫌の折口は、悪戯をする前の子どもの眼だ。これは、何か発言したがっているに違いない。この人は、どうしてこんなにも厄介を抱え込むのか。戸板は、師に対する敬意を失いたくはなかったが、少し突き放してみることにした。

「先生の大嘗祭の論文は、天子さまの体に外来魂が入るという論考でしたよね。おそらく、民俗学の大嘗祭論としては最初の論文ですよね」

「おやすさん、なんだ。こんな時に学問の話かい」

「聞いて下さい――。とすれば、天皇の体に天皇の魂が入って天皇になるということですよね」

「よく勉強したねぇ」

「先生、その学説について、巷で何と言われているか知ってますか」

「うん、少しは……知ってるよ」

「あれは、美濃部達吉博士の天皇機関説と同じだ。天皇の体は、魂の入れものだ。だとすれば、天皇をモノとして見ている。天皇機関説と同様に弾劾されるべきだ、と言われています」

「おやす。小さな声でお言い」

「じゃあ、わかってるんですよね。先生は、狙われているということを。大震災では朝鮮人大量殺害を告発する詩を作ったし、久米正雄《くめまさお》さんの不敬発言の時も、庇ったでしょ。もう、それは、過去のことだからよいとしても、今はもう時勢が違うのです。先生は、ブタ箱に入るくらいなんともないでしょう。でも、先生は、慶應と國學院の教授なんですよ。大学にも、迷惑がかかるし、たぶん柳田國男先生にだって、累が及ぶかもしれません。そして、先生は、何よりも日本文学報国会の理事なんですよ。文学報国会の筆禍事件は、右翼のかっこうの攻撃材料です。わかってますよね。そういうお立場を踏まえてもらわないと、先生のもとに残って、先生の世話をしている私たちも、もう支えきれません。先生――」

「池田彌三郎や高崎正秀から、そう言われているのかい」

「いや、門弟の総意と思って下さい」

「おまえ、私がそんなことをわかっていないとでも、思っていたのかい」

「いや、おわかりだと思います。でも、先生は、そういう弟子たちの気持ちがわかっても、やってしまう人だから、困ってるんですよ。帰りましょう」

「うん、わかってる。発言はしないから、懇談会には出さしておくれ。おやす」

4

「わりました。懇談会では、絶対に、一言も発言しないで下さいよ——」

「おう、それでこそ、わが弟子」

「調子に乗らないで下さい」

そう話していた時のことである。ウゥーとサイレンが鳴り響いた。空襲警報である。戸板は咄嗟に身を竦めたが、折口は悠然とコーヒーを飲みほした。折口は、呵々と笑いながらこう言った。

「この店のなかで、いちばんの恐がりは、おやす、お前さんだよ。見なさい、誰ひとりとして、席を立つ者はいないじゃないか。もう、空襲警報に慣れっこになって、死を恐れなくなっちまったんだよ。どうだい、二年前なら、みんな右往左往していたじゃないか。ご覧、ここにいる人は、どうせ死ぬならどこでも同じだと思っているのさ。疎開せず、都会に残っている人は、みんなそう思っているに違いない。だとしたら、好きなコーヒーや紅茶を飲んで死にたいと思っているんだよ。ここにいる人たちは、みんなね」

戸板は、何と答えてよいか、わからなかった。じつは、そこには師弟であっても踏み越えてはならない一線があり、話題にしたくないことがあった。戸板の心中を読み取った折口は、こう畳みかけた。

「お前さん、息子の春洋《はるみ》が戦死したとわかったら、私が何をしでかすかわからないと思ってるんだろう。軍に殴り込みにゆくとか、自殺するとか。だから、春洋のこととか、硫黄島のこととか、死に関する話題とかをみんな避けてるんだろ。みんな避けていることがわかると、私はまた辛くなるんだよ」

戸板は、「先生のお気持ちは……」と一言言うと、言葉に詰まってしまった。

「おやす、行こう。時間だ。二人で二〇銭だね。預けているお金で払っておいておくれ」

戸板が、会計を済ませると、二人は外に出た。すると、そこには支配人が立っていた。そして、客のひとりひとりに挨拶をしている。

支配人は、本日はわざわざのご来店ありがとうございました。せっかくのご来店ながら、飲み物と黒砂糖では、まことに無粋でございました。あと半月はなんとか営業できますゆえ、またご来店下さい、という旨の挨拶を、客たちにしているのである。折口は、自ら支配人のところに駆け寄ると、何やら耳打ちをしているようである。

銀座四丁目まで歩いて、チンチン電車に乗って、警視庁前の電停で降りると、目指す内務省は近い。会議は内務省のビルの五階だ。エレベーターはない。階段を登りながら、戸板は、支配人には何か苦情でもおっしゃったのですか、と折口に問うた。すると折口は、またにやにやと笑いながら、こう答えた。

「戦争が終わったら、ホットケーキに蜂蜜を塗って、その上に餡子をのせて、食べたいなぁ……、と言ったのさ」

戸板の心に、また不安が過った。先生は、何か企んでいるに——違いない。

5

内務省の五階に着くと、会議室に大きな立て看板があった。そこには、「戦時緊急措置法に関する識者懇談会」と書いてある。室に入ると、情報局五部三課長の井上司朗《いのうえしろう》が立っており、折口を見つけると、慇懃に声をかけてきた。その後方で、嘱託職員の平野朗《ひらのあきら》が、資料を配布している。平野は、やや緊張気味だ。会場には一〇〇人ほどの人がいるので、外よりも暑い。その上、またぞろと人が集まって来るではないか。暫くすると、井上が、

「あと一五分で始まります。本日は、国務大臣も御出席になります」

と連呼している。折口は、戸板に、

「国務大臣って、誰が来るのかい」

と聞いた。そこは、情報通の戸板である。

「情報局総裁の下村宏《しもむらひろし》さんですよ」

と答えた。すると折口は、

「なんだ下村海南《かいなん》は、今やお大臣さまかい。昔から知っているが、あいつの歌はいただけない。あんなへたっぴが、お大臣さまかい」

五分前になると、中央の雛壇に、お偉方が着席しはじめた。会場入り口近くに陣取った折口と戸板は、二人ともパタパタと扇子を動かしていた。いったん、雛壇に座った文学報国会事務局長・中村武羅夫《なかむらむらお》が、わざわざ折口のところまでやって来た。中村は、うやうやしく一礼をし、作り笑顔で、

「折口先生、今日はお手柔らかにお願いします。大臣だけじゃなくて、陸軍さんも、海軍さんも、警察さんも、みんな来ますから。先生、そこは……」

と囁いた。すると折口は、扇子を膝に置いて、口に手をやって、左から右へと動かした。

中村が、

「口にチャックですよね」

と言うと、折口は、にやりと微笑みを返した。中村は、その折口の仕草を見ると安心したようだ。折口に深々と礼をして、雛壇に帰っていった。当の折口は、戸板に、

「中村のやつめ、これであたしに仁義を切ったと思っているんだね。それにしても、なんだい、このメンツは。プロレタリア短歌の井上に、アカ崩れの文

芸評論の平野朗、いや謙か。筆名は。売れておるか知らんが、中味のない小説を書く中村。もちろん、お偉方は来るんだろうけど、いけすかないねぇ」

と軽口を叩いて、うす笑いを浮かべている。戸板が斜め前の人影を見て、

「先生、山田耕筰《やまだこうさく》先生も来てますよ」

と言うと、折口は、

「おう、大先生。ますます、ハゲに磨きがかかったねぇ」

と一言。開会時刻から五分を過ぎて、下村宏国務大臣が会場に到着。大臣につき従って、情報局次長の久富達夫《ひさとみたつお》、第一部長の上田昌雄《うえだまさお》、第三部長の井口貞夫《いぐちさだお》が入って来た。そして、最後に入って来たのが、情報局の報道副部長と大本営の報道副部長を兼ねる栗原悦蔵《くりはらえつぞう》であった。

6

下村宏国務大臣が中央席に着席すると、カメラマンのストロボがいっせいに焚かれ、それを合図に、会議が始まった。

下村の横にいた栗原悦蔵大本営報道副部長が、メモ書きを大臣に渡すと、大臣は大きく頷き、栗原と互いに目配せをした。すると栗原が、司会者に対して、目配せをした。栗原の目配せに気づいた司会者は、「これより、戦時緊急措置

法に関する識者懇談会を始めます」と開会宣言をした。続いて、司会者は、「まずはじめに久富達夫情報局次長より、開催主旨説明をいたします」と告げた。久富は、

「この時局窮迫の折、報道啓蒙宣伝活動に、今日よりご尽力たまわっている皆様方が、一堂に会されましたことは、担当者として、ありがたく、また心強いことでもあります。戦局は急転回、決戦の時今や近し。本会議開催の主旨をお汲み取りいただき、宣伝啓蒙活動に一層のご協力をたまわりたく存じます」

と短く挨拶をした。

続いて、栗原報道副部長が演台に立った。戸板は、折口に、

「あれが、映画の日本ニュースによく出て来る人ですよ。大本営発表といったら、あの人じゃないですか。少将さまです」

と耳打ちした。

折口も、報道映画で見覚えていた顔らしく、大きく頷いて、一呼吸置いてから、「サイパン玉砕の発表もあの人だったね」と囁いた。栗原は、メモも見ずに、スラスラと、こう挨拶した。

「かかる重大時局の折、戦勝日本建設の基本法というべき法律が、このたび施行されました。かの『戦時緊急措置法』は、第八七回帝国議会の協力を得て、枢密院の諮詢を経て、この六月二二日、法律第三八号として公布せられたものであります。

その緊急性から、翌二三日より施行令とともに施行せられたのでありまして、『軍需生産の維持及び増強』『食糧その他の生活必需物資の確保』『運輸及び通信の維持及び増強』『防衛の強化と秩序の維持』『税制の適正化』『戦災の善後措置』につきまして、一層の戦時態勢強化がここに盛り込まれておるのでございます。

ただ、かくのごとくに、口で言うのはしごく簡単ではありますが、国民各位の負担を考えますれば、本法主旨の啓蒙宣伝活動の大切さを痛感いたすところであります。なにとぞ、本法の宣伝をよろしくお願い申し上げたく……」

折口は、メモも見ずに、滔々とまくし立てる栗原を、なかば感服しながら見ていた。いや、聞き惚れていたという方が正確かもしれない。そして、折口は、

「やっぱり、海兵出は違うね。滑舌もいいし、役者向きだね」

と戸板に呟いた。すると、戸板は、

「先生、あの人が、大本営発表のすべての文案を書く人らしいですよ。通称、悦に入る文蔵《ふみくら》というそうです」と話を返した。

7

そして、いよいよ下村国務大臣が演壇に立った。下村の挨拶も、卒のないも

のであったが、最後に、噛んで含めるように、こう言った。

「国民生活は、日々その困難の度合いが大きくなっておりますが、互助の精神でこれを融通しあうことが大切なのであります。それは、平たく言えば、〞わけあい〞の精神であります。母親が子どもたちに〞わけわけ〞しましょうと諭す。あの〞わけわけ〞であります」

この発言に、会場は、一瞬沸いた。折口は、

「海南は、朝日新聞に行って、ああいう言葉を覚えたね。石部金吉も、わけわけ大臣かい」

とおもしろそうに言う。さて、このあと配布された資料に基づいて、各省庁の担当者が説明をはじめたのだが、それはおそろしいほどに退屈なものであった。目の前に踊る活字は、勇ましいものだが、その空虚さはいかんともしがたいのである。

当日は、三種の丸秘資料が配布せられた。

- 国民士気昂揚に関する啓発宣伝実施要領
- 航空機等特定兵器緊急増産に関する啓発宣伝実施要領
- 食料増産に関する啓発宣伝実施要領

どれも、敗勢を前提としたもので、民間の協力を得ることができるように宣

伝活動をするということが書かれている。出席している誰もが、「この期に及んで何を」という内容であった。ことに、勇ましいのは、「国民士気昂揚に関する啓発宣伝実施要領」の「第二　宣伝の内容」である。

一、敵の本土侵寇時期は切迫せり
二、本土戦場化必至なり
三、本土作戦の有利なる点次の如し
四、戦争抛棄は国体の破壊日本民族の滅亡なり
五、敗戦的思想の徹底的払拭に努むべし

つまるところ、この会議の主眼は、本土決戦の協力宣伝活動の指針の示達なのだ。本土決戦で本当に勝てるのか、その疑問は心中誰もが持っていたはずだ。折口は、止め処なく続く、官僚たちの空疎な言葉をまんじりともせずに聞いていたが、途中から、腕組みをして、仁王のような顔になった。それも、些細なことをきっかけとしてである。栗原が情報局五部三課の平野を呼びつけて、耳元で何かを囁いた。すると、雛壇の人びとにだけ、冷水を入れたコップが置かれていったのである。もちろん、百名を超える全参会者に、冷水を出すことは出来ないだろう。しかし、折口にはそれが許せなかったのである。

「なんだね、あれは――」

という師の言葉を聞くと、戸板は、これは、まずいと思った。誰よりも師の性格をよく知っているからである。折口は、論理よりも、まずは好き嫌いの人なのだ。

8

「先生、今、お水持って来ますから」

と戸板が言うと、

「そんなもん、いらんよし」

「先生、短気はいけません。こんな些細なことで、発言なんかしませんよね」

「せえへん。水なんか、いらんよし」

この拗ねた女言葉が、危ないのだ。こうなると、どう爆発するか、わからない。文学報国会で、折口の気性を知っている中村武羅夫は、自分の席の冷水を折口のもとに持ってゆこうとしたが、時すでに遅し。折口は、戸板に対して、自分の書いたメモ書きを中村に渡すように仕向けた。折口の表情は厳しく、メモには、こうしたためてあった。


民間から来てるもんには、水も出さんの。出さんのはええけど、お偉いさんには出すのんか。あかんやろ。

栗原は、折口の様子を見、会場の雰囲気を巧みに掴むと、自分の席に届けられた冷水を下げさせた。これを見た栗原の部下たちも、冷水を下げさせた。もちろん、中村も下げさせた。そんななか、官僚たちの説明は、永遠に続くかに思われたが、会議開始後一時間半を過ぎたころ、ようやく終わった。司会者が、一〇分間の休憩を宣言すると、一目散に、栗原は折口のところにやって来た。栗原は、深々と礼をして、

「大本営の報道におります栗原です。私は大臣にお水を差し上げるよう指示したのですが、下役の者は、主催者席の者全員に、と取り違えをしたようでございます。不愉快な思いをさせました。お許し下さい」

するとと折口は、それを受け入れて、

「そうでしょう。少将さまは、大臣に配慮せられたのでしょう」

と応じたので、戸板は胸を撫で下ろした。すると栗原は、

「少将など、名ばかりで、お恥ずかしいかぎりです。お国の為に役立ってなどおりません」

と答えた。

そうこうしているうちに、会議は再開され、質疑応答ということになった。司会者は、「それではご質問やご意見のある方は、挙手をされた上、氏名と所

属をお述べになった上で、ご発言下さい」と二度、丁寧に告げた。しかし、手を挙げる者はいない。

そこで、文学報国会の中村武羅夫が、あたりさわりのない質問を雛壇からした。そして、中村は、国民の士気昂揚のため、文化芸能団体が一丸となって協力する旨の発言をした。折口は、

「ムラオはブラオで、ブラオは無頼ではないのか。あれじゃあ、飼い犬だ」と戸板に囁いた。しかし、中村は文学報国会の事務局長として会場にいるわけだから、困り果てた司会者に助け舟を出したに過ぎない。

すると、突然、「協力とは何事か。承服しかねる」と声を出した者が現れた。その声が、ただ者ではないのだ。

9

「協力とは、いったい何ごとか。かかる時局においては、官と民も軍もない。かしこくも、陛下の詔を賜った神州の民は、すでに一心同体の身であるべきで」と捲し立て始めた。司会者は、慌てて、

「ご所属と、お名前を先にお願いします」と告げた。すると、

「第一公論社の社長、上村哲彌《かみむらてつや》と申します。『うえむら』じゃないです。カミ

ムラです」

と述べて、また、大演説が始まった。眼を半眼に開いて、机を叩きながら、大音声を上げるこの男に、会場は白けきっているのだが、上村は意に介さない。

「万世一系、アラヒト神たるご皇室の推戴こそ、私どもの生きる糧であり、日本民族の日本民族たる由縁なのでありまして、かかる時局において、誰かが誰かに協力するなどという言い方をすることこそが、問題なのでありまして……」

と話に切れ目がないのだ。何かに取りつかれたように大演説が延々と続くのである。戸板は、折口が揚げ足を取るようなことを言わないか、冷や冷やしだしたが、当の折口は、

「ありゃ、狐がついているね」

と言って笑っている。この長広舌を止めたのは、他ならぬ栗原だった。栗原は、

「上村社長の言や重し。われわれは、生産面ばかりを強調しましたが、社長のごとき憂国の発言があってしかるべきであります」

と上村の発言を引き取った。司会者が、「では、次にご発言のある方」と会場に水を向けると、後ろの方から、手が挙がった。指名されたその人は、

「千葉の吉植庄亮《よしうえしょうりょう》と申します。衆議院に議席がありますが、今日は農民のひとりとして、発言します。

たしかに、私どもは、国民精神作興の詔をいただいている国民でありますか

ら、ひとりひとりが大御心を体して行動すべきでしょう。しかし、新たに国民に負担を強いる場合、その制度の運用が大切なことはいうまでもありません。

今回の法律においても、不耕作地の解消による食糧増産が謳われておるところであります。しかし、供出制度をそのまま適用すると、耕作者の手には何も残りません。兵隊に出て、耕作者がいなくなった田を耕しましても実入りがないのです。そうすると、耕すことができても、供出米の強要を恐れて、農民は農地拡大をしません。精神論だけではだめだ、と思います」

と言った。折口は、大きく頷いて、

「あの大地主のどら息子で、へたくそな歌を作る庄亮も、たまにはよいことを言うね。あれは、あれなりに苦労して、今や石黒忠篤《いしぐろただあつ》さんや、有馬頼寧《ありまよりやす》さんなどの農林大臣たちの懐刀というじゃないか。庄亮さんはよいね、おやすさん」

その静かな声の吉植の発言に対して、会場から期せずして拍手が起こった。折口も、さかんに拍手をしていた。

10

吉植庄亮の静かな抗議に勇気づけられたのか、自由党の壮士を髣髴とさせる口調で語り出した「もさ」がいた。折口は、戸板に、「まだ、あんな奴がいるのかい。おったよぉ」と笑っている。

「諸君、吾輩は大石武三郎《おおいしたけさぶろう》と申す。しばし、諸君の耳を借りたい。官、自らに協力を求めんと欲せば、民を信ずるべし。官、民を信ずれば、民もまた官を信ず。これ、いうところの信なくば立たず。しかるに、報道統制は厳しくなるばかり。我国に報道の自由、ありや、なしや」

この壮士もどきの発言に、会場は沸いたが、この数年、海軍、大本営の報道を実質的に切り盛りしていた栗原が、この発言をどう受け取ったか、戸板は少々心配になりはじめた。

ところが、ここで、不意に、文字どおりの水入りとなった。井上司朗が、栗原のもとにゆき、耳打ちすると、栗原は頷いて、井上に何かの指示を与えた。栗原の意を体した井上は、司会者席にゆき、司会者に一言断ったのちに、こう語り出したのである。

「本日は、かなり気温が上昇しております。炭酸水がようやく届きましたので、ここで一〇分間、休憩といたします。会議を中断して申し訳ありません。どうか、お飲み下さい」

井上がそう告げると、参会者全員にサイダーが配られた。折口も大喜びである。

戸板が折口にサイダーを渡すと、折口は、鞄から小瓶を取り出し、その小瓶の液体を脱脂綿に吸わせた。すると、折口は、サイダーの瓶の口を何度も拭い

てから、サイダーを飲みはじめた。そして、

「誰が開けたかわからないサイダーを飲むんだから、これくらい当然でしょ」

と戸板に話しかけた。

戸板は、師の病的なまでの潔癖症を知っているので、「はいはい」と答える。

折口は、電車の吊革も、ハンケチ越しに持ち、そのハンケチをアルコール消毒しないと気が済まない男なのだ。

戸板は、これで会議の雰囲気も少し変わるだろうと思った。しかし、サイダーを半分飲んだ折口は、突然、

「こりゃ、毒入りだよ。飲まない」

と言い出した。折口は、こう言葉を継いだ。

「見なさい。ラベルを見なさいよぉー。このサイダーは、海軍さんのだよ。これは、栗原が持って来させたしろもんさ。今どきの海軍さんは、客の気を引くのに、こんなことまでするのかい。海軍さんが、年増の女郎みたいなやり方するんだね」

戸板は、もう師のご機嫌を取ることは諦めた。如才のない栗原は、部下に急ぎ、サイダーを一五〇本調達させて、会場に運んだのだ。さきほどの冷水事件の減点を取り戻すために。

言い出したら梃でも動かない。好き嫌いが激しく、呪うように人を怨むことのある師を、どうすればよいか、戸板が途方に暮れたのは、いうまでもない。

11

吉植と大石の発言を黙って聞いていた栗原は、会議が再開されると、ゆっくり立ち上がって、発言を求めた。

「供出米制度に不備あり、民を信ぜずして、国民の士気昂揚なし。たしかに、けっこうなご意見でございます。しかし、総力戦を戦うに、そのようなことは、むしろ私心、わたくしごころになるのではないでしょうか」

まだ、栗原の発言は続きそうであったが、吉植が立ち上がって、栗原を制した。吉植は、

「供出米制度も、報道の制限も、官と軍が民を信じていないからではないでしょうか。私たちは、ここに一五〇名以上も集っています。民を信じていただきたい」

冷静だったはずの栗原は、顔を赤らめて、こう言った。

「吉植さんや、大石さんの発言を聞いていますと、あたかもわれわれが、民間人を軽んじているように聞こえます」

折口は、このやり取りをにこにこしながら聞き流していたのだが、「おやすさん、もう海軍さんの堪忍袋の緒が切れるね」と呟いた。かくして、栗原は、

「民間人から、何人佐倉惣五郎《さくらそうごろう》が出ておるか、将兵は日々死んでおる。内地で、ぬくぬく暮らしておいて、何が、供出米のうんぬんか、何が報道の自由か――」

と机を叩いた。まだ、栗原がすべてを言い終わらぬうちに、折口は、もう立ち上がっていた。戸板は、下を向いていたが、折口に対して、首を縦に振って、頷く所作を見せた。いや、見せてやったのだ。

「文学報国会の理事の折口信夫と申します。栗原さんの意地悪な発言は撤回してもらいたい。私も、国文学者の端くれです。栗原さんは、佐倉惣五郎とおっしゃった。惣五郎は、江戸時代の義民だ。命を投げ打って民を救った人だ。あなたは、吉植さんの家が、千葉の大地主の家であることを知っていたから、突拍子もなく、吉植さんの故郷の英雄の惣五郎を持ち出した。

たしかに、吉植さんの家は大地主です。でも、吉植さんは、農政家の立場から、不耕作地の問題について発言したのです。吉植さんのような大地主は、この問題については発言しにくい。でも、吉植さんは、不耕作地の問題が食糧増産にとって不可欠だから、勇気を出して発言したのです。そういう吉植さんの気持ちがわかった上で、侮辱するのはよろしくない。そんなことでは、民の信頼など得られません。この時局に、知識で人を陥れるようなことは、許されません――」

ここまで言ったところで、戸板は、折口を制した。戸板は「もう伝わっていますよ。もう、良いでしょう。もう充分じゃあ、ありませんか」と折口を宥めて無理やり着席させた。すると、栗原は、「折口先生は、興奮されておられます。冷静になってから、もう一度、発言して下さい」と、何食わぬ顔でたしなめた。戸板は、折口の眼を見ることができなかった。

12

栗原は、奇妙なほどに冷静になった。そして、慇懃無礼に、

「報道の統制は、作戦上の機密の保持という実務上の側面と、国民の思想上の領導という二つの側面があります。赤化の浸透を防ぎ、国体を護持するという側面もあるのですから、その点は、折口博士にもご理解いただけることと存じます」

と折口に語りかけた。対する折口は、再び立ち上がって、こう反論した。

「私のような者は、本当はこの時局のことなどわかりません。でも、栗原さんと私は年輩が同じだけに、話の手の内が見え過ぎてしまうのです。大宮御所にまで爆弾が落ちたと聞きました。そういうことは象徴的な意味で、国体が破壊されたのと同じではないでしょうか。啓蒙宣伝といわれますが――。

それに、本土決戦とおっしゃいますが、私は沖縄のことを思うと、胸が締めつけられます。私は、沖縄本島は、隅から隅まで歩いています。私はすべてを

知っているんです。あの土地には、友人も、教え子もいました。そういう人たちが、弁当持ちや郵便くばりをして、死んだのかと思うと、残念でたまりません。私など、本土決戦では何の役にも立ちません。ただ、どうせ戦うなら一人でも敵を殺して死にたい、と思います」

折口の話に聞き入る人びとは、まるで息をするのも忘れたかのように聞き入った。戸板も、師を止めようとは、もう思わなかった。いや、すべてを、ここで吐き出してほしいとさえ思った。折口は、さらにゆっくりと言葉を継いだ。

「私が申し上げたいことは一つです。民が安心して死ねるようにしてやってほしい。その意味するところは、二つあります。一つは、やはり国体の護持を保証してほしいということです。そうしないと、民は死ねません。もう一つは、生き残った者たちの生活が困らないようにしてやって下さい。そうすれば、みんな命を投げ出すと思います」

すると、激昂した上村が立ちあがって、

「安心して死ぬとは何事か――。この難局において、安心して死ねるようになど、女々しい。覚醒せよ。わがごとく覚醒せよ。第一……」

とやりはじめた。その瞬間である。折口は、

「自分を正しゅうせんがために、人を陥れるようなものいいをしては、いけません」

と大喝した。その声は、それまで発言した誰の声より大きなものであった。会

場は、呆気に取られていたが、折口は平然と立っている。まばらだったが、力強い拍手が会場に響きわたる。気まずい沈黙が数秒続くなか、折口は、着席した。そうして、戸板の耳元で囁いた。

「戸板、ごめんやで」と。

戸板は、俯いていたが、少し笑っているようだった。少なくとも、折口には、少し笑っているように見えた。

第Ⅳ部　戦時下の折口信夫

戦争の記憶は、この日本では、灼熱の太陽と玉音放送に集約されてゆく。時は八月十五日、この日は、魂を祀る日なのだ。だから、夏が近づくと折口の高弟と称する老教授たちは、この第Ⅳ部の二つの物語を学生に語って聞かせていた。時に涙を浮かべて。私は、その語りが大好きだった。しかし、ある時から反吐が出るほど嫌になった。学問的反抗期が私にもやって来たのだ。その老教授たちの年齢に達しつつある今、本部の事件を私はどう見ているか——。書いてみた。

第1章 「アラヒトガミ事件」再考

はじめに

一九八〇年、筆者は、國學院大學文学部日本文学科に入学した。以来、一九九二年春に至るまで、日本文学第一研究室という研究室で、万葉集研究と民俗学を学んだ。この研究室には、「故折口信夫教授」の遺影が飾られ、遺影には、常に茶菓が供えられていた。前期、後期の学期の節目には、遺影と遺墨を前に、研究室主催の講演会も行なわれていた。折口が、学生をコンペイトウとカリントウでもてなしたという故事にちなみ、この時には、遺影にコンペイトウとカリントウが供えられる決まりになっていた。中世でいえば、死者を顕彰する「影供《えいぐ》」にあたるだろう。

本章で取り上げるのは、その影供の場で毎回のように語られた、逸話ないし伝説というべき語りについてである。あの語りの淵源は、いったいどこにあるのだろうか。ふと、そんなことが気になりはじめた。筆者は、学問的反抗期を迎えるまで、この研究室で学んでいることを誇りに思っていた。一方、大学院に入ると、そういう研究環境を不自由なものに思いはじめた。そして、いつの日か、嫌悪するようになってしまった。だから、時に反発し、時に師友に毒を吐いた。当時は、ここに集ってきているのは、皆、折口教という宗教の信徒か！　と反発した。学問も、反抗期を経て、自立してゆくものなのであろう。

　かの影供で語られる話は二つ。いわゆる「アラヒトガミ事件」と「海軍報道部少将に対する反論事件」である。前者は、平野謙（一九〇七―一九七八）による命名、後者は筆者が仮に名付けた名称である。本章では、前者の事実確認をしておきたい、と思う。まずはその概要を、今日、いちばん普及している事典から、引用する。

> 昭和十八年の三月末か四月初め頃、日本文学報国会理事会で、前年の九月十六日の「東京日日新聞」に載った久米正雄の満州国建国十周年慶祝式典の模様を伝えた文章が満州国皇帝を「現人神」と形容したことで問題になった。会は不敬だという重苦しい雰囲気に包まれて、このままでは収拾できない状態になった時、その席上に列なっていた折口は、現人神は天皇一人のことにあらず、と発言し、やがて事件は落着をみるに至る（平野謙「アラヒトガミ事件――戦時中の一挿話」「群像」昭二八・一二）。
>
> （西村亨編『折口信夫事典　増補版』大修館書店、一九九八年、初版一九八八年）

　この話は、折口信夫に好意を寄せる人びとによって語り継がれている。戦時中も、学徒として毅然として生き抜き、信念を枉げなかった人、折口信夫を讃える言葉とともに。

1　平野謙の証言

じつは、この話は、何を典拠としているかといえば、事典も掲げるように、文芸評論家の平野謙の文章である（平野　一九五三年）。

「以上が私の提出したい緊急動議のあらましであります」
そう言いきつた藤堂玄一は、着席しても昂然と頭をもたげていた。すでにその発言中から会場には緊迫の気がながれ、彼が着席するや満場シーンとしずまりかえつた。こりやタイヘンなことになつてきたぞ、と思つて、私は議長席の土屋文明の顔をチラと眺めた。土屋は緊張と狼狽に顔をひきしめ、発言しようとしても最初の一言をみいだしがたいような様子だつた。
（平野　一九五三年）

まるで小説のような書き出しではないか。読了すれば、これが折口信夫の死去に際して草された回顧録だとわかるのだが、この文章には、なぜ自分が情報局五部三課が所轄している「日本文学報国会」の短歌部会における事件を見聞するに至ったのかという説明がついており、情報局と文学報国会についての、見聞記という性格も兼ねそなえている。そして、最後まで読めば、折口への追悼文であり、オマージュであることがわかる仕掛けとなっている文章だ。

日本文学報国会についてては、多くの研究がすでに公にされており、多言を要しないが、いわゆる国家総動員体制、大政翼賛体制に源を発する各産業報国会の一つで、大東亜新秩序建設という目途のために、国策遂行に協力する団体であった（櫻本　一九九五年、吉野孝雄　二〇〇八年）。もちろん、戦後には、戦争協力団体とのレッテルを貼られることとなる。会長には、文壇の重鎮・徳富蘇峰《とくとみそほう》が就き、常任理事には小説家の久米正雄と中村武羅夫が就任。理事は長与善郎《ながよよしろう》ほか一六名の文壇、国文学者たちが就任した。組織としては、小説、劇文学、評論随筆、詩、短歌、俳句、国文学、外国文学の八部会が設置されている。役員の布陣を見ると、人気も実力もある斯界の雄が結集された観があり、右派から左派まで挙国一致、総力結集をイメージさせる人事が行なわれたと考えられる。この日本文学報国会で起きた久米正雄（一八九一―一九五二）の筆禍事件について、平野の証言を整理してみよう。

A　平野謙は、生活に窮して、たまたま情報局に勤めることとなり、五部三課の配属となった。日本文学報国会を担当することになる。

B　同会の短歌部会の部会総会において、歌人・藤堂玄一《とうどうげんいち》が、緊急動議を出し、日本文学報国会の事務局長である久米正雄が、新聞紙上において、満洲国皇帝溥儀を「アラヒトガミ」と形容したことを問題視した。「アラヒトガミ」が日本の天皇を尊崇する言葉と一般的には考えられていたから、久米の発言は、不敬であるというのである。この段階において、久米の発言が、なんらかのかたちで糾弾される可能性もあることは、関係者たちの間では、ある程度予想されていた。実際に右翼が水面下で糾弾する準備をしていたらしく、平野は、糾弾ビラを見た、という。

C　短歌部会総会の議長である土屋文明《つちやぶんめい》は、狼狽したが、久米はすでに反論の準備をしていたらしく、最近、言論報国会に職を得た藤堂に対して、久米は、満洲の地が日本の多くの将兵の血が流された土地であり、満洲国皇帝も、神祖として天照大神を祀り、天皇も親愛の情を表している。「しかるに、思想戦完遂に万進すべき今日、わが知識人の一部には依然満洲国をカイライ政権と眺め、その皇帝をロボット視する風潮があとをたたない、そのあやまれる認識を一擲するためにも、建国十周年記念の盛典に列してアラヒトガミと拝し奉つた所懐をハッキリしるすことが、一文学者として皇統に微衷をいたす所以と信じた」と述べ、「私は断じて不敬なふるまいに及んだとも、国体の本義にもとつたとも思えません」と堂々と反論した。これに対して、藤堂は「すぐる紀元二千六百年奉祝会において、高松宮殿下は天皇陛下に奉るお言葉になんと仰せられたか。臣等生ヲ昭代ニ亨ケテ此ノ晶期ニ遭ヒと仰せられ、臣宣仁謹ミテ言スと最後を結ばれました。畏れおおくも臣宣仁と仰せられたのでありますぞ」と再反論した。つまり、天皇がいくら親愛の情を示しても、弟宮であっても臣下と称するのであるから、久米の表現では、天皇に対する不敬にあたることは間違いないというのである。重要なことは、文学によって国恩に報いる文学者の会の事務局長が、天皇に対して不敬にあたる文章を書いてよいのかということであり、問題が大きくなれば、久米一人の進退問題に留まらず、日本文学報国会全体が窮地に立つ恐れがあった、ということがうかがい知れる。

D　短歌部会総会では事態収拾できず、土屋文明は、緘口令を布いて閉会を宣言し、理事会において解決を図ることとした。短歌部会に出席していた平野は、日本文学報国会を担当する情報局五部三課長の井上司朗に報告する。しかし、井上は、藤堂に激怒するばかりで、災禍が身に及ぶことを恐れて、ただ傍観するのみであった。平野は、久米を失脚させようとする言論報国会側の暗躍があったのではないか、と推定している。

E　以上の経緯から、久米の進退問題にまで発展した以上、月例の理事会で討議する必要があり、久米は辞任を口にするも、菊池寛《きくちかん》がこれを止め、紛糾した。議論が膠着状態となるなか、折口が、「アラヒトガミといえば、生き神さまのことで、近代では天子さま御一人をさすのが普通のようだが、実は天子であるとないとにかかわりない、一種の神性をあらわす言葉にすぎない。神の表現の一形式とみなすのが正しい。久米正雄の用法はたまたま古義にのつとつたもので、万葉集にも『住吉乃荒人神　船の舳にうしはきたまひ』とある。アラヒトガミは特定の生き神のことではない、反対に神が人間のすがたを以て具現すること一般をさすのである。アキツミカミという場合はまた別の事情を考えねばならぬが……」と述べ、ここの問題は沙汰止みとなり、久米は任期を全うすることができた。

というものである。以上が、平野の証言のあらましなのであるが、この事件については、断片ながら、戦後に折口も言及している。一つは、戸板に坐談のなかで漏らした言葉（戸板　一九七二年）。もう一つは、戦後、いわゆる「天皇人間宣言」と「日本国憲法の施行」を受けて、天皇と神との関係を論じた「宮廷生活の幻想――天子即神論是非」においてである。折口は、

此語に就いて、問題のおこつた事がある。今はおなじ夢と過ぎた満洲国に使した或文学者が、かの国の皇帝を現人神と書いた賀表を草した。ところが大いに非難を受けた。此語は日本の天子を申す語なのだから、さうした使ひ方は不都合だ、とする意見が強かつた。

併し考へると、此語を天子の御人格を表す為に用ゐた確かな例はない。少し其と思ひ紛れさうな

例はあるが、正確には使つた例がない。此間違ひは寧、普通人は正しい用語例を保つてゐたのに、学者の方が間違つて言ひ出したのである。

（「宮廷生活の幻想――天子即神論是非」折口信夫全集刊行会編『全集』第二〇巻、中央公論社、一九九六年、初出一九四七年）

と述べて、「アラヒトガミ」は、神が人の姿となって顕現することだから、天皇のみの尊称にあらずと、いくつかの用例を示して論じている。折口が「宮廷生活の幻想」でいいたかったのは、もともと天皇は神などではなかった。それが、近代において、無用の神格化をしたことが、不幸を招いたのだということである。その天皇が、おん自ら、

然レドモ朕ハ爾等国民ト共ニ在リ、常ニ利害ヲ同ジウシ休戚ヲ分タント欲ス。朕ト爾等国民トノ間ノ紐帯ハ、終始相互ノ信頼ト敬愛トニ依リテ結バレ、単ナル神話ト伝説トニ依リテ生ゼルモノニ非ズ。天皇ヲ以テ現御神《アキツミカミ》トシ、且日本国民ヲ以テ他ノ民族ニ優越セル民族ニシテ、延テ世界ヲ支配スベキ運命ヲ有ストノ架空ナル観念ニ基クモノニモ非ズ。

（「新日本建設ニ関スル詔書」一九四六年元日）

と宣言せざるを得なくなったというのが折口の主張である。折口は、そういう事態を憂い、そして憤っていたのである。

今日、われわれは、戦前は天皇は「アラヒトガミ」とされ、神格化されていたと考えがちであるが、

天皇を崇敬する形容として古典より引用していたのは、「アキツミカミ」である。

「アキツミカミ」は、律令法に定められた天皇を讃辞する修飾句の一つである。つまり、古代の法制に則った用例となるのである。養老の「公式令」の詔書式には、皇后の立后式典、皇太子の立太子式典、元日朝賀の式典等の古代国家においてもっとも枢要な儀式において発せられる詔書の形式例が示されているが、そのなかに、「明神御大八州天皇詔旨云云。咸聞」とある（「公式令第廿一の1　詔書式」井上光貞ほか校注『律令（日本思想体系）』岩波書店、一九八一年、初版一九七六年）。おそらくこの条項は、飛鳥浄御原宮令、大宝令にもあったとみえて、『日本書紀』が収載する、天武天皇一二年（六八三）正月一八日の詔には、

丙午、詔曰、明神御大八洲倭根子天皇勅命者、諸国司・国造・郡司及百姓等、諸可聴矣。

（『日本書紀』巻第二九、天武天皇下、天武一二年正月一八日条、小島憲之ほか校注・訳『日本書紀③（新編日本古典文学全集）』小学館、一九九八年）

とあって、「丙午に、詔して曰《のたま》はく、『明神御大八洲倭根子天皇《あきつみかみとおほやしましらすやまとねこのすめらみこと》の勅命《おほみことのり》をば、諸の国司・国造・郡司と百姓等、諸に聴くべし』」と訓読することができる。ここにある「明神」は、「現神」とともに「アキツミカミ」と訓み、現実に神が現世に姿を顕したことをいう言葉とみてよい。もともと和語「アキツミカミ」は、「現神」と表記されていたのであるが、中国の古典の影響を受けて、いっそうの徳を表す表現として、「明神」と書き表す表記が誕生したとみられている（稲岡　一九九〇年）。つまり、「現神」「明神」と表記された「アキツミカミ」についていえば、もっぱら天皇を称える言葉と考えな

くてはならないのである。それも、古代の法典に定められていた。だから、折口は、「アキツミカミ」という場合には、また別の事情を考えねばならぬが」と申し添えたのである。したがって、折口の脳裏には、詔書に出てくる「アキツミカミ」(「現神」ないし「明神」と表記)の用例があり、「アキツミカミ」なら、天皇のみを称える言葉となるが、「アラヒトガミ」なら問題ないとの確信があったのであろう。平野の証言は、断片的ではあるけれども、折口の言葉を実に正確に伝えているとみてよい。おそらく、平野自身が古代文献に暗かったがために、かえってそのまま折口の口調を伝えたのであろう。

ところで、折口は、この問題に戦前から、深い関心を持っていた。一九三〇年に書かれた「古代生活に於ける惟神の真意義」という論文において、すでに言及している。以上の点については、かつてものした拙著において言及しておいたので、参照せられたい(上野 二〇一四年、初出二〇〇八年)。

ちなみに、文部省の『國體の本義』には、「即ち我が国の政治は、上は皇祖皇宗の神霊を祀り、現御神《あきつみかみ》として下万民を率ゐ給ふ天皇の統べ治らし給ふところであつて、事に当るものは大御心を奉戴して輔翼の至誠を盡くすのである。されば我が国の政治は、神聖なる事業であつて、決して私のはからひ事ではない」とあり、「アキツミカミ」の用例を前述の「公式令」に基づいて使用している(文部省 一九八一年、初版一九三七年)。『國體の本義』は、美濃部達吉《みのべたつきち》の天皇機関説問題に端を発して、文部省が国体明徴するために頒布した小冊子であったから、右翼が久米を攻撃する場合には、『國體の本義』を楯に取る可能性も予見されたはずである。折口は、『國體の本義』と、そのもとになっている「アキツミカミ」の用例を踏まえ、発言しているのではなかろうか。天皇機関説問題以来、「不敬」のレッテルを張って、個人攻撃、社会的抹殺が行なわれていたことを考えれば、折口も、それなりの準備をしておかなくては久米を援護することはできなかったであろう、と筆者は推察する。文末には、戦時中の一挿話、アラヒトガミ事件に関する私の見聞録はここにおわる。具体的に事件がどう落着したか、私はしらない。しかし、あのときの折口信夫が deus ex machine の役割をはたしたことを、私は信じてうたがわない。いまにして思えば、折口信夫がアラヒトガミは天皇一人のことにあらずと公けの席上で言明したことは、やはり大きな勇気を必要としたにちがいない。実際、どのような危害が身に加わるかもしれぬことを一応予測した上での発言だつたに相異ない。当時、私はやつぱり学者つてエライものだ、とただ単純に感心しただけだつたけれども。あの女性的な風姿のなかに、それだけの男々しい勇気をたたみこんでいたまことの学者として、いまさら景仰の念にたえない。（平野　一九五三年）

と記していて、平野は、折口のことを、特異な物腰を持つ、知の勇者のように書いている。

2　井上司朗の激烈な反論あるいは攻撃

平野の「アラヒトガミ事件――戦時中の一挿話」が、小説仕立てとなっていることは、すでに述べた。主人公が折口信夫なら、語り手は左翼くずれの孤独な青年である「私」（＝平野）ということになろうか。一方、この小説には、主人公と、語り手である「私」の引き立て役となる道化役が登場する。威張り散らすだけ威張る自己顕示欲の塊にして無能な上司、井上司朗（一九〇三―一九九一）その人である。そうでありながら、己に責任の火の子が降りかかることになると、途端にだんまりを決め込む小役人という役どころだ。久米に同情するふりをしたり、藤堂玄一に憤ったりするが、能力も胆力もない男として、井上は登場する。かの小説のオチは、「折口信夫は関西なまりの口調で、ぼそぼそと説明した。『折口先生、それを最初に言っていただけたら』と、井上課長ははじめて、いつものようなカッカッカッという笑いを笑つた」という部分だろう。

この井上司朗から、平野は死後、激烈な反論と人格否定を伴う攻撃を受けることになる。井上は、日本文学報国会も所轄する五部三課の課長であった。旧制第一高等学校、東大の政治科卒のエリートである井上だが、もともとは小説家志望で文科に進学していた。ところが、義兄の懇請によって政治科に転科し、安田銀行に入行するという経歴を持っている。その後、民間人登用によって、内閣情報部情報官となった人物である。

一方、井上は、歌人・逗子八郎としても活躍し、今日から見れば口語短歌の先駆けとなる新短歌運動の指導者の一人であったし、プロレタリア短歌も発表する人物であった。エリートには違いないが、内閣情報部へは民間人登用で採用されたため、いわゆる出身官庁を持たない官僚であった。内閣情報部および情報局は、内務省や文部省からの出向組の寄り合い所帯であったから、井上は出身母体のない課長として、苦労をしたと述懐している。井上の文章に、一高文芸部と剣道部、東大政治科人脈の話がやたらに出てくるのは、出身官庁を持たないために学閥人脈を頼って人事を動かし、予算獲得をしたためである、と推察できる。戦後、その経歴から、公職追放の憂き目にあう（ただし、実際には追放前の辞職）。平野を嘱託として採用したのは、ほかならぬ井上であり、平野はその下で日本文学報国会の仕事をしていたのである。

『証言・戦時文壇史』に収められた平野攻撃の文章は、そのタイトルからして「忘恩の徒・平野謙を弔う」という文章であり、それが本人のいう経緯はあるにせよ、平野の死の直後に発表されたことは、尋常なことではない（井上 一九八四年）。今、「喪家の狗」「無知」「裏切者」「密告者」との言葉が羅列された文章を読むのは、正直いって辛かった。もちろん、そういう怨恨を晴らす目的で書かれた井上の文章など黙殺されてしかるべきだという考え方もあろうが、そこには嘱託であった平野には知りえない情報も含まれるし、平野の証言にも一定の意図があることを考え合わせると、アラヒトガミ事件に関する平野の証言の補正をしなくてはならないので、井上の文章も検討してみたいと思う。平野の証言のABCDEに対応させて、abcdeで、本章に必要な対立点のみを明らかにしてみたい。

a　平野は、旧制第八高等学校時代の人脈を使って、熱心に嘱託採用を懇願してきた。井上は、自分の努力によって、平野は採用されたのであり、情報局のなかでも、平野は文芸を担当する五部三課にねらいを定めて、就職活動をしたと述べている。

b　平野の証言に登場する藤堂玄一のみは、実名ではなく仮名で、平野にとっては八高の一年後輩にあたる安藤彦三郎《あんどうひこさぶろう》という人物である。ここだけが仮名なのは、安藤を庇ってのことであろうと井上は推定している。井上によれば、安藤の発言の主眼は、文学報国会の事務局長であるならば、もっと言葉遣いに慎重をきするべきであるという点にあり、右翼のように弾劾しようとする意図はなかった、という。

c　久米と安藤は、ともに同じ文藝春秋社にいたことから、久米が緊急動議を出した安藤に対して感情的になってしまい、安藤を軽んずる発言をしたことから、安藤が高松宮の臣下発言をしたのである。

d　井上によれば、自分は一高の先輩である久米を助けんがために、安藤の発言を契機に増えた右翼たちの言い掛かりに対して、身銭を切って金を渡して懐柔したり、上司の局長に久米の留任を嘆願したりした、という。なお、この時点において安藤と言論報国会とは、無関係であり、平野のいう言論報国会が暗躍したというのは邪推である。

e　井上によれば、アラヒトガミ事件を収拾できたのは、自分の根回しによるものなのであり、アラヒトガミの用例を確認させるために、国語学者の山田孝雄《やまだよしお》（一八七五―一九五八）のもとに使いをやったのは、他ならぬ自分である。だから、「平野は折口発言を勇気あるものと感激しているが、実際はその発言は、山田先生より折口氏に連絡あってのことで、勇気といえば、最初に私達にそういう意見を表明した山田先生の方が格段に上ではないか」と述べている。

以上の点を踏まえると、平野の証言にも、割り引く点はありそうだ。本章にとって大切な点は、Eとeなので、折口の発言についてのみ、筆者の推定したことがらについて述べてみたい。井上は、山田孝雄と連絡を取り、アラヒトガミの用例についてのメモを貰って、メモは保存しているといっているが、仔細は不明としても、これはある程度信用してもよいのではないか。というのは、短歌部会で問題になっているアラヒトガミについて、国文部会の、それも右翼にも抑えの効く山田の指示を仰ぐという判断は、官僚ならば誰でも思いつくことだからである。日本文学報国会の理事は、菊池寛・久米正雄・窪田通治《くぼたつうじ》（空穂《うつぼ》）・佐藤春夫《さとうはるお》・白柳武司《しらやなぎたけし》・関正雄《せきまさお》・長与善郎・中村武羅夫・辰野隆《たつのゆたか》・下村宏（海南）・松本潤一郎《まつもとじゅんいちろう》・水原豊《みずはらゆたか》・柳田國男・山田孝雄・山本勇造《やまもとゆうぞう》（有三）・吉川英治《よしかわえいじ》・折口信夫の一七名によって構成されているが、このなかで国語学者、国文学者は窪田・山田・折口であり、もっとも適当でかつ重鎮だったのは、やはり山田であろう。したがって、当日の折口の発言は、山田との連絡あってのこととする井上証言も、あながち嘘とはいいきれないのである。理事会における折口の発言をつぶさに検討した布野栄一は、事件の鎮静化の陰で山田は力を貸したかもしれないが、理事会当日は欠席しており、やはり実際に発言した折口の勇気の方を讃えるべきだと述べている（布野　一九八六年）。筆者も、同感だが、平野の証言から割引く点もありそうだ。

ここで、筆者なりの小結を述べると、折口の発言は、井上↓山田↓折口という連携連絡の上で行なわれたと推定してよいのではなかろうか。折口の発言は、突発的なものではなく、充分に準備されていたものに違いない。しかも、平野の証言によれば、折口が理事会に出席したことは、それまではなかったそうだ。加えて、傍証にしかならないけれども、井上自身が主催する短歌結社においても、「階下」を「陛下」と誤植してしまったことによる雑誌の回収騒ぎがあったようで、井上自身もうまくこの一件を処理したかったはずである（内野光子　一九八八年）。

以上、縷々述べた点を踏まえて、話を時系列に沿って整理しておこう。

〈関連事項の時系列的整理〉

一九三〇年（昭五）◆一一月および一二月刊行の「古代生活に於ける惟神の真意義」において、折口信夫、神道や日本精神を代表する言葉として使われていた「惟神」について、古代文献における用語例に則した使い方に立ち帰るべきだと、厳しく批判。そのなかで、現津神（あきつかみ）と現人神（あらひとがみ）の区別があることを述べる（『神社協会雑誌』第二九巻第一一・一二号所収、神社協会、昭和五年一一月および一二月)。

一九三二年(昭七)◆三月、井上司朗、リーフレット『短歌と方法』を刊行。

一九三三年(昭八)◆一〇月から、井上司朗、『短歌と方法』を雑誌として刊行し、新短歌運動の積極的推進者となる。

一九三四年(昭九)◆三月一日、満洲国、帝政実施(執政溥儀、皇帝となり康徳と改元)

一九三五年(昭一〇)◆四月九日、いわゆる天皇機関説問題。美濃部達吉の『憲法撮要』など三著、発禁。
◆九月一八日、美濃部達吉、貴族院に辞表提出。その後、国体明徴問題が起こる。
一九三七年(昭一二)◆五月三一日、『國體の本義』(文部省)刊行。「現御神」に関する言及あり。
◆九月二五日、官制の改正で内閣情報委員会が、内閣情報部となる。
◆一二月、井上司朗、新短歌クラブ結成。委員長となる。
一九三八年(昭一三)◆四月一日、国家総動員法公布。

一九三九年(昭一四)◆井上司朗、内閣情報部に任官。

一九四〇年(昭一五)◆一〇月一二日、大政翼賛会発会式。
◆一二月三日刊行の『短歌と方法』一二月号に、「階下」とあるべきところを「陛下」と誤植し、これを井上司朗が発見して、回収騒ぎが起きる(内野光子 一九八八年)。
◆一二月六日 情報官制公布により、内閣情報部が、情報局となる。井上司朗が課長をしていた情報局第五部第三課は、「文学、美術、音楽、文芸、文化団体の指導」を担当。
一九四一年(昭一六)◆三月ころか、平野謙、情報局嘱託に採用されるために熱心に就職運動を開始。

大森の井上宅にも行って直談判しようとし、面会を求める（職場、自宅への訪問回数は五回以上）。仲介者の強力な推薦はあるものの、欠員がなく、一端頓挫。井上の再三にわたる人事担当者との交渉によって、ようやく採用（井上　一九八四年）。

◆一一月二四日、文学者愛国大会開催。

◆一二月八日、ハワイ真珠湾を空襲。

一九四二年（昭一七）◆三月、富田常雄《とみたつねお》「軍神杉本中佐」（童話春秋社）において、「天皇陛下」を「天皇陛下」と誤植し、回収騒ぎとなる。

◆五月二六日、日本文学報国会創立総会。

◆九月一六日、東京日日新聞、大阪毎日新聞の朝刊に、満洲国十周年式典、久米正雄謹記「共栄圏に響け『万歳』」が掲載。翌一七日、大阪毎日新聞名古屋本社版にも同文が掲載。「アラヒトガミ事件」の発端。

一九四三年（昭一八）◆春、日本文学報国会短歌部会総会で、安藤彦三郎（藤堂玄一）、「アラヒトガミ」の形容について、緊急動議、久米正雄事務局長の進退問題に発展。後日、理事会において、協議されることになる。理事会が紛糾するなか、折口の「アラヒトガミ」の解説によって、事態が収拾される。

一九四四年（昭一九）◆年末、井上司朗、大蔵省監督官に転出。

一九四五年（昭二〇）◆八月一五日、敗戦を象徴するポツダム宣言受諾告知放送（いわゆる玉音放送）。

◆八月三一日、日本文学報国会解消。

一九四六年（昭二一）◆一月一日、天皇、「新日本建設ニ関スル詔書」いわゆる「人間宣言」発表。後の新憲法に列なる天皇と国民の新しい関係を示そうとしているように見えるが、五箇条のご誓文が全文掲載されており、天皇と国民との関係は、旧に復して、あるべき姿に戻るのだという内容となっていることに注意が必要である。

一九四七年（昭二二）◆一月一六日〜一月一八日、折口信夫、『夕刊大阪』に「天子非即神論」を発表。「天子即神」を否定する内容となっている。一九四六年（昭二一）元日に出た「新日本建設ニ関スル詔書」に対する、折口の見解を述べたもの。

◆五月三日、日本国憲法施行。

◆七月、折口信夫「宮廷生活の幻想——天子即神論是非」（『日本歴史』第二巻第三号所収、一九四七年）において、ナチスが、ドイツの神話を戦争利用したことを冒頭に批判し、敗戦を経た今、天皇と神話との関係について、自由に論じる必要があることを説く。この文章のなかで、アラヒトガミ事件について回顧し、「アラヒトガミ」と「アキツミカミ」の違いについて論ずる。

一九五一年（昭二六）◆九月四日、対日講和会議、サンフランシスコで開催。

◆九月八日、対日平和条約調印。日米安全保障条約調印。

一九五三、一九五四年ころ（昭二八、二九年ころ）◆井上司朗、秦豊吉《はたとよきち》の話により平野謙の井上司朗批判の文章の存在を知る（井上　一九八四年）。平野「アラヒトガミ事件——戦時中の一挿話」のことと考えられる。

一九五六年（昭三一）◆一一月、平野謙『政治と文学の間』（未来社）を上梓。一九五三年（昭二八）に『群像』に執筆した「アラヒトガミ事件」を収載。

一九六八年（昭四三）◆一一月、池田彌三郎ほか編『折口信夫回想』（中央公論社）が上梓される。そのなかに、平野「アラヒトガミ事件」が収録される。収録されたのは、『政治と文学の間』（未来社、一九五六年）から。『折口信夫回想』に収録されることで、折口信夫研究者の多くが、アラヒトガミ事件に着目することとなってゆく。

一九七三年ころ（昭四八年ころ）◆井上司朗、平野謙の近著を見つけ、誤謬を正すべく私信を平野に送る。近著とあるが、平野謙『政治と文学の間』（昭和三一年一一月、未来社刊行）か。平野より、丁重な礼状が届く。一ヶ月後、井上は、自身が資料を提供するので再会したい旨の手紙を出す。その後、音信不通（井上　一九八四年）。

一九七五年（昭五〇）◆一二月二五日、『平野謙全集』完結（新潮社、刊行開始一九七四年一一月二四日）。全集を読んだ井上司朗は、自らが誤りを指摘したにもかかわらず、全集収録にあたり、訂正がなされなかったことを、激しく怒る（井上　一九八四年）。

おわりに

平野の「アラヒトガミ事件——戦時中の一挿話」は、時に仮名を用い、小説仕立てとなっている。一九五三年（昭二八）九月といえば、敗戦から八年、占領が終わって一年目であり、平野の左派文芸評論家の立場もあることを割引く必要があるだろう。この文章において、平野自身は自らを卑小・無力の人と語り、井上は徹底的に戯画化されて語られている。あまり紙面を汚したくはないが、ここであえて井上の発言を引用したい。

然し。
君が私にすがりつき、なまじ情報局の禄を喰んだことは、戦後、君の文壇進出に一つの障碍となった。君はそれを何とかくぐりぬけようと腐心し、素早い変り身で、情報局を罵倒してみようとした。然し、そこは君が三年も勤めていたところだから、まずいとわかった。そこで君は、情報局の内部に二、三の標的を設けてこれを攻撃することにより、自らの免罪符を得ることを考えついた。つまり、自分だけよい子になる内部告発をたくらみ、君は同情され、許されんがために、悪役を必要とし、一切の廉恥を忘れ、なりふりかまわず、それに、上司であり恩人でもある私を当てたのである。

（井上　一九八四年）

平野の死後になされた井上の怨恨に基づく発言を、額面通には受け取ってはなるまい。しかし、井上のいうような側面も確かにある、と思う。つまり、平野の証言において割引くべき点は、どこかといえば、自分が情報局に勤めていたことを自己弁護したいという気持ちが働いている点についてである。ために、井上は、戯画化され、徹底的に貶められ、反対に折口の偉大さが誇大に強調されるという記述の力学が働いているのではないか。もし、井上に同情すべき点があるとすれば、文学者としては負け組となってしまった口惜しさであろう。戦後の平野の文芸評論家としての活躍を見れば、なおさらのことだったに違いない。

平野謙が造型した知の勇者・折口信夫像には、以上のような記述の力学が働いているようだ。それは、折口にとっては美化の力学だ。

今、筆者は、青春の日に胸ときめかせて聞いた折口伝説を、せつない思いで、思い返している——。

第2章　高見順の見た折口信夫

情報局に招かれて

一介の武弁の前に　力なし。唯々《ヰヽ》たるかもよ。わが連列《ツラ》の人

たけり来る心を　抑へとほしたり。報道少将のおもてに　対す

（「倭をぐな」折口信夫全集刊行会編『全集』第二五巻、中央公論社、一九九七年、雑誌初出一九四六年、歌集初出一九五五年）

はじめに

『孤影の人――折口信夫と釈迢空のあいだ』という書名を持った本がある（旺文社文庫、一九八一年）。池田彌三郎の折口信夫関係の文集ではあるのだが、一つのオマージュといってよいだろう。思うに、折口以前、折口以後を見渡して、あの大きさ、あの広さで、日本文化の総体を一つの仕組みとして解明しようとした「学匠」「詩人」はいないのだから、孤影の人といえるかもしれない（もちろん、当否は別として）。が、しかし。影は、時に実像以上に大きくもなり、小さくもなる。また、水面に映る影は、時に揺らめく。今、ひとりひとりの心の中にある折口の影は、時に伝説となったり、幻影となっている。一方、影なるものの存在意義は、そのデフォルメされた姿にあるということも事実だ（客観性のある影などないのだ）。本章において考察の対象とするのは、筆者が仮に「海軍報道部少将に対する反論

事件」と名付けた次の一件についてである（第Ⅳ部第1章参照）。

また敗戦間近の昭和二十年七月二十六日に開かれた情報局の会の席上、海軍報道部の少将が、政府に和平交渉を願いながら国民に対しては本土決戦などと煽ったのに対し、折口は、言葉に責任を持て、と発言し、それを同席のある編集者がその軍人の側に加担して批難したので、「自分を正しくしようとして、人を陥れるような物いいはいけません」と大喝した、という（戸板康二「おもてに対す」昭二八・一二）。

（西村亨編　一九九八年、初版一九八八年）

事件の概要は、以上に相違ないのだが、本章では、『高見順日記』の語る折口像のいわば「かっこよさ」について、少しく考えてみたい、と思う。久米正雄の窮地を救った折口の勇気ある行動で知られるアラヒトガミ事件（第Ⅳ部第1章）。そのアラヒトガミ事件とともに語り継がれる「海軍報道部少将に対する反論事件」について、以下私論を申し述べたい。

1　「身は売っても芸は売らぬ」考

昭和二八年（一九五三）九月三日、折口は死去。後に文芸評論家として名をはせる平野謙は、雑誌『群像』第八巻一一号に、「アラヒトガミ事件――戦時中の一挿話」なる一文を寄せる（講談社、一九五三年一一月）。平野の描いた折口は、まるで知の勇者。憧憬の人として描かれている。この文章の折口像の

特徴については、すでに述べた（第Ⅳ部第1章）。平野の一文には、

当時、私は情報局第五部第三課の一嘱託として、ロクをはんでいた。昭和十六年二月から昭和十八年六月ころまで、菊のかたちにナサケという字をうきだしたバッヂをつけて、私はほぼ二年間半も毎日通勤したものだ。人はなんと思つているかしらないけれど、私が情報局第五部第三課につとめたのはひとつの偶然だつた。芸は売つても身は売らぬ、というような言葉があるが、身は売つても芸は売らぬ、というのが当時私自身に課したひそかな最低綱領だつた。いま顧みて不充分ながらその最低綱領だけもまもり得たかどうか、おぼつかないが、まもり得たとすれば、私が無名の一文学青年だつたからだ。無論、レジスタンスなどとは思いもよらなかつた。

（平野　一九五三年、傍線引用者）

とある。一般には、「芸は売っても身は売らぬ」であり、芸者の矜持を示す言葉である。芸者が売るのは芸であって、体ではない。枕芸者にならないという意気地を示す言葉である。それが、ここでは逆なのだ。

平野は、左傾、転向の末、戦時中、糊口を凌ぐために、文学報国会の事務局に嘱託として身を置いていた。戦後、左派の文芸評論家としてならした平野にとっては、この経歴は、一つの汚点となった。ために、平野は、ちゃんと意思表明したのか、隠しだてをしなかったかと、たびたび指弾されることになる（江藤　一九八一年、小田切秀雄　一九七七年、初版一九七二年、杉野　二〇〇三年、宮本　一九四七年、一九六六年、一九八〇年）。ここはあくまで、平野流の言い訳であって、自分はやむを得ず、身を文学報国

会に投じたが、だからといって、自らが大切にしている文学の心まで売ったのではない、といいたいのであろう。[1] 心ならずも、糊口を凌ぐために体は売ったが、心まで体制側に売り渡していたわけではない。文学報国会の嘱託となったことを指弾するというなら、ほとんどの文学者は、みんな戦争協力者ではないか——。という意が、言外にあるものと思われる。時に、昭和二八年（一九五三）。占領状態は、表向き終結に近づきつつあるころの話である。

ただ、この言葉は、平野のオリジナルの言葉ではなかった。当該の文章が、単行本『政治と文学の間』（未来社、一九五六年）に収載されるにあたっては、平野は次のように後記を付している。

注「身を売っても、芸は売らぬ」という言葉は、私自身の発明にかかるもののように思いこみ、そのようにここに書きつけておいたが、実は高見順の発明になるものだ。当時、高見順からこの言葉をきかされ、共感しておぼえこんだのが、いつのまにやら自分の言葉みたいに錯覚してしまったらしい。この文章を書いた年のおわりに、『この神のへど』を通読して、はじめて私の錯覚にきづいた次第である。このことを高見さんと読者とにお詫びしておきたい。

（平野　一九五六年）

じつは、同じ『群像』第八巻三号（一九五三年三月）に掲載された高見順の小説『この神のへど』「第三章　懐しのネヴローズ」に「身は売っても芸は売らぬ」という言葉が登場するのである（後述）。平野と高見には、転向者が共有する、とある感情があったようだ。本章の目的の一つは、この「感情」を明らかにする点にある。

では、平野はどのような経緯で「アラヒトガミ事件」を執筆することになったのだろうか？　その事情について雑誌『群像』の編集部員であった大久保《おおくぼ》房男《ふさお》（一九二一—二〇一四）は、次のように回想している。大久保は、慶應義塾大学で折口にとことん心酔し、後に『群像』の名物編集長となった男である。

仕事をしないで駄弁っているのが一番好きなんだ、と言っていた平野謙氏が、ちょっとした用で編集部に見えてよく駄弁って行かれたが、先生の葬儀があったすぐ後に見えたので、平野さんの尊敬する中野さんが葬儀に見えた話をしたら、中野さんのことよりも、折口さんてえらい人だったねえ、と情報局に勤めていた時に日本文学報国会の会議で見た折口先生の感動的な話を話し出した。私はうれしくなって、それを是非来月号に書いて下さいと頼んだ。これは得がたい先生の追悼文になると思ったのだ。

平野さんは文学者の戦争責任を追及する側にいたから、文学者を取り締まる情報局に勤めていたのがわかるのはまずいことで、それにふれたくはなかっただろうけれど、そこに勤めていたこ

(1) この点に関しては、杉野要吉と中山和子の間に論争のあるところで、軽々に論ずることはできない（杉野　二〇〇三年、中山　一九八四年、一九八八年）。ただ、本章を執筆しておきながら沈黙することも許されないと思うので、寸感は述べておきたい。事実認定は杉野のいうとおりであり、その評価についても共感できる。したがって、筆者は、ほぼ杉野の著書が正鵠を射ている、と思う。ただ、昭和二〇年代までは、文壇のほとんどがいわば戦争協力者であり、平野の戦時中の言動が突出するものではなかったと自他ともに認めていたのであろう。平野の文芸評論家として影響力が増した時期が、ちょうど東西対立、冷戦期であったがために、左傾↓転向↓戦争協力↓左傾ということの「けじめ」が問われることになった、と思う。その意味においては、弟子・中山和子の苦心の弁明も一理ある、と思う。

との弁明も織り交ぜながら書いたのが十一月号の『アラヒトガミ事件—戦時中の一挿話—』である。（大久保　二〇〇八年）

ここに登場する中野とは、生前から折口と親交のあった作家・中野重治《なかのしげはる》のことである（一九〇二—一九七九）。親交があったとはいえ、当時の中野は、もっとも著名な共産党員であると同時に、激しい党内抗争の渦中にもあった。大久保は、その中野が、折口の弔問に訪れたことに驚いたのである。とともに、大感激したのであった。では、なぜ、感激したのか？　それは、折口とは政治的立場を異にする中野が、わざわざ葬儀にやって来たからである。大久保は、自分の師は左派からも愛されていたのだ、と感激したのである。

この一連の話のなかで、大久保は、平野に「アラヒトガミ事件」について書くことを懇請したのであった。「弁明も織り交ぜながら書いた」とは、その当時における平野と大久保二者間の気分のようなものを反映しているのであろう。大久保は、よくぞわが意を入れて、書いてくれたと思ったはずである。この当時、大久保は、高見順の担当編集者であり、同時に平野の担当者でもあった。そして、大久保にとっての折口は、敬慕の師ではあるが、深く敬慕するがゆえに直接話すことも憚られるほどの師であったようだ（大久保　二〇〇八年）。高見と平野は、戦前からの旧知の間柄だが、大久保はその両方の担当者だったのである。二人は、切迫する時局のなかで、どう矜持を保つか、話し合っていたようだ（中山　一九八四年、一九八八年）。「身は売っても芸は売らぬ」の注記が単行本に付いたことについては、平野と大久保、高見の間でなんらかのやり取りがあったはずである。

「身は売っても芸は売らぬ」というのは、高見と平野に共通した戦時中の意気地を示す言葉であったのだ。かくなる意気地を共有していた転向者たち、当時の侮蔑的呼称に従えば「アカ崩れ」「左翼崩れ」の人びとが、折口に寄せた敬慕について、考えてみる必要がありそうである。

2 『高見順日記』を読む

以上の予備的考察を踏まえて、『高見順日記』を見てみよう。『高見順日記』は、文字どおり、高見順の自筆日記であり、本人自身も、その刊行を望み、死を意識した闘病生活のなかで、本人による刊行がなされた。戦中と敗戦直後は、小説を書く機会がほとんどなかったため、記述量も多く、見聞の記述から広がった自らの思惟についても、詳細に語っている。したがって、自らの思惟の覚書としての側面が強い日記である。今、私なりに読むと、戦中戦後を生きた知識人の精神史の第一級資料ではないか、と思われた。一方、注意しなくてはならないこともある。本日記は、読まれることを意識して書かれた日記であるということだ。そこで、昭和二〇年（一九四五）七月二六日の記事を、便宜的に、整理して示そう。なお、同行者の記述については、捨象し、単純化して要点を記すことにする。

① 前日、友人と浅草に飲みに行こうと約束していたのだが、鎌倉の家に情報局から「啓発宣伝事業に関して御懇談を致し度く」という手紙が来ており、友人との約束を反故にして行くことにした。

② 新橋に着くと、まだ時間が早すぎたので銀座に行くと、資生堂には行列ができていたが、そ

れは利益が出ないのに年来の愛顧に報いるためだろう、と感心する。

③ 閉鎖した食堂、喫茶店が多いなか、「モナミ」が開いていた。コーヒーを一〇銭で売っていた。

④ そこに、餓死一歩手前の人のような人物がぼろを纏って店に入って来た。この浮浪者同然の人物は、一人で券を五枚買い、五杯をガブガブと一気に飲んだが、これはめし代りで、華やかだったレストランも今はこういうざまになったと、せつない思いとなる。

⑤ 「モナミ」にいる間に空襲警報が出たが、みんな平気な顔をしている。東京の人は、もう警報にも鈍感になっているのだと驚く。

⑥ 「モナミ」を出て銀座四丁目に出る。電車を待っていると、高射砲の音がして、敵機が東の高い空を飛んでゆく。

⑦ 警視庁前で電車を降りて内務省へと歩く。

⑧ 内務省五階の会場に到着すると、文学報国会のみの集まりではなく、情報局関係のすべての文化芸能団体の集会であると知らされた。

⑨ ここで「国民士気昂揚に関する啓発宣伝実施要領（昭和二〇年七月　情報局）」なる資料が配布された。

⑩ 会議がはじまると、主催側が次々に挨拶したが、国民士気昂揚の啓発宣伝に文化芸能団体の協力を要求するという内容だった。

⑪ 質疑応答となって文学報国会理事長の中村武羅夫氏が口火を切り、次に上村公論社長が卓を叩いて大声で叱咤した。神がかり的発言をして、上村氏がいうには、国民が自分のごとくに覚醒しておらんので今日の敗勢に至ったのだといわんばかりで、「こういう排他的な自尊固陋の

精神主義のばっこが国をあやうくせしめた」のだと、高見は記している。

⑫　吉植という人物が言葉静かに、不耕作地の多い現象を嘆き、それは供出制度のためだという。農民は耕したい。しかし、耕すと、収穫以上の供出を強要されるので、耕すわけに行かないという制度の矛盾を突いたのである。

⑬　どういう人かわからないが、出版関係の人らしい者が、士気を高揚させるには、言論出版結社の自由を与えよと古風な演説口調で話した。「民を信ぜずして何の士気昂揚か、何の啓発宣伝か、――その叫びは胸に迫るものであった」と高見は記している。

⑭　それに対して、栗原部長は「民間から何人、佐倉惣五郎が出ているか、何人死んでいるか、――特攻隊はどんどん死んでいる」と民間人を見下ろすような発言をした。

⑮　ここで、折口が静かな声で「安心して死ねるようにしてほしい」といった（この部分については後に引用する）。

⑯　五時半散会。ひどい疲れ方であった。日比谷公園へ出て、弁当を開き、荒涼とした銀座の焼け野原を歩く。

⑰　思い起こすと、栗原部長は、本土決戦に対して確信ありといったので、心強かったが、いうように本土を決戦場とすれば国民を塗炭の苦しみに陥れることになる。そう考えた高見は、〈民〉の苦しみをまったく無視していることに嫌悪感を抱いた。

⑱　銀座へ出ると、六時過ぎとなっていたが、人通りはもうほとんどない。寂寥感を感じる。

⑲　家へ帰ると、家屋の立退の予告がなされたことを、妻から知らされる。「勝手にしやがれ！」と改行して記し、この七月二六日条は終わり、新聞の切り抜きが続く。したがって、高見の記

述はここで終わっている、と見てよい。

まず、私自身が、この七月二六日条を読んで思ったところを記しておきたいと思う。朝から晩までの一日を追った記述となっているが、一つ一つの記述は響き合っていて、一つの短編小説のごとき趣となっている、と思った。

迷惑千万な突然の会議招集（①）。青息吐息で営業する店の苦労を思いやる（②③）。食料のない者は、コーヒーで腹を満たすありさまで（④）、人びとは死の恐怖にも鈍感になってしまっている（⑤）。会議が始まると国民の士気昂揚の啓発宣伝に協力してほしいとはいいながら、強要になっている理不尽さを感じてしまう（⑩）。一方で、激昂する民間人もいて、うんざりする（⑪）。ところが、この会議を機会に、民間の窮状と不満を冷静に訴える人たちもいた（⑫⑬）。その一つに、協力を求めるなら〈民〉を信じるべきで、言論や結社の自由を与えるべきだとの意見もあった（⑬）。この意見に対して、栗原海軍報道部長から、軍人が多く死亡しておるのに、民間人からは佐倉惣五郎のように義民として命を投げ出す人はいないではないかとの意見が出た（⑭）。折口が反論をしたのは、当該の発言についてなのである。会議の主旨が、民間に協力を求めるという点に主眼があるにもかかわらず、〈軍〉の側が〈民〉を貶める発言をしたことに対して、折口は反発したのである（⑮）。高見は、本土決戦に勝機ありとの軍側の発言に安堵するも、本土決戦が、〈民〉のどれほどの犠牲の上に成り立つものかを考えると、〈軍〉と〈官〉の側の発言にとても承服できないでいた（⑰）。生気を失った街に残るものは、もう寂寥感しかない（⑱）。そして、オチがつく。以下のように、この日の条は終わるのである（⑲）。

家へ帰ると、妻が立退の予告を受けたという。裏山に、新しく陣地ができ、その砲の射撃の邪魔になるのでいずれは立退を命ぜられ、家をこわされるだろうというのだ。

勝手にしやがれ！

（高見　一九六四年）

小説のように読めてしまうのは、私の思い込みの故なのだろうか。〈民〉の生活苦、敗勢となって〈民〉に協力を求めるも、なお民卑の心が見え隠れする〈官〉と〈軍〉の発言。そのなかで、正論を吐く人びともいた。しかし、高見自身は何も発言できなかった。暗澹たる思いで帰り着くと、わが身に降りかかる災難。それは、まさに自分の出席した会議の討論そのものだったという流れがあるのである。この構図では、吉植と折口は、〈民〉の心を慮る良識派の代表として描かれている。ことに、折口は、〈軍〉と〈官〉の高位者にも媚びることなく毅然と自説を述べる任侠の士なのである。『高見順日記』の折口は、きわめて「かっこよい」存在なのだ。

3　安心して死ねるようにしてほしい

高見順は、「日記」の七月二六日の条に、当日会議で配布された三種の丸秘資料を添付している。高見は、蒐集癖の人なのである。

国民士気昂揚に関する啓発宣伝実施要領
航空機等特定兵器緊急増産に関する啓発宣伝実施要領
食料増産に関する啓発宣伝実施要領

の三種である。どれも、敗勢を前提としたもので、民間の協力を得ることができるように宣伝活動をするということが書かれている。ことに「国民士気昂揚に関する啓発宣伝実施要領」の「第二　宣伝の内容」には、

一、敵の本土侵寇時期は切迫せり
二、本土戦場化必至なり
三、本土作戦の有利なる点次の如し
四、戦争抛棄は国体の破壊日本民族の滅亡なり
五、敗戦的思想の徹底的払拭に努むべし

という内容が並ぶ。つまるところ、この日の会議の主眼は、本土決戦の協力宣伝活動の指針の示達であった。それは、漢数字の各項目ごとにイロハでその下位に示された具体的内容でわかる。ということは、会議は、民間人に大きな犠牲が出るということを前提に進められていたのである。出版関係者らしいひとりが、言論出版の自由を求めたのは、〈民〉を信じずして、これほどの犠牲を〈民〉の側に求めるのかという不信の表明にほかならないのである（⑬）。こういった会議においてすら、佐倉

惣五郎を持ち出して、〈民〉の側から命を捧げる人がいないと言ったことに対して、折口は猛反発したのであった。そして、以下のやりとりとなるのである（⑮）。

折口信夫氏がこれまた国学者らしい静かな声で「安心して死ねるようにしてほしい」といった。するとと上村氏が「安心とは何事か、かかる精神で……」とやりはじめた。折口氏は低いが強い声で「おのれを正しうせんがために人を陥れるようなことをいうのはいけません」といった。立派な言葉だった。こういう静かな声、意見が通らないで、気違いじみた大声、自分だけ愛国者で、他人はみな売国奴だといわんばかりの馬鹿な意見が天下に横行したので、日本はいまこの状態になったのだ。似而非愛国者のために真の愛国者が殴打追放され、沈黙無為を強いられた。今となってもまだそのことに対する反省が行われない。

（高見　一九六四年）

折口が言った「安心して死ねるようにしてほしい」というのは、いったいどういうことをいっているのだろうか。私は、二つの意味があると思う。一つは、後顧の憂いなく死なせてほしいという意味である。農民が耕作したくてもできないという発言があったように、非戦闘員が死ぬのであれば、残された家族の生活に憂いがないようにということであろう（⑫）。もう一つは、〈民〉を信じてほしいということであろう。だから、⑭の佐倉惣五郎発言に反発したのである。

『高見順日記』から読み取ることのできる「安心して死ねるようにしてほしい」の内容は以上の二つである、と推定する。

一方、同会議に同席していた折口の愛弟子のひとり戸板康二は、次のように記している。

先生とは、たまたまこの会でお目にかかったのだが、先生が立ちあがって海軍報道部の少将に質問されたことばは、出席している人たちが顔を見合せるような、はげしいものであった。

「私のような何も分らぬものですが、栗原さんと年輩が同じだけに、おっしゃることの手の内が見えるような気がいたします。私ども、伊勢の外宮が炎上し、熱田神宮が焼け、また明治神宮が焼けたのを知って、ほんとうに心を痛めています。また大宮御所が戦火を受け、御所にまで爆弾が落ちた。これはシンボリックな意味で、国体が破壊されたのと同じだと思います。そういうことを思いをひそめて考えた場合、啓蒙宣伝ということが、ことばの上だけのものではいけないという気がいたします。そうでないと、本土決戦ということばも、逆効果ではないか。

宸襟ヲイカニセムといいながら、宸襟を逆にないがしろにするようなことではいけません。無神経にことばを使うのはいけないと思います。ことばに責任をもっていただきたい。

また愚昧なわれわれなぞ、本土決戦ということを、夜なぞ警報が出て眠られぬままに考えて不安です。沖縄本島は私、隅から隅まで歩いて知っています。あの土地には友人も、私の教え子も、おおぜいいました。そういう者たちが、弁当持ちや郵便くばりをして死んだのかと思うと残念です。そんなこと、考えたくありません。今のままでは、私なぞとりこ（捕虜）になってしまうかもしれません。本土決戦というからは、どうせ戦うなら一人でも敵を殺して死にたい。私は職業からいっても、学問の上からも、伝統の上からも、沖縄のことを知っているだけにそう思う」

こういって先生がすわると、「評論」の編集者が立って、軍人の側に立って、先生を非難するいい方をした。先生のことばが国民の士気を阻喪させる性質のものだというふうないい方だったと思う。すると先生は、大きな声で、「自分を正しくするために、人を陥れるようなものいいは、いけません」といった。（戸板　一九七二年）

戸板は、「国体護持《ごじ》」に関する折口の発言を書き留めていたのである。折口は、栗原の言葉について手の内がわかる、私にはお見通しだと述べ、皇室ゆかりの神社が破壊されていることに言及し、神社が破壊されることは国体が破壊されているのと同じだと述べ、あれだけ皇室と国民の一体化を謳いながら、言行が一致しないではないか、と喝破したのである。

寺崎英成《てらさきひでなり》の手になるいわゆる『昭和天皇独白録』（『昭和天皇独白録・寺崎英成御用掛日記』文藝春秋社、一九九一年三月。初出一九九〇年）が上梓された折に、昭和天皇の言として、米軍の手によって伊勢のご神宝が奪われるとの懸念が示されていることについて、国民の苦しみを考えれば、時代錯誤であるとの批判もあったことが今思い起こされる。私も、少なからずそう思っていた。しかし、神社の破壊が、象徴的な意味において国体の破壊と同じであるとの折口の発言に接してみると、当時としては当然の考えであったと思えてきた。いわゆる「国家神道」は、「神社」「学校」「軍隊」を媒介物として伝播していった歴史があるので、その基盤の一つが失われることになると昭和天皇も、折口も考えたのである。

そして、次に、折口がこよなく愛した沖縄の今に対する言及があるのである。沖縄こそは、折口の学問の故郷の一つであり、青春の思い出の地なのであった。折口の発言は、無辜の〈民〉が後顧の憂いなく死ぬためには、国体の護持と皇室の安泰がなくてはならぬ、と発言していたのである。この部分の記述は、『高見順日記』にはない。〈民〉に憂いなく死んでもらうためには、国体を死守するといってほしいと折口は哀願したのであった。自分は、国体の護持の保証もなく死んでいった沖縄の〈民〉が哀れでならないと言い、もし、国体の護持が叶うなら、折口は一人でも多くの敵を殺した後に死にたい――というのである。

これに対して、「安心とは何事か、かかる精神で……」という発言が、〈民〉の側であるはずの上村からあったため、「おのれを正しうせんがために人を陥れるようなことをいうのはいけません」と反論したのである。上村が「安心」という言葉の「言葉じり」を捉えたので、こういう発言になったのであろう。

なお、『高見順日記』と戸板の見聞記が異なる点については、比較して事実を求めることは不可能だし、意味のないことだ、と思う。高見順の造型した折口像と戸板の造型した折口像は、モデルは同じであっても、別の創作物だからだ。同一モデルであっても、画家、彫刻家によって、その造形物が異なるのと同じだ。異なる二つの造形物を重ね合わせても、もとのモデルを復元することはできない。あえていえば、戸板はこの時期、折口の弟子のなかでも「随聞者《ずいもんしゃ》」と自分を位置付けていた。随聞者すなわち祖師に随って、祖師の言葉を筆記し、後世に伝える役割を担う弟子や使徒のことである。だから、戸板は、折口の発言を一字一句書き漏らすまいとしていた。戸板は、折口の皇室に対する考え方がこの発言に表れていると考え、発言を筆記して残したのであろう。戸板本人も述べているように、弟子の多くが出征しているがために、師・折口の言葉を書き残すことが生きて折口に随う自分の使命だと思っていたのである（戸板　一九七二年）。戸板は、復員してきた兄弟弟子たちに、師の言葉を伝えようと、躍起になって記録を残そうとしていたのである。池田彌三郎や戸板康二には、この随聞者という意識がことに強い。師の言葉のすべてを残そうとする気迫のようなものが文章を読むと伝わってくる。ために、戸板は、折口の発言の真意を、その会議の帰りに質している。

＊軍人も、ずいぶん正直になってはいるね、戦局がこうなったから。しかし、正直の中で嘘をついているようなところが、まだあると思う。

＊宸襟ヲ安ンジルというようなことを、無責任にことばの上だけでいっている。あんな軍人ばかりだったら、革命が起ります。革命をおさめるときに、天子さまを立てるだろうがね。

＊今日の軍人なんか、じつは、よくわかってはいる。聡明で、書物も読むし、つまり臆病な餓鬼大将のようなものでしょう。生活が弱い。そして戦争なんかできず、幕の中からのぞいているような軍人なんだ。ああいう人は、どこへ行っても、自分のいうことが通るからいけない。誰かが、ときどき、やっつけてやらないといけない。

（戸板　一九七二年）

折口は、会議を終了後、リラックスして自らの発言をこう振り返ったのである。私は、冷ややかな眼で軍人の欺瞞を嘲笑う折口の心が、この発言に表れていると思う。折口とて、ただ激昂しているわけではないのだ。随聞者・戸板の面目躍如の口述記録である。

一方、高見は、一日の思惟の流れのなかで、小説風に折口の発言に共感したことを日記に書き留めたのであった。そのオチが「勝手にしやがれ！」という決めゼリフなのであった。

4　再び「身は売っても芸は売らぬ」考

平野謙と高見順の描く折口像は、権力に屈せず信念を枉げない知の勇者であった。ただ、その造型法に、一つの共通性があるのである。あえていえば、それは窮地に立つ人、塗炭の苦しみを背負う人に対して、自己犠牲を顧みず助けようとする人士に対する讃仰の念ともいえようか。その性向が、折口にあることについては、すでに諸家が解き尽くしたところでもあり、筆者も考えたことがある（上野　二〇一四年、初出二〇〇八年）。が、しかし。平野や高見に、なぜあれほどまでに折口の発言が「かっこよく」見えたのかということについても、改めて考える必要があるだろう。

そこで、今一度、「身は売っても芸は売らぬ」という言について考えてみよう、と思う。高見は左傾→挫折→転向→内向→自己存在理由の再発見という昭和の知識人の一つの典型的なパターンを踏襲した人物である（中川　一九七六年）。その高見自身の屈折した心の遍歴を描いた作品の一つに、『この神のへど』という小説がある。高見が検挙中の拷問により、先端恐怖と白壁恐怖の精神症を患っていたことは有名であるが、主人公の画家の伊村（すなわち、語り手＝私）も同じ設定となっている。つまり、病める心の遍歴がテーマとなった小説なのであるが、話は、伊村の転向と転向後の秘密について知る女・佐伯則子との再会から始まる。恋愛、葛藤、友人の救いなどが交錯しながら、主人公が自分を取り戻す物語となっており、そのクライマックスは、奈良を訪れて見たお水取り（修二会）のお松明の炎が、鬱積した感情を焼き尽くすところにある。主人公・伊村の眼からお水取りのお松明のように迸る涙が、主人公の精神の危機から脱出した新境地を示したところで、この小説は終わる。ただし、その新境地がいかなるものかということについては、具体的に示されない。これまで、鬱積した感情を表出できなかった主人公が、ようやく泣けて物語が終わるのである。

さて、この小説では、戦中から昭和二八年（一九五三）までの時を生きた人物が登場する。今となって読めば、伊村を交差点として行き交う人物たちが、戦後という時代を象徴しているように読める小説である。佐伯則子は、検挙後の拷問の屈辱によって、一般人が知り得ない性愛の快楽が開花した女性という設定になっていて、転向後はあやしげな仕事に従事している女となっていた。一方、すべてを笑い飛ばすことで、思考停止して、人生をやり過ごそうとする人物。また、上昇したいと躍起になっている青年も登場する。他方、状況に身を委ね、春を売る女なのだが、その乾いた心の奥にある自愛の心を大切にしようとする女もいて、伊村を交差点として、人物往来がなされてゆく小説である。

上昇志向だけがあって、反省のない安積という青年が、神経異常がひどくなった伊村を訪ね、身の上話をするうちに、その姉（あとで姉でないということはわかる）が進駐軍相手のあやしげなアルバイトをしていることに話が及ぶところがある。賭博や売春といったことが想起されるアルバイトである。ここで、伊村は、神経症を病む自分と売春をする安積青年の姉、そして同じ転向者ながら、戦前・戦中・戦後も嬉々として生き抜いている友人・榊原を対比して語る部分がある。榊原は、その時々の時勢にあわせて、時流に乗った作品を書き続ける作家である。対して、私・伊村はそんな器用なことができないのである。


電氣がつくと、私は手で眼を蔽つた。扉のしまる音を聞いて、私は安積に言つた。

「身は賣つても、藝は賣らないといふことを、君、知つているかね」

「姉のことですか」

「え？　僕のことだよ、それは」

「藝は売つても、身は賣らない……」

「それは榊原のことだ」

「さうでせうか」

「さうさ。榊原が、戰前戰後を通して、いつでも、ああ榮えてゐるのは、藝を賣つてゐるからだ。藝だけを賣つてゐるのだから、いつの世にも榮えてゐられるんだ」

「それなら分ります。痛烈な批判ですね」

「飛んでもない。榊原は僕の親友だ。僕は褒めてんだ。身を破るといふことの無い、あいつのえらさを……」

（高見　一九七四年a、初版一九七二年、初出一九五三年）


そして、こんな挿話が語られる。


「かういふ話があるんだ。隨分前に、僕の知り合ひのレコード會社の社員から聞いた話だが、向島だか尾久だかに、聲のいい藝者がゐるといふんで、出掛けて行つたさうだ。ほんとにいい咽喉だつたら、レコード歌手として賣り出さうという肚で、行つてみると、なんと、これが、つまらねえ枕藝者だ」

渡利の口調で私は言つた。

「ところが、その枕藝者に、歌をうたはせて見ると、これが案外うまい。これなら、ものに成りさうだと睨んで、レコード會社の社員が、歌手にしてやらうと、藝者に言つた。すると、二つ返事で飛びついてくると思つた藝者が、急にひらき直つて、憚りながら、あたしや、身は賣つても藝は賣らないよ！　見事な啖呵を切られて、レコード屋さんは、すごすごとひきさがつたと言ふんだ」

「さうですか」

「面白くないかね」

（高見　一九七四年a、初版一九七二年、初出一九五三年）

挿話は、芸者に歌手デビューの話をすれば、飛びついてくると思っていたところが、逆に啖呵を切られてすごすごとレコード会社の社員が引き帰るという話である。時流に乗らず、自らの芸術を大切にするという意気地のある芸者。芸を守るためには、売春も辞さないというのだ。

高見は、文学報国会を通じ、南方にも行き、時局に協力的態度を示すが、文業だけは売るまいという生き方を志していたのである。ここで、紹介したい日記記事がある。それは、『高見順日記』の昭和二〇年（一九四五）一月一六日条に、新橋演舞場に菊五郎一座の芝居を見にゆく条である。出征、徴用、動員によって、すっかり客種が変わってしまった劇場。高見は「菊五郎の踊りをほんとうに愛し理解している客は果して全体のどのくらいか」と思いを馳せ、気の毒だとも思うのだが、菊五郎は手を抜くどころか、それ以前にもまして必死に踊っている。どんなに必死に踊っても消えてゆくものなのに。そして、こう書き継がれて、一月一六日条は終わる。

同時に踊りの、――舞台芸術の空しさが心にきた。「国宝」といわれているその芸も、観客の空しい記憶のなかに残されているだけで、文学や絵画のように、形として残すことはできない。

そのうち、観客の記憶も失われて行く。

何に支えられて、菊五郎は踊っているのだろう。

いや、なんにも支えられてはいないのだ。そう思いついた。自分の愚かさが反省された。

芸とはかくのごときものなのだ。空しいところに芸はある。

菊五郎は誰のために踊っているのでもないのだ。節穴のような眼をした近頃のお客のために踊っているのでもなければ、数少い菊五郎の真の理解者のために踊っているのでもないのだ。


逆に、かような芸の空しさが、羨ましくも思われてきた。

なまじ、あとに残る文字芸術などに従っているものの、空しさにきびしく直面できぬ不幸、空しいきびしさに鍛えられぬ不幸。

後世に結局残りもしないのに、残るかもしれぬと自惚れて何か書いている者の不幸。

その醜さが後に残るのに、何か書き散らしている者の不幸。


——

だが、
書け、
病いのごとく書け。
菊五郎の踊りを見て、所詮《しょせん》心に誓ったことは、
かくのごとく、業《ごう》のごとくに書け。

（高見　一九七四年b、初版一九六四年）

時は昭和二〇年。もう小説を発表する場もないのだが、必死で書けと自らを鼓舞する高見。高見が文学報国会の南方派遣から帰って発表した「文学非力説」は、未だに評価の定まらぬものだが、大東亜共栄圏建設の援助においては、文学などとるに足りぬもので、病院建設や学校建設などとは比べものにならぬというのは、文学が時局に利用され御用文学になることを避けるための方便であったというのが実のところであろう。高見は何よりも、文学が戦争に利用されることによって、文学そのものが変質してしまうことを恐れたのである。だとすれば、身を売った方がよいのではないか、そう考えたのである。戦時下の高見の態度は、「文学非力説」を発表して利用されないための偽装をなしつつ、身は売っても芸は売らぬ芸者のように、文学者としての意気地を通そうとしたのである。(2)

一方、高見は、戦中に沈黙を守ったオールド・リベラリストたちが、戦後になってこれ見よがしに、戦時中に時局迎合的な発言をした人たちを批判したことについて、嫌悪感を隠そうとはしなかった。英文学者の中野好夫《なかのよしお》は、文学報国会の外国文学部会の有力メンバーであったが、その中野が、戦時中の沈黙を勲章として戦後に復活した文学者たちを痛罵した文章に賛意を示している。沈黙しても、戦争は回避できなかったではないか、と。左傾は家族や友人へのいわば裏切り行為だが、転向は「党」(カーペー)と「同志」への裏切り行為である。一方、多くの転向者は、職も失って社会的弱者体験も

(2)『高見順日記』から高見の揺れる心情を示すところを一つ挙げるとすれば、昭和二〇年(一九四五)七月二四日条の一節であろうか。高見は「文報入りをそう嫌悪することはない。——ただしかし、文報に入って、積極的に何かしようという情熱の燃焼が感じられない」と述べつつ「しかし入って見れば何かやれるかもしれない。文学的情熱を多少とも燃やせることが或はあるかもしれない。表現の世界と行動の世界との問題について何か得るところがあるかもしれぬ」と述べている。

する。そしてなにより、職業革命家に成り得なかった挫折者たちであった。桑尾光太郎《くわおこうたろう》は「高見の転向は、「弱者」への視点の深化といった形で進展してゆく」と述べているが、そのとおりである（桑尾二〇〇四年）。そういう高見の眼から見ると、政治的立場は異なっていたとしても文学者としての矜持を通し、〈民〉が「安心して死ねるようにしてほしい」と哀願した折口の行為は、崇高なる精神の発露と映ったに違いない。単に沈黙を守るのではなく、戦時体制に協力しながらも、文学者としての矜持を守る態度。それは、「身は売っても芸は売らぬ」という言葉を信条とした高見の心に適うものであった、と思われる。

そこで、行きつ戻りつした話を整理するために、時系列に沿って事実確認をしておこう。


一九二九年（昭四）◆四月六日、共産党員、全国的大検挙。

一九三三年（昭八）◆一月、高見順検挙。二月に釈放か。その後、転向の手記を書いていた時期を含めて、拘留期間を「百日余り」回想したと考えられる（桑尾　二〇〇四年）。

一九三七年（昭一二）◆九月二五日、官制の改正で内閣情報委員会が、内閣情報部となる。

一九三八年（昭一三）◆四月一日、国家総動員法公布。

一九四〇年（昭一五）◆一〇月一二日、大政翼賛会発会式。
◆十二月六日　情報官制公布により、内閣情報部が、情報局となる。情報局第五部第三課が、「文学、美術、音楽、文芸、文化団体の指導」を担当。
一九四一年（昭一六）◆三月ころか、平野謙、情報局嘱託に採用されるために熱心に就職運動を開始。
◆五月、高見順、蘭印旅行より帰国。その印象記を記すなかで、『改造』一九四一年六月号などに、

「文学非力説」を展開。文学が、重機や医療のように、大東亜の人びとの生活にすぐに役立つものではないとする「文学非力説」を主張。大東亜への文化工作として、文学が果たすべき役割は、公衆道徳や情操涵養に限定されると説く。その論点は多岐に亘るが、時局便乗型文学論への批判でもあり、「身は売っても芸は売らぬ」とする高見順の姿勢と響き合うものであった。

◆七月九日、『高見順日記』当日条に、情報局において、文芸銃後運動の与論指導の方針に関する意見聴取に応じて情報局に赴くとの記述があり、一九六五年の刊行時に「註＝筆者が『身は売っても芸は売らぬ』と、たえずつぶやくようになったのはこの頃からである。芸を売らないですますためには、身を売らねばならぬ」と自ら施注する。

◆一一月二四日、文学者愛国大会開催。

◆一二月八日、日本軍ハワイ真珠湾を空襲。

一九四二年（昭一七）◆五月二六日、日本文学報国会創立総会。

◆九月、折口信夫『天地に宣る』日本評論社、刊行。一八〇首を収める、第三公刊歌集。戦意高揚を目的とする歌と、養子・折口春洋の出征に揺れる父の心が歌われている。

一九四五年（昭二〇）◆七月二六日、海軍報道部少将に対する反論事件。

◆八月一五日、敗戦を象徴するポツダム宣言受諾告知放送（いわゆる玉音放送）。

◆八月三一日、日本文学報国会解消。

◆九月二七日、天皇、マッカーサーを訪問。その写真公開は、衝撃的であるとともに、旧政治制度の崩壊と新時代の到来を視覚的に認知させるものとなった。

◆一〇月七日、折口信夫、座談において、『古代感愛集』にある戦争の長歌について、今となってみれば、「のせられて作ったのが、恥かしくなる」と回顧（戸板　一九七二年）。

◆一〇月一一日、折口信夫、神宮皇学館および國學院の将来について、占領下における存続を危ぶむ。その話から想起して、現在は「もう天子さまに関することは、なんでも目につかぬようにすることだね」と語り、アラヒトガミ事件について回顧（戸板　一九七二年）。以降、『折口信夫坐談』においては、占領軍に対して批判する内容が増えてゆく。

◆一一月二三日、『高見順日記』当日条に、雑誌『新生活』に掲載された中野好夫「文化再建の首途に」に同感の意を表す。戦時中に沈黙を守った老自由主義者が戦争協力者を批判することに、高見も中野好夫と同様に嫌悪感を示している。

一九四六年（昭二一）◆一月、荒正人《あらまさと》、平野謙、本多秋五《ほんだしゅうご》、埴谷雄高《はにやゆたか》らの文学者を同人とする文芸雑誌『近代文学』が創刊。後に「戦後派」と呼ばれる文壇の主流を形成する。平野は、一九六〇年代から七〇年代には、文芸評論家として、その頂点をきわめ、新作の評価と文学賞選考に決定的な影響力を持つに至る。

◆二月二日、折口信夫、神道の神学の確立、神道の宗教化の必要性について語る（戸板　一九七二年）。

◆三月一五日、同日刊行『文学時標』の「文学検察」において、平野謙、山本有三の戦争協力を告発。早くも、敗戦後の平野の批評のスタンスの一端を見ることができる。

◆八月一九日、折口信夫、戦争終結の決定が、天皇によってなされたことを、残念だと論じ、「決定をなさらぬのが天皇の最大の道徳」だと説く。つまり、なぜ臣下が責任を取らなかったのか。それでは、天皇に戦争の責任が及ぶではないかという、考え方である（戸板　一九七二年）。

一九四七年（昭二二）◆一月二日、宮本顕治、「新しい政治と文学」執筆。プロレタリア文学運動における、政治と文学の関係について、その立場を述べる。芸術至上主義を批判し、政治の優位性を説く中で、平野謙を批判。平野謙が戦時中、情報局の嘱託であったことを前置きとして、日本共産党におけるハウスキーパー制度に関する平野の批判に対して徹底的な反論をなし、平野の小林多喜二《こばやしたきじ》論についても、厳しく批判（この文章は、宮本顕治著『人民の文学』岩崎書店、一九四七年に所収、書き下ろしと見られる。後に、『宮本顕治文芸評論選集』第二巻、新日本出版社、一九六六年に所収）。
◆五月三日、日本国憲法施行。
◆一〇月、折口信夫「神道宗教化の意義」において、明治以降の神道が、民衆の生活から離れ、中央集権的画一的教化をしてきたことを批判。宮廷生活を規範とし、画一的教化を行った結果、戦後、天皇を中心とした宮廷に逆に大きな迷惑をかけたことになったと、戦前の神社界を痛烈に批判（冊子『神道宗教化の意義』神社新報社、一九四七年一〇月刊行。そのもとになった講演は、一九四六年八月二一日、神社本庁主催の関東地区神職講習会における講演。原題は「祭祀とその組織」）。
一九五一年（昭二六）◆九月四日、対日講和会議、サンフランシスコで開催。
◆九月八日、対日平和条約調印。日米安全保障条約調印。
一九五三年（昭二八）◆一月、雑誌『群像』一月号より、高見順『この神のへど』が連載（一一月号まで）。
◆九月三日、折口信夫死去。『群像』の一一月号に、平野謙が、「アラヒトガミ事件――戦時中の一挿話」を執筆（『群像』第八巻一一号所収、講談社、一九五三年）。
一九五六年（昭三一）◆一一月、平野謙『政治と文学の間』（未来社）を上梓。一九五三年（昭二八）に『群像』に執筆した「アラヒトガミ事件」を収載。収載にあたり、「身は売っても芸は売らぬ」という言葉が、高見順の言葉であり、高見順から聞き、共感して、いつのまにか自分の言葉のように錯覚してしまったことを補注を施して謝罪。

一九六五年（昭四〇）◆九月二五日、高見順『日本文学盛衰史』（講談社）において、高見自身が戦争中に唱えた、文学が国策に協力できる点は少ないとする「文学非力説」について、文学を「御用文学」化から守るための言説であったと回顧。また、一九四五年（昭二〇）七月二六日の折口の海軍報道部少将反論事件の一件を回顧。

一九六六年（昭四一）◆四月、平野謙「小林多喜二問題」において、宮本顕治《みやもとけんじ》「新しい政治と文学」に再反論。論旨には反論するも、戦時中情報局に勤めたことを、反省的に語っている（『群像』第二十一巻第四号所収、一九六六年、講談社。後に、『わが戦後文学史』講談社、一九六九年に所収）。

◆五月、平野謙「敗戦までの私」において、自らの転向問題について、総括的に回顧。亀井秀雄《かめいひでお》のなし崩し的転向という批判に、反省的に答えながら、「自己の責任を痛感しない私自身のいたらなさがあった」と、自己批判（『群像』第二一巻第五号所収、講談社、一九六六年五月。後に、『わが戦後文学史』講談社、一九六九年に所収）。

一九七八年（昭五三）◆四月三日、平野謙死去。

◆杉野要吉《すぎのようきち》、戦時下から戦後の平野謙について、精力的に執筆。九月より、おびただしい論文が発表される。転向、敗戦、戦争後には左派文芸評論家として活躍した平野のその批評のスタンスを逐次検証。その要諦は、平野自身が自らの戦争協力への意思を曖昧にしたまま、評論活動を続けたことを、一つの生き延びる戦略として、その狡猾さを指摘。戦中の活動については、意図的隠蔽があると指摘している。書き継がれた論考は、六〇〇頁を超す大著として上梓されることに（杉野　二〇〇三年）。

一九七九年（昭五四）◆この年より、平野謙の弟子・中山和子《なかやまかずこ》が、杉野要吉の平野謙批判を個別に反論する論文を執筆しはじめる。平野は、ことあるごとに、情報局に就職したことについて、隠し立てせず自ら明言しており、その態度も反省的であって、杉野の批判は当たらないと反駁している。中山の平野謙論は、後に二著に纏められる（中山　一九八四年、一九八八年）。

一九八〇年（昭五五）◆一一月に刊行された『宮本顕治文芸評論選集』第一巻（新日本出版社）において、平野の共産党批判に反論。反論にあたり、平野の情報局勤務に言及し、「彼が『転向』どころか、まさに自覚的に『皇国精神』の先進的作興者として、言論弾圧機関の中枢にいた」と指弾。

一九八一年（昭五六）◆江藤淳《えとうじゅん》、平野謙が戦前に書いた文章を、戦後に出版するにあたり、意図的に改竄を施して、自らが戦争讃美した事実を隠蔽したと指摘。にもかかわらず、戦前の左翼運動からの転向の苦しみばかりを誇大に書き、転向後には戦争協力したばかりか、戦後に、なんの反省もなく左派陣営に戻ったことを厳しく批判（江藤　一九八一年）。

以上が、現在、筆者がなし得る時系列整理である。本章では、これまで『高見順日記』も、戸板康二『折口信夫坐談』も、ともに「作品」として読解することを心がけ、そこに個々の作品における折口信夫の造型のありようを観察してきた。その立場は変わらないのであるけれども、話が事実に基づいているだけに、私としても、それだけでは不満が残る。そこで、まことに申し訳ないことではあるが、一端、自らに課した禁を破り、私なりに当時の状況を復原してみたい、と思う。

まず、気になるのは、この会議の性質についてである。当該の会議は、「戦時緊急措置法」の施行を広く告知するための会議であった。『高見順日記』の七月二六日条に添付されている資料は、じつはその具体的宣伝啓発活動の実施要領だったのである（赤沢ほか編　一九八五年）。

「戦時緊急措置法」は、第八七回帝国議会の協賛を経て、枢密顧問の諮詢を経た上、六月二二日法律第三八号として公布せられた法で、同月二三日より同法施行令とともに施行されている。同法は、「戦勝日本建設の法的基礎法」と位置付けられ、「軍需生産の維持及び増強」「食糧その他の生活必需物資の確保」「運輸及び通信の維持及び増強」「防衛の強化と秩序の維持」「税制の適正化」「戦災の善後措置」についての一層の戦時態勢強化が盛り込まれている。

したがって、前月二三日に施行された「戦時緊急措置法」の説明を中心に会議が進められたと推定される。たとえば、⑫は同法に不耕作地の活用による食料増産が奨励されていることに関連するし、⑬は社会秩序維持に関する条項が、一層の報道統制をもたらすことから出た意見であろう（情報局編　一九四五年）。

ちなみに、⑫の「吉植」なる人物は、歌人で衆議院議員の吉植庄亮（一八八四―一九五八）のことである。千葉県印旛郡の大地主の長男で、吉植家は代々印旛沼の開発を行なってきた家柄であり、庄亮本人は、今日でいえば、農政族議員であった。一方、若き日は、いわゆる文学青年で、多くの文学者と交流を続け、歌誌の主催者ともなり、歌人としても同時代においては、一定の評価を得ていた人物である（大屋　一九九三年、鈴木康文　一九七二年）。

私は、⑫⑬⑭は、一連の話の流れがあったと考えていて、⑭において突然、佐倉惣五郎が出てくるのは、吉植を牽制する意味があったと推定している。というのは、惣五郎は、吉植の郷里・印旛郡の義民であるからだ。農民の生活苦を訴えて直訴し、家族ともども磔刑となった佐倉惣五郎は、吉植の郷里のいわば英雄であった。一方、吉植は戦前において、自主的に小作人に農地を解放していたものの、依然として、千葉県を代表する大地主であった。⑫⑬の発言は、〈民〉の側からの〈軍〉と〈官〉に対する不満の表明であったので、〈軍〉の側は、血を流しているのは俺たちだぞと反撃したのである。つまり、さらなる協力を求める〈軍〉と〈官〉に対して、〈民〉の側の反発が続いたのである。ここまでが、折口の⑮の発言のいわば前哨戦である。私は、以上のように場の雰囲気を復原する。ちなみに、歌壇における、折口と吉植の関係は深く、吉植への援護射撃を試みようとした可能性も高い、と思う。(3)

このように復原してみると、次の疑問も、なんなく氷解する。『高見順日記』においては、「上村氏」の発言に対して折口が反論したように見えるのに対して、戸板の『折口信夫坐談』や、折口信夫の歌(冒頭引用)では、栗原部長に対する反論のように読める点である。これは、「上村氏」の発言が、〈軍〉と〈官〉の側に与していたからである。すでに〈民〉対〈軍〉〈官〉の対立が、会議の雰囲気を支配していたので、「上村氏」への反論は「栗原部長」への反論ともなっていたのであろう。おそらく、直接的には、「上村氏」への反論であっても、意識としては「栗原部長」への反論だったので、『折口信夫坐談』では、「栗原部長」への反論となっているのではないか。

そこで、「栗原部長」⑭と「上村氏」⑮について、調べたところを記しておきたい、と思う。「栗原部長」は、いわゆる海兵卒の職業軍人・栗原悦蔵(一八九四—一九八七)のことである。一九四三年七月、軍務局四課長・大本営報道部一課長。一九四四年三月、大本営報道部長。同年九月、兼軍務局三課長。一九四五年三月、兼軍務局四課長。同年五月、少将。同年同月、情報局一部副部長・大本営

(3) 一九二四年四月に創刊された雑誌『日光』の同人を、折口も吉植も務めている。

報道部副長という人物である（秦編　二〇〇五年、初版一九九一年）。栗原悦蔵は、当時、じつは、部長ではなく副部長であったのだ。ここは、高見の事実誤認である。

一九四三年からは、一貫して大本営の報道畑で、当時は報道関係の実質的統括者であったと思われる。そして、何よりも、一九四五年の五月には、少将を拝命していた。会議に、佐官級ではなく、将官級が出席していたことは、参会者に少なからず威圧感を与えていたものと思われる。前掲の折口の栗原に対する人物評から推測すると、武人タイプではなく、エリート臭のする人物だったようだ（戸板　一九七二年）。折口が気に入らないのは、海軍知性派のエリート臭なのである。大阪の商家出身の折口は、この手のタイプが嫌いなのであろう。権威やエリートに対して、「それが、何ぼのもんじゃ」という反発心である。ちなみに、栗原は、戦後、公職追放されるも、追放解除後、経済人として成功。小松フォークリフトの会長に就任している。

次に、「上村氏」について、知るところを述べておきたい。「上村氏」とは、上村哲彌《かみむらてつや》第一公論社長（当時）である（金子　一九九二年、上村　一九三八年、木村元　一九九五年、志村　二〇〇五年、柳井　二〇〇三年）。上村哲彌（一八九三―一九七八）の人生を、戦前と戦後で見ると、戦前は教育者、戦後は教育学者としての活動が目立つ人物である。鹿児島県甑島《こしきじま》出身の苦学の人ながら、第七高等学校から、東大法学部を卒業して、エリートとなった人物である。また、洗礼者で、著作には、たびたび『聖書』が引用されている。卒業後、満鉄に入社すると、ほぼ満鉄の教育畑を歩くことになる。いわゆる「内地」から、多くの満鉄職員が「外地」に移住しているために、その子弟のいわゆる「外地」教育は、満鉄職員にとって重大なる関心事であった。一九二一年に創立された大連女子人文学院では主事として経営にあたり、その後、一九二四年から一九二六年にかけて欧米留学。帰国後、教育に関わる新しい運動をはじめている。それは、学校教育に対して、家庭教育の大切さを訴える運動であり、一九二八年に日本両親再教育協会なるものを設立し、実際上その主催者となっている。上村が、その著作において繰り返し述べる主張は、子どもの教育に先立って、まずその両親が、家庭内においては教師であるとの自覚をもつよう、再教育されなければならないという主張である（「親として覚醒せよ」という主張）。上村が、アメリカで見た家庭教育やＰＴＡ活動を、日本に導入したものである。今日でいえば家庭教育にあたるが、上村は家庭教育という用語を使用しない。それは、子どもの教育より、親の自己教育こそが大切なのだという上村の主張に基づいてのことである。

上村の活動は、当時拡大しつつあった新中間層の支持を得て、全国の支部活動も広がりを見せ、その会誌発行は、一定の商業的成功をみるに至る。「児童」「家庭」「愛育」という考え方が、高等教育を受けた両親たちに支持されたのである。私は、上村が満鉄職員子弟の教育に当たったことが、いち早く新中間層のニーズを掴むきっかけとなったのではないか、と考えている。

一方で、上村は、満鉄や、その総裁であった松岡洋右との関わりが深く、「公論」という雑誌を創刊する。『日本近代文学大事典』には、

「公論」〔こうろん〕　総合雑誌。昭和一四・一一〜二一・一－二合併号。全七三冊。第一公論社発行。同社は、満鉄総裁（のち第二次近衛内閣外相）松岡洋右の援助下に発足、上村哲弥が社長、弟の勝弥が編集を担当。「尊皇攘夷」「内敵勦滅」を目標とする急進右翼雑誌。昭和一三年一〇月創刊の「革新」（昭一四・八終刊）の後身。

（日本近代文学館・小田切進編　一九七七年）

とあり、国粋的傾向が強い雑誌とされている（未見）。戦後は、日本女子大学等の大学において、教育学の教授を務めた人物でもあった。戦時下、多くの時間講演会を行なっており、そういう激昂口調で、ひとりひとりが覚醒して、全国民が一致して戦争協力をする必要があると説いていたのであろう。それが、高見には、「気違いじみた大声、自分だけ愛国者で、他人はみな売国奴だといわんばかりの馬鹿な意見」の代表と映ったのではないか。私は、推測する。高見と折口が嫌悪したのは、熱血漢型タイプによく見られがちな教師臭のようなものではなかったか、と。

ちなみに、『高見順日記』が書き留める他の参会者は、久富達夫（情報局次長）、上田昌雄（第一部長・企画資料部長）、井口貞夫（第三部長・報道部長）、下村宏（海南、国務大臣・情報局総裁）、中村武羅夫（小説家、日本文学報国会事務局長）の面々である（秦編　二〇〇一年、二〇〇五年、初版一九九一年）。国務大臣も出席する大会議だったわけだ。読者におかれては、筆者自らが自分に課した禁じ手を反故とし、蛇足を加えて申し訳ない次第だが、参考になれば幸甚である。

おわりに

二〇代前半から二〇代後半まで、私にとっての折口信夫は、思慕の人であった。何度読んでも泣いてしまうところは、戸板康二の残した座談の「そういう者たちが、弁当持ちや郵便くばりをして死んだのかと思うと残念です」の条である。しかし、だからといって、折口が戦中戦後を通して一貫した平和主義者で、反軍の人であったとか、いわゆる「国家神道」の強力な反対者であったとか評するのは誤りだ、と思う。阪本是丸《さかもとこれまる》が、委曲を尽くして論証したように、折口はむしろ積極的に戦時態勢に協力したし、神社と国家と天皇を結びつける「国家神道」に積極的に関与した(阪本 二〇一四年)。しかしながら、その一方で官制の神道に対して、批判的意見を持っていたことも事実である。それは、民俗学徒としてみれば当然のことであった。なぜならば、官制の神道を〈民〉に押し付けようとした歴史が近代にはあったからだ。折口は、占領期において、天皇と神社神道を分離する神道教学を、主張することになる(時系列整理の一九四七年一〇月項参照)。しかし、考えて見れば、それも、占領下における戦時教学ではないのか?[4] 対して、戦中は、文学報国会の活動にも積極的に関与し、戦時における神道教学を説いた。だとすれば、どちらも、戦時教学である。

折口が情報局の会議において、将官に対して正論で反論できたのも、以上のことがらと無縁ではない。むしろ、戦時態勢にも積極的に協力して、文壇にも、教育界にも、官界にも、軍部に対しても、ある程度の人的ネットワークを持っていたからこそ、大胆に発言することができたのである。[5] そして、

(4) ここでいう「戦時教学」とは、戦争遂行に協力する各宗派の教学をいう。今、忘れてはならないことが二つある、と思う。一つは、戦争に非協力な教団とみなされた場合、宗教弾圧や嫌がらせが行なわれたこと。もう一つは、神道だけでなく多数の教団が、いわば「戦時教学」によって戦争協力をしていたという事実である。

ところが、占領下においては、占領政策に協力した教学が教宣せられたこともまた事実である。折口の提唱した占領下における神道教学の要諦は、神社と天皇とを分離して、民俗学をベースとした民衆神道ともいうべき神道を作ることにあった。しかし、それは、皇室に対する崇敬の念が薄いからではなく、じつはその逆で、占領下においては、そうしておいた方が、神道と皇室の未来の利益になると判断したからであった。そのことは、時系列整理の一九四五年一〇月一一日、一九四六年二月二日および八月一九日、一九四七年一〇月の各条をみれば、明確にわかる。

(5) 筆者の経験知によると、人的ネットワークは、いわば「貸し」「借り」によって形成される側面がある。戦時中の文芸講演会への出向等によって、折口は情報局等に、かなりの「貸し」があった、と思われる。

何よりも、日本文学報国会の設立時からの理事一七名のうちの一人なのだ。そこは一介の嘱託であった平野謙とも、まだ中堅の作家であった高見順とも違うところである。まして、会議そのものが、本土決戦に備え、〈軍〉と〈官〉が〈民〉に対して協力を仰ぐものであったから、折口は、その強い立場から「ガツン」と発言できたのである。ただ、そうはいっても、反論は意を決した発言であったことは、間違いない。戦後に発表された歌ではあるけれども、冒頭に挙げた歌に、その一端を読み取ることができる。

一方、折口の言動は、高見や平野らの転向者でかつ戦時態勢に協力していた者から見れば、「身は売っても芸は売ら」ずに矜持を守り通した文学者と見えたことであろう。[6] 折口の「かっこよさ」は、ここに由来するのである。やはり、「かっこよく」見えるには、「かっこよく」見える理由《わけ》があるのである。

補説

ちなみに、本章で取り上げた「戦時緊急措置法」は、第八十七回帝国議会の協賛を経て、枢密顧問の諮詢を経た上、六月二十二日法律第三十八号として公布せられた法で、同月二十三日より同法施行令とともに施行されている。同法は、「戦勝日本建設の法的基礎法」と位置付けられ、「軍需生産の維持及び増強」「食糧その他の生活必需物資の確保」「運輸及び通信の維持及び増強」についての一層の戦時態勢強化が盛り込まれている。

天皇の聖断によって、「終戦」の道を切り拓いた宰相・鈴木貫太郎（一八六八―一九四八）。その内閣書記官長が、迫水久常（一九〇二―一九七七）である。今日でいえば、内閣官房長官にあたる。迫水の回想録が、近年、文庫版で再刊された（迫水久常『大日本帝国最後の四か月――終戦内閣〝懐刀〟の証言』河出書房新社、二〇一五年、初出一九七三年）。迫水の回想は、その渦中にあった人間のみが知る事実も含まれている。本土空襲から、本土上陸決戦も視野に入った一九四五年六月、第八十七回の臨時帝国議会で戦時緊急措置法は審議される。それは、国家総動員法を上回る私権の制限をともなうものであったから、その審議は、紛糾した。このあたりについて、迫水は、

議会の運営は、どうやら軌道に乗ったが、このあとにまた難題が控えていた。戦時緊急措置法という法律は、見方によっては行政のいっさいを政府の独裁に委任するといってもいいすぎではないほどの委任立法だから無理もなかった。衆議院でも貴族院でも大もめにもめた。問題になった点は、憲法第三十一条の規定をめぐってである。政府は憲法第三十一条の「本章（第二章臣民権利義務）にかかげたる条規は、戦時または国家事変の場合において、天皇大権の施行を妨ぐることなし」という規定によって、いわゆる天皇非常大権の発動をすればよいのであって、こんな法律を制定するのは、政府の責任を議会に転嫁しようとするものではないかという主張である。これに対し、政府は議会が召集できる今日においては、議会に法案を提出して委任を受けるほうが憲法の精神にかなうという見解をもっていた。すったもんだのあげくに一部を修正することになったが、そのためには、もう一日会期を延長しなければならなかった。

（6）大久保房男の回想によれば、高見は、大久保が折口の弟子とわかると、折口の声色を真似て、「おのれを正しゅう……」のフレーズを逢うたびに繰り返したという。しかも、敬慕の言葉を添えて（大久保　一九八八年、初出一九七三年）。

と書いてある。この法案の審議過程で、米内光政海軍大臣が辞意をほのめかすなど、鈴木内閣が倒れる可能性があったのである。もし、鈴木が内閣を投げ出していたら、はたしてどうなっていたか。考えるだに、恐ろしいことである。

高見は、この懇談会の時に配布された丸秘資料を日記に添付していたのであった。その添付資料によって、会議の内容はほぼ察しがつき、『高見順日記』は、高見がその会議をどう見、どう思ったかということがわかるのである。まさしく、本章は『高見順日記』の賜物なのである。

あとがき

ええっ、「創作講談」も、「小説」も、入れてくれるのぉ……

と、菱沼達也編集長に叫んでしまった。昨春、定宿の目白の安ホテルのロビーでのことであった、と思う。私は教員なので、基本的には論文の人なのだが、『天平グレート・ジャーニー――遣唐使・平群広成の数奇な冒険』（講談社、二〇一二年）という小説もあって、創作をすることもある。そのなかに、「折口もの」の講談と小説もあって、いずれ自費出版しようと思っていたところであった。青土社の菱沼さんから、国文学と民俗学の方法や折口信夫関係の論文を一冊にまとめてはどうかと打診を受けた時のこと、創作の方も入れて下さいと言われたので、思わずお叫びを上げてしまったのである。

四〇代も後半となり、余命を意識しはじめた時から、少しずつ創作もするようになった。くよくよするくらいなら、書いて残しておきたいと踏ん切りを付けたからである。しかし、小説といっても、研究で得られた知見を表現する一つの方法なのであって、研究からはみ出した余剰物のようなものである。もちろん、研究と創作を分離すべきだということはわかっている。が、しかし。そういう考え方こそが、戦後の国文学を痩せ細らせたのではないか、と私は思うのである。研究者、評論者、創作者が交わる空間が、失われて久しい。国文学系の雑誌の相次ぐ休刊がそれを象徴しているのではないか。研究者、評論者、創作者は、それぞれ別の読書空間で生きているのである。私は、ちょっとだけ越境してみたかったのである。だから、論文と、講談、小説を合わせて読んでもらいたいと思っている。しかし、そんな本を出してくれる出版社があるのだろうか——。ところがだ。わが蛮勇を許してくれる出版社があったのである。それが青土社であった。

よくいわれていることだが、折口信夫という人は、「研究」と「評論」と「創作」を自由に往復し続けた学匠である。こんなことをいうと恥ずかしい限りだが、私も折口やエリアーデと同じ方法を取りたかったのである。

だから、本書は折口信夫の研究書ではない。一言でいうなら、折口信夫的思考で今の国文学研究、万葉研究を眺めたら、どういうように見えるのか。そして、なによりもわが本願とするところは、今の自分に何ができるのか、ということを問う点にある。反省したり決意を述べることは簡単だが、それを「行」として自分に課すことはたいそう難しい。ちなみに、本書が方法論の書であるとするならば、近刊『万葉文化論』は各論を集成する書である（ミネルヴァ書房刊行予定）。

今日の折口信夫研究は、門弟による顕彰の時代（第一世代）、方法論の深化をめざした発展継承の時代（第二世代）から、第三世代に主力が移りつつある。第三世代も多士済々だ。慶応派を代表して地を這うような事実検証を行なう保坂達雄と伊藤好英、対して宇宙的スケールで捉えようとする安藤礼二、文献学的アプローチの松本博明、民俗学の最先端から切り込む小川直之、広く東アジア的視点から見直しをはかる辰巳正明などがいて、各々の折口像を描いている。それぞれの描く像がまったく異なっているのは、折口の思惟の巨大さを表しているのであろう。また、思想史家の植村和秀は、近代の思潮の流れのなかに、折口を位置づけることに成功している。そして、私に折口信夫のことを問うことの重みを伝えてくれた阪本是丸の折口論。また、感性の内奥にせまる持田叙子の折口論も出色である。もちろん、私にも私なりの折口信夫像がある。

末筆となるが、助力を惜しまなかった佐伯恵秀、大場友加、仲島尚美、太田遥、永井里歩の諸氏。そして、不思議なかたちの本を許してくれた青土社の菱沼達也氏にはお礼の言葉を述べたい。多謝、感謝、深謝である。ありがたく。

著者しるす

二〇一八年八月の魂まつる日に

参考文献

赤沢史朗ほか編、一九八五年『資料日本現代史13』大月書店
秋道智彌、一九九九年『なわばりの文化史──海・山・川の資源と民俗社会』小学館
阿部秋生、一九五九年「近代國文學の方法」『源氏物語研究序説』東京大學出版會
ベネディクト・アンダーソン、一九八七年『想像の共同体』(白石隆・白石さや訳)リブロポート、初出一九八三年
安藤礼二、二〇一四年『折口信夫』講談社
池田彌三郎、一九七二年『私説　折口信夫』中央公論社
池田彌三郎編、一九七五年『講座　古代学』中央公論社
池田彌三郎ほか編、一九六八年『折口信夫回想』中央公論社
池田純人、一九九〇年a「平野謙転向の意味──「思想と実生活論争」を中心にして」『兵庫教育大学近代文学雑誌』第一号所収、兵庫教育大学言語系教育講座前田研究室
──、一九九〇年b「平野謙著作年表稿(戦前)」『兵庫教育大学近代文学雑誌』第一号所収、兵庫教育大学言語系教育講座前田研究室
石内徹、一九九一年「大阪・異郷」『近代の作家①　折口信夫──折口学の水脈』所収、日本図書センター
──、二〇〇三年「小説の誕生──『口ぶえ』」『日本の作家一〇〇人　折口信夫──人と文学』所収、勉誠出版
石上堅、一九九二年「しめ」『日本民俗語大辞典』桜楓社、初版一九八三年
石塚尊俊、一九五九年『日本の憑きもの』未来社
伊藤好英、二〇一七年『折口信夫──民俗学の場所』勉誠出版
稲岡耕二、一九九〇年「日本書紀の「明神」に就いて」『人文科学科紀要(国文学・漢文学)』第九一輯所収、東京大学教養学部人文科学科
井上司朗、一九八四年『証言・戦時文壇史』人間の科学社
今井秀和、二〇一一年「口寄せと民俗的想像力──生口寄せと睡魔の関係」『日本文学研究』第五〇号所収、大東文化大学日本文学会

岩橋小弥太、一九六八年「折口信夫博士の思出」『國學院雑誌』第六九巻第一一号所収、國學院大學
植垣節也、一九八四年「古典教育の意義」『言語表現研究』第二号所収、兵庫教育大学言語表現学会
上田正昭、一九六八年「忌部の職能」『日本古代国家論究』塙書房
上野誠、一九九五年「川名のひよんどり」静岡県引佐町編『引佐町史　民俗芸能編』所収、静岡県引佐町
――、二〇〇一年『芸能伝承の民俗誌的研究――カタとココロを伝えるくふう』世界思想社
――、二〇一〇年「難波津歌の伝――いわゆる安積山木簡から考える」『文学・語学』第一九六号所収、全国大学国語国文学会
――、二〇一二年『万葉挽歌のこころ――夢と死の古代学』角川学芸出版
――、二〇一四年『折口信夫　魂の古代学』KADOKAWA、初出二〇〇八年
――、二〇一五年『古典不要論への反撃』笠間書院
上野誠・大石泰夫編、二〇〇三年『万葉民俗学を学ぶ人のために』世界思想社
植村和秀、二〇一七年『折口信夫――日本の保守主義者』中央公論新社
内川芳美・香内三郎、一九六一年「日本ファシズム形成期のマス・メディア（一）――マス・メディア組織化の政策および機構とその変容」『思想』第四四五号所収、岩波書店
内野吾郎、一九八三年「近代国文学の胎生と新生――芳賀矢一の留学とその意義」『國學院雑誌』第八四巻第一一号所収、國學院大學
内野光子、一九八八年『短歌と天皇制』風媒社
宇野浩二、一九六八年「折口信夫という人――折口の少年時代と中学時代（附、折口の詩）」池田彌三郎他編『折口信夫回想』所収、中央公論社
浦西和彦、一九九三年「関西大学図書館蔵『日本文学報国会法人設立許可一件書類』翻刻」『国文学』第七〇号所収、関西大学国文学会
江藤淳、一九八一年「改竄された経験――大東亜開戦と平野謙」『文學界』第三五巻第八号所収、文藝春秋
大井広介、一九六一年「文学報國会は無為」『文学』第二九巻第五号所収、岩波書店
大久保房男、一九八八年「先生の怒り」『文藝編集者はかく考える』紅書房、初出一九七三年
――、二〇〇六年『終戦後文壇見聞記』紅書房
――、二〇〇八年「戦時下の折口信夫――一学生の見聞」『文士と編集者』紅書房

大島信生、一九九一年「万葉集、イハフ、イム、イック」『皇學館大学神道研究所紀要』第七号、同研究所
大野由之、二〇〇一年「古代「神ながら」の用例と用法」『神道史研究』第四九巻第二号所収、神道史学会
大屋正吉、一九九三年『吉植庄亮とその周辺（橄檻叢書第三一篇）』木兎出版
岡谷公二、一九八九年「『口ぶえ』から『死者の書』へ」慶應義塾大学国文学研究室編『折口学と古代学』所収、桜楓社
——、二〇〇三年「折口信夫と小説」『三田文学』第八二巻第七五号所収、三田文学会
小川直之・國學院大學折口博士記念古代研究所編、二〇〇〇年『折口信夫・釈迢空——その人と学問』おうふう
小川直之編、二〇一八年『折口信夫——死と再生、そして常世・他界（やまかわうみ別冊）』アーツアンドクラフツ
奥出健、一九八三年「高見順《文学非力説》を続って」『国文学研究資料館紀要』第九号所収、国文学研究資料館
——、一九九一年「戦時下の文士たち——日本文学報国会の成立」『創造と思考』第一号所収、湘南短期大学国語国文学会
小田切進、一九六四年「高見順の敗戦日記」『国文学　解釈と教材の研究』第九巻第一〇号所収、学燈社
小田切秀雄、一九七七年「文學者の責任——岩上順一・平野謙批判」臼井吉見監修・大久保典夫ほか編『戦後文学論争（上巻）』所収、番町書房、初版一九七二年
梶川信行、二〇一四年「高等学校「国語総合」の教科書を考える——『万葉集』に関する教材を例として」『文学・語学』第二〇九号所収、全国大学国語国文学会
勝又浩、一九八九年「〈書評〉中山和子著『昭和文学の陥穽——平野謙とその時代』」『昭和文学研究』第一九号所収、昭和文学会
加藤守雄、一九七五年『折口信夫伝』角川書店
——、一九八九年「少年の流され人」慶應義塾大学国文学研究室編『折口学と古代学』所収、桜楓社
金子省子、一九九二年「日本両親再教育協会について——日本の親教育の系譜に関する研究」『愛媛大学教育学部紀要教育学科』第三八巻第二号所収、愛媛大学教育学部
上村哲彌、一九三八年『生命を育むもの——続　親たるの道』日本両親再教育協会
亀井秀雄、一九七〇年「他民族体験と文学非力説」『日本近代文学』第一二集所収、日本近代文学会
辛島美絵、二〇一二年「日本語研究と国語科教育の連携——日本語史研究の立場から」『文学・語学』第二〇三号所収、全国大学国語国文学会

川村邦光、一九九七年『憑依の視座』青弓社
神野藤昭夫、二〇〇〇年「近代国文学の成立」酒井敏・原國人編『森鷗外論集　歴史に聞く』所収、新典社
――、二〇〇六年「近代文学から国際化時代の日本文学研究へ――日本文学像はどう捉えられてきたか」『跡見学園女子大学人文学フォーラム』第四号所収、跡見学園女子大学文学部人文学科
菊地義裕編、二〇〇四年『万葉集俗信資料集成』東洋大学
北山修・橋本雅之、二〇〇九年『日本人の〈原罪〉』講談社
木村純二、二〇一六年『再発見　日本の哲学　折口信夫――いきどほる心』講談社
木村元、一九九五年「〈コラム〉日本両親再教育協会」編集委員会編『〈教育〉――誕生と終焉（叢書〈産む・育てる・教える――匿名の教育史〉1）』所収、藤原書店
栗坪良樹、一九八九年「『昭和文学の陥穽――平野謙とその時代』――パウロとユダを念頭において」『日本近代文学』第四〇集所収、日本近代文学会
黒崎直、一九七六年「斎串考」『古代研究』第一〇号所収、元興寺仏教民俗資料研究所
桑尾光太郎、二〇〇四年「「左翼くずれ」の肖像――高見順と転向」『研究年報』第五〇号所収、学習院大学文学部
――、二〇〇五年「「左翼くずれ」からの脱却――高見順の転向と戦時体制の進展」『人文』第三号所収、学習院大学
香内三郎、一九六一年「情報局の機構とその変容」『文学』第二九号所収、岩波書店
紅野敏郎、一九八〇年「戦時下の平野謙――その「文芸時評」の発端」『昭和文学研究』第二号所収、昭和文学会
――、二〇〇二年「『學鐙』を読む（156）――荒正人・本多秋五・平野謙・藤枝静男」『学鐙』第九九巻第三号所収、丸善
神野志隆光、一九九〇年「「神にしませば」と「神ながら」――人麻呂の表現への視点」松田好夫先生追悼論文集編集委員会『万葉学論攷（松田好夫先生追悼論文集）』所収、美夫君志会
――、一九九二年a「「神にしませば」と「神ながら」」『柿本人麻呂研究』塙書房、初出一九九〇年
――、一九九二年b「神と人」『柿本人麻呂研究』塙書房、初出一九九〇年
小助川元太、二〇一五年「教材としての「古文」と作品としての「古典文学」」『日本文学』第六十四巻第四号所収、日本文学協会
小林恵子、一九九二年「両親再教育運動と上村哲弥」『国立音楽大学研究紀要』第二七集所収、国立音楽大学
小松和彦、一九八二年「護法信仰論覚書」『憑霊信仰論』所収、伝統と現代社

小谷野敦、二〇一一年『久米正雄伝――微苦笑の人』中央公論新社
エドワード・W・サイード、二〇〇八年『文化と抵抗』（大橋洋一ほか訳）筑摩書房
西郷信綱、一九八二年「源氏物語における夢と物の怪」南波浩編『王朝物語とその周辺』所収、笠間書院
斉藤ミチ子、一九九二年「芳賀矢一とフォークロア――その先駆的側面」『國學院大學日本文化研究所紀要』第七〇号所収、國學院大學日本文化研究所
三枝昭三、一九八五年「吉植佐衛門とその子孫たち――印旛沼開発」『農業土木学会誌』第五三巻第一一号所収、農業土木学会
栄原永遠男、二〇〇八年「歌木簡の実態とその機能」『木簡研究』第三〇号所収、木簡学会
阪本是丸、二〇一四年「折口信夫の戦争歌と国家神道――神・天皇・民族の戦ひ」『國學院大學研究開発推進センター研究紀要』第八号所収、國學院大學研究開発推進センター
櫻本富雄、一九九五年『日本文学報国会――大東亜戦争下の文学者たち』青木書店
塩村耕編、二〇一五年『文学部の逆襲』風媒社
品田悦一、二〇〇一年『万葉集の発明――国民国家と文化装置としての古典』新曜社
――、二〇〇七年「神ながらの歓喜――柿本人麻呂「吉野讃歌」のリアリティー」万葉七曜会編『論集上代文学』第二九冊所収、笠間書院
島川雅史、一九八二年「現人神と靖国の思想」『紀要』第一四号所収、立教女学院短期大学
――、一九八四年「現人神と八紘一宇の思想――満州国建国神廟」『史苑』第四三巻第二号所収、立教大学
志村聡子、二〇〇五年「日本両親再教育協会における各地支部の組織化――新中間層にみる連携の事例として」『埼玉学園大学紀要　人間学部篇』第五号所収、埼玉学園大学
情報局編、一九四五年「戦時緊急措置法について」『週報』第四五〇・四五一合併号所収、印刷局
白石隆、二〇〇〇年『海の帝国』中央公論新社
白川静、二〇〇〇年『回思九十年』平凡社
――、二〇〇二年a『詩経――中国の古代歌謡』中央公論新社、初出一九七〇年
――、二〇〇二年b『初期万葉論』中央公論新社、初出一九七九年
――、二〇〇二年c『後期万葉論』中央公論新社、初出一九九五年
新村出、一九七二年『新村出全集』第二巻、筑摩書房

杉野要吉、二〇〇三年『ある批評家の肖像──平野謙の〈戦中・戦後〉』勉誠出版
鈴木貞美、一九九八年『日本の「文学」概念』作品社
鈴木登美、一九九九年「ジャンル・ジェンダー・文学史記述──「女流日記文学」の構築を中心に」ハルオ・シラネ、鈴木登美編『創造された古典──カノン形成・国民国家・日本文学』所収、新曜社
鈴木寛之、二〇〇四年「『郷土研究』創刊号と高木敏雄」『熊本大学文学部論叢』第八一巻所収、熊本大学文学部
鈴木康文、一九七二年『吉植庄亮──歌と農業と政治について』柏葉書院
須藤敬、二〇一四年『古文教材の考察と実践──教育と研究のフィールドをつないで』おうふう
瀬沼茂樹、一九五九年「社会学と文学　H・テーヌ」『国文学　解釈と鑑賞』第二四巻第一三号所収、至文堂
高木市之助、一九三七年「芳賀博士の學風」『国語と国文学』第一五六号所収、至文堂
高木教典・福田喜三、一九六一年「日本ファシズム形成期のマス・メディア統制（二）──マス・メディア組織化の実態とマス・メディア」『思想』第四四九号所収、岩波書店
高橋亨、一九八四年「王朝文学と憑依の系譜──ことばのシャーマニズム」『国文学』昭和五九年八月号所収、學燈社
高見順、一九五九年『敗戦日記』文藝春秋社
──、一九六四年「昭和二十年七月二十六日」『高見順日記』第四巻、勁草書房
──、一九六五年a「昭和二十年十一月二十三日」『高見順日記』第六巻、勁草書房
──、一九六五年b「昭和十六年七月九日」『高見順日記』第一巻、勁草書房
──、一九六五年c『昭和文学盛衰史』講談社
──、一九七三年『高見順集（新潮日本文学32）』新潮社
──、一九七四年a「この神のへど」『高見順全集』第六巻、勁草書房、初版一九七二年。初出一九五三年
──、一九七四年b「昭和二十年一月十六日条」『高見順日記』第三巻、勁草書房、初版一九六四年
──、一九七七年「純文學攻撃への抗議」臼井吉見監修・大久保典夫ほか編『戦後文学論争（下巻）』所収、番町書房、初版一九七二年
武田祐吉、一九六八年「口訳万葉集縁起」池田彌三郎、加藤守雄、岡野弘彦編『折口信夫回想』所収、中央公論社
立尾真士、二〇一二年「平野謙の「戦後」──「昭和十年前後」と「昭和十年代」をめぐって」『亜細亜大学学術文化紀要』第二二号所収、亜細亜大学
辰巳正明、二〇〇四年「古代日本における国学的方面の形成──「惟神」の訓義とその展開」『國學院雑誌』第一〇五

巻第四号所収、國學院大學
――、二〇〇七年『折口信夫――東アジア文化と日本学の成立』笠間書院
田中綾、二〇〇八年「歌人・逗子八郎研究――文芸エリート及び厚生運動の視点から（一）付・新資料　高見順「言葉の時代性に就いて」」『北海学園大学人文論集』第四一号所収、北海学園大学
――、二〇一〇年「歌人・逗子八郎／井上司朗研究――新短歌運動と言論統制のはざまで」『北海学園大学人文論集』第四七号所収、北海学園大学
田中嘉明、二〇〇九年「『一国民俗学』成立過程の考察――その問題意識と民族学との相克」柳田國男研究会編『柳田國男・主題としての「日本」』所収、梟社
谷川稔、一九九九年『国民国家とナショナリズム』世界史リブレット三五、山川出版社
津城寛文、一九九〇年『折口信夫の鎮魂論』春秋社
都築久義、一九八八年「日本文学報国会への道――戦時下の文学運動」『愛知淑徳大学論集』第一三号所収、愛知淑徳大学
戸板康二、一九七二年『折口信夫坐談』中央公論社
土井美生子、二〇〇四年「ホデを結ってシルシをつける民俗――広島県に残る占有標識」『広島民俗』第六一号所収、広島民俗学会
――、二〇〇五年「能勢地方の占有標識」『近畿民俗』第一七一・一七二号合併号所収、近畿民俗学会
――、二〇〇六年「木の枝でシルシをつくる民俗」『近畿民俗』第一七三・一七四号合併号所収、近畿民俗学会
東郷克美、一九八四年「大正三年の折口信夫――『身毒丸』の成立を中心に」『折口博士記念古代研究所紀要』第四輯所収、同研究所
中川皓司、一九七六年「戦時下の高見順――「芸術的抵抗」への疑問」『中央大学国文』第一九号所収、中央大学
中野嘉一、一九六七年『新短歌の歴史』昭森社
中村浩、一九七二年『若き折口信夫』中央公論社
中山和子、一九八四年『平野謙論――文学における宿命と革命』筑摩書房
――、一九八八年『昭和文学の陥穽――平野謙とその時代』武蔵野書房
――、二〇〇五年『平野謙と「戦後」批評（中山和子コレクションⅢ）』翰林書房
奈良国立文化財研究所、一九八五年『木器集成図録　近畿古代篇（奈良国立文化財研究所史料第二七冊）』奈良国立文

化財研究所
西宮一民、一九九〇年「まつりの国語学」『上代祭祀と言語』おうふう
西村亨編、一九九八年『折口信夫事典 増補版』大修館書店、初版一九八八年
日本近代文学館・小田切進編、一九七七年『日本近代文学大事典』第五巻、講談社
日本民族学協会、二〇〇六年「占有慣習」『日本社会民俗辞典』第二巻、日本図書センター、底本一九五四年
根来麻子、二〇〇六年「「神ながら 神さびせす」考――表現意義と機能、萬葉集における位置づけをめぐって」萬葉語学文学研究会編『萬葉語文研究』第二集所収、和泉書院
――、二〇〇七年「『続日本紀』宣命における「現（御）神」と「明神」――両者の使い分けをめぐって」『文学史研究』第四七号所収、大阪市立大学国語国文学研究室文学史研究会
――、二〇〇八年「宣命冒頭書式における「現（御）神」「明神」の訓」『上代文学』第一〇一号所収、上代文学会
野村喬、一九六四年「文学報国会と文壇」『国文学 解釈と教材の研究』第九巻第一二号所収、学燈社
長谷川泉、一九四七年「「政治と文学」をめぐる論争」『国文学解釈と鑑賞』所収、至文堂
秦郁彦編、二〇〇一年『日本官僚制総合事典1868-2000』東京大学出版会
――、二〇〇五年『日本陸海軍総合事典［第2版］』東京大学出版会、初版一九九一年
花森重行、二〇〇二年「国文学研究史についての一考察――一八九〇年代の芳賀矢一をめぐって」『大坂大学日本学報』第二一号所収、大坂大学大学院文学研究科日本学研究室
埴谷雄高、一九八一年「回想の平野謙」『文学』第四九巻第八号所収、岩波書店
肥後和男、一九八四年「平安時代における怨霊の思想」柴田実編『御霊信仰』所収、雄山閣、初出一九三五年
平岡敏夫、二〇〇四年「〈書評〉杉野要吉著『ある批評家の肖像――平野謙の〈戦中・戦後〉』」『国文学研究』第一四二集所収、早稲田大学国文学会
平野謙、一九五三年「アラヒトガミ事件――戦時中の一挿話」『群像』第八巻第一一号所収、大日本雄辯會講談社
――、一九五六年『政治と文学の間』未来社
――、一九六一年「日本文学報国会の成立」『文学』第二九巻第五号所収、岩波書店
――、一九六八年『芸術と実生活』新潮社、初版一九六四年
――、一九六九年『わが戦後文学史』講談社
――、一九七一年『平野謙対話集／政治と文学篇』未来社

――、一九七五年a「知識人の文学」『平野謙全集』第一巻、新潮社、初出一九四一年
――、一九七五年b「アラヒトガミ事件」『平野謙全集』第一三巻、新潮社、初出一九五三年
――、一九七五年c「亀井勝一郎の戦後」『平野謙全集』第四巻、新潮社、初出一九六六年～一九六八年
福田秀一、一九九二年「芳賀矢一――西欧理論に拠る日本文献学の樹立」『国文学　解釈と鑑賞』第五七巻第八号所収、至文堂
福田アジオ他編、一九九九年「占有標」『日本民俗大辞典　上』吉川弘文館
藤村作、一九三七年「芳賀博士と明治大正に於ける國文學研究」『国語と国文学』第一五六号所収、至文堂
藤本勝義、一九九四年『源氏物語の〈物の怪〉――文学と記録の狭間』笠間書院
布野栄一、一九八六年「平野謙の「アラヒト神事件」とその周辺――杉野vs中山論争の問題点」『政経研究』第二三巻第一号所収、日本大学法学会
保坂達雄、二〇〇七年「言語学から古代学へ――折口学生成への道程」『東横学園女子短期大学紀要』第四一号所収、同大学
――、二〇一四年『神話の生成と折口学の射程』岩田書院
細窪孝、一九九四年「身は売っても芸は売らない――高見順「敗戦日記」」『民主文学』第三四五号（通巻三九五号）所収、日本民主主義文学会
松本博明、一九九二年「『生き口を問ふ女』の構想」『國學院雑誌』第九三巻第三号所収、國學院大學
――、二〇一五年『折口信夫の生成』おうふう
三上参次、一九九一年『明治時代の歴史学会――三上参次懐旧談』吉川弘文館
宮崎晴美、一九四〇年「芳賀矢一博士と國學」『国文学　解釈と鑑賞』第五巻第一二号所収、至文堂
宮本顕治、一九四七年『人民の文学』岩崎書店
――、一九六六年『宮本顕治文芸評論選集』第二巻、新日本出版社
――、一九八〇年『宮本顕治文芸評論選集』第一巻、新日本出版社
宗雪修三、一九八七年「『紫式部集』を読む――物怪と「こほふし」をめぐって」『人文科学論集』第四一号所収、名古屋経済大学・市邨学園短期大学、人文科学研究会
室井康成、二〇〇九年「『一国民俗学』は罪悪なのか――近年の柳田國男／民俗学批判に対する極私的反駁」柳田國男研究会編『柳田國男・主題としての「日本」』所収、梟社

持田叙子、一九九九年『折口信夫　独身漂流』人文書院
――、二〇一六年『歌の子詩の子、折口信夫』幻戯書房
茂木貞純、一九八六年「折口信夫の戦後神道論」『國學院雑誌』第八七巻第一一号所収、國學院大學
本居宣長著・大野晋編、一九七六年「続紀歴朝詔詞解」『本居宣長全集』第七巻、筑摩書房、初版一九七一年、初出一八〇三年
森正人、一九九一年「モノノケ・モノノサトシ・物恠・恠異――憑霊と怪異現象とにかかわる語誌」『国語国文研究』第二七巻所収、熊本大学文学部
――、二〇〇〇年「紫式部集の物の気表現」『中古文学』第六五号所収、笠間書院
――、二〇〇一年a「心の鬼の本義」『文学』第二巻第四号所収、岩波書店
――、二〇〇一年b「心の鬼の本義（承前）」『文学』第二巻第五号所収、岩波書店
森安理文、一九九二年『折口信夫――むすびの文学』国書刊行会
文部省、一九八一年『國體の本義』社会科学研究所、初版一九三七年
矢崎彰、一九九三年「高見順、戦後への出発――『高見順日記』にみる敗戦体験」『社会文学』第七号所収、日本社会文学会
安森敏隆・上田博篇、二〇〇八年『ポトナムの歌人』晃洋書房
柳井郁子、二〇〇三年「昭和戦前期における両親再教育運動と家族のおこなう教育――日本両親再教育協会機関誌『いとし児』を中心に」『教育学研究室紀要「教育とジェンダー」研究』第五号所収、女子栄養大学
吉井美弥子、二〇一四年「国語教育を超えて」『早稲田大学国語教育研究』第三四集所収、早稲田大学国語教育学会
吉田修作、一九八九年「いはふ」古代語誌刊行会編『古代語誌』所収、桜楓社
吉田禎吾、一九七二年『日本の憑きもの』岩波書店
吉野孝雄、二〇〇八年『文学報国会の時代』河出書房新社
吉野裕、一九七八年「平野謙のことなど」『日本文学』第二七巻第八号所収、日本文学協会

初出一覧

序詩（書き下ろし）

第Ⅰ部　古典研究の未来

第1章　万葉研究の現状と研究戦略（「万葉研究の現状と研究戦略――筆者が選んだ選択肢」『日本文学』第四九巻第一号、日本文学協会、二〇〇〇年）

第2章　万葉民俗学の可能性を探る（同題、大石泰夫・上野誠共編『万葉民俗学を学ぶ人のために』世界思想社、二〇〇三年）

第3章　日本文学研究における自覚的「補完」（「日本文学研究における自覚的「補完」――国文学者の肖像写真」、全国大学国語国文学編『文学・語学』第一九八号、全国大学国語国文学、二〇一〇年一一月）

第4章　模擬授業の中の万葉集――〈授業芸〉の誕生（同題、『国語と国文学』第九二巻第一一号、東京大学国語国文学会、二〇一五年一一月号）

第Ⅱ部　折口信夫的思考

第1章　歌による暴力（「歌による暴力――心性と場と」、『国文学――解釈と鑑賞』第七三巻第八号、至文堂、二〇〇八年八月号）

第2章　白川静の万葉論（同題、立命館大学白川静記念東洋文字文化研究所編『入門講座　白川静の世界Ⅱ　文学』平凡社、二〇一〇年）

第3章　万葉研究と民俗学的思考（「万葉研究と民俗学的思考――シメの話」、『アナホリッシュ國文學』第一号、二〇一二年）

第4章　いむ・いみ（同題、近藤信義編『修辞学』おうふう、二〇〇八年）

第5章　『口訳万葉集』、等身大の恋歌（「等身大の恋歌――『口訳万葉集』から学んだこと」『國文學――解釈と教材の研究』第五二巻第一四号、學燈社、二〇〇七年一一月号）

創作＊1　初春講談、日本初『万葉集』全口語訳の由来、小田原の一夜（同題、『日本文學論究』第七四冊、國學院大學國文學會、二〇一五年）

第Ⅲ部　小説家・折口信夫
第1章　万葉歌から作られた物語、小説「神の嫁」の時空（「折口信夫の小説「神の嫁」の時空——万葉歌から作られた物語」『叙説』第三七号、奈良女子大学国語国文学会、二〇一〇年）
第2章　「神の嫁」と憑依感覚（「折口信夫と憑依感覚——「神の嫁」試論」青木周平先生追悼論文集刊行会編『青木周平先生追悼古代文芸論叢』おうふう、二〇〇九年）
第3章　「生き口を問ふ女」の論（「折口信夫の小説「生き口を問う女」の論」菅野雅雄博士喜寿記念『記紀・風土記論究』おうふう、二〇〇九年）
第4章　「生き口を問ふ女」と大阪言葉（「折口信夫の小説「生き口を問う女」と大阪言葉」谷口貢・鈴木明子編『民俗文化の探求——倉石忠彦先生古希記念論文集』岩田書院、二〇一〇年）
創作＊2　小説、折口信夫、一九四五・七・二六（「折口信夫、一九四五・七・二六」、『短歌往来』ながらみ書房、二〇一五年一月号〜一二月号）

第Ⅳ部　戦時下の折口信夫
第1章　「アラヒトガミ事件」再考（「折口信夫、「アラヒトガミ事件」再考」『現代思想』第四二巻第七号、青土社、二〇一四年五月臨時増刊号）
第2章　高見順の見た折口信夫（「高見順の見た折口信夫——「かっこよさ」の秘密」『三田文学』第九三巻第一一九号、三田文学会、二〇一四年秋季号）

あとがき（書き下ろし）

著者　上野誠（うえの・まこと）
1960年、福岡県生まれ。国学院大学大学院文学研究科博士課程後期単位取得満期退学。奈良大学文学部教授（国文学科）。博士（文学）。歴史学や考古学、民俗学を取り入れたこれまでにない「万葉文化論」を提唱し、いまもっとも注目される万葉研究者のひとり。ＭＢＳラジオ「上野誠の万葉歌ごよみ」やＮＨＫラジオ「ないとえっせい」などにより、『万葉集』を学ぶことの楽しさを、多くの人びとに伝えている。
著書に『万葉びとの生活空間――歌・庭園・くらし』（塙書房）、『大和三山の古代』（講談社）、『万葉びとの奈良』（新潮社）、『万葉挽歌のこころ――夢と死の古代学』『遣唐使　阿倍仲麻呂の夢』（いずれも、角川学芸出版）、『日本人にとって聖なるものとは何か――神と自然の古代学』（中公新書）、『万葉集から古代を読みとく』（ちくま新書）など多数。

折口信夫的思考
越境する民俗学者

2018年11月30日　第1刷印刷
2018年12月10日　第1刷発行

著者――上野誠

発行人――清水一人
発行所――青土社
〒101-0051　東京都千代田区神田神保町1-29　市瀬ビル
［電話］03-3291-9831（編集）　03-3294-7829（営業）
［振替］00190-7-192955

印刷・製本――シナノ印刷

装幀――水戸部功

ISBN978-4-7917-7118-9　C0095